"안녕."

인사를 건네자 아름다운 옆얼굴이 나를 향하며 미소 지었다.

"안녕, 아야노코지. 괜찮아? 이런 데로 나를 불러내도."

"왜?"

"사람들 다니는 길이니까.
카루이자와라든지, 애들이 보면 오해하지 않을까?"

"벌써 잘 시간이야?"

『오늘은 아침 일찍부터 움직였거든요.』

"전화, 이만 끊는 게 나을까?"

『그렇게 섭섭한 말씀 하지 마세요.
졸음이 올 줄 알고 만전의 태세를 갖추고 있는걸요.』

"만전의 태세라니?"

『목욕하고 양치질하고 잠옷으로 갈아입고.
전 이미 누워 있으니까 통화 끝나면 바로 잘 수 있어요.』

12

어서오세요 실력지상주의의 교실에 2학년편
Welcome to the Classroom of the Second-year

어서 오세요
실력지상주의 교실에
2학년 편 12

키누가사 쇼고 지음 / 토모세슌사쿠 일러스트 / 조민정 옮김

소미미디어

c o n t e n t s

커버, 본문 일러스트 : 토모세슌사쿠

○호시노미야 치에의 독백

사에는 내 둘도 없는 친구다.

사에는 내 라이벌이다.

언뜻 모순처럼 들려도 의외로 성립하는 이야기야.

게다가 두 가지 감정이 공존하는 것은 그리 드문 얘기도 아니라고 생각한다.

이래 봬도 나는 친구가 꽤 있다.

초등학교, 중학교 시절 친구들, 고도 육성과 대학에서 만난 친구들, 사회에 나가 알게 된 친구들.

하지만 진심을 털어놓을 수 있는 관계를 유지하고 있는 사람은 사에 정도밖에 없는걸.

걔는 어떻게 생각할지 모르겠지만.

다른 사람한테는 져도 되지만 사에에게만은 질 수 없다.

같은 반에서 A반을 목표 삼아 함께 지내온 나날이 나에게 그런 감정을 심어주었다.

원래 사에는 선생님이 되고 싶었던 게 아니다.

하지만 그날, A반으로 졸업할 수 없다는 걸 이해해야만 했던 날, 사에가 선생님이 되어 다시 한번 A반을 꿈꾸려 한다는 것을 똑똑히 알았다.

그래서 나도 교사를 목표로 삼았다.

솔직히 원래 내 장래 희망과는 거리가 먼 직업이다.

매일매일 시건방진 학생들이 얕잡아보기나 하고, 월급도 썩 기대할 수 없다.

그래도 나는 교사가 되었다.

목적은 단 하나.

사에의 꿈에, A반으로 졸업하겠다는 목표에, 희망을 품지 못하게 하기 위해서.

하지만 그렇잖아?

그날 난, 사에의 시답잖은 사랑 때문에 A반으로 졸업하지 못했다.

그 일만 없었다면 난 선생님이 되지 않고 더 화려한 인생을 살았을 텐데.

그런데도 사에만 제자를 A반으로 졸업하게 만들겠다고?

그렇게 해서 자기만족을 얻고, 과거를 청산하겠다고?

그건 용납할 수 없지.

난 지금도 과거에 계속 묶여 있는데.

그래서 내 눈이 닿는 한에는 절대로 이기게 두지 않을 것이다.

만약 학년말 특별시험에서 우리 반이 진다면⋯⋯.

사에의 반이 A반이 되어 버린다면——.

최악의 경우, 수단과 방법을 가리지 않고서라도 막아야
한다.

교사 실격이라는 낙인이 찍혀도 상관없다.

교직에서 쫓겨나도 좋다.

길동무 삼아서라도, 반드시 막을 거야.

그렇게 마음속으로 다짐했다.

머지않아 시작될 2학년 학년말 특별시험.

이번 승패에 따라, 벼랑 끝까지 내몰린 우리 반의 미래
가 결정된다.

나도, 학생들도 절대 질 수 없는 중요한 싸움이 시작된다.

○이색적인 학년말 특별시험

3월 둘째 주 목요일. 2년 차 학교생활도 어느덧 막바지에 접어들었다.

올해도 작년과 비슷하거나 혹은 그 이상으로 농밀하고 오래 기억될 나날이었다.

좋은 일도 나쁜 일도 많았던 것 같은데, 이 학교 재학생들은 다음 시련을 무사히 잘 넘기느냐에 따라 답이 완전히 달라질 것이다.

학년말 특별시험 자체가 다른 특별시험과는 확실히 구분되는, 중요한 위치를 차지하고 있다.

작년, 그러니까 1학년 때 치렀던 특별시험을 떠올려주길 바란다.

일대일 반 대항전으로 치렀던 선발 종목 시험.

일곱 번 대결하고 이길 때마다 상대 반으로부터 반 포인트 30점을 가져오는 규칙이었다.

결과적으로 근소한 차이의 승패이긴 해도, 7연승 하면 210 반 포인트가 들어온다.

게다가 이긴 반에는 반 포인트 100점이라는 보수가 추가되었다.

요컨대 승자와 패자는 최대 520포인트까지 차이가 벌어질 수 있었던 것.

그것만으로도 학년말 특별시험이 얼마나 중요한지 짐작
할 수 있으리라.

  "안녕."

  차바시라 선생님이 차분한 모습으로 교실에 들어왔다.
학생들로부터 드문드문 돌아오는 아침 인사. 지난 며칠 동
안 학생들은 차바시라 선생님이 인사 후 꺼내는 말에 주목
하고 있었다.

  지금까지는 계속 헛다리였지만, 오늘 드디어 실현될 순
간이 온 듯하다.

  "이제부터 학년말 특별시험의 내용을 너희에게 알려주
려고 한다. 다만 그 전에, 내 개인적인 이야기부터 잠시 하
고 싶구나."

  지금까지 차바시라 선생님으로부터 수없이 많이 특별시
험 이야기를 들어왔다.

  하지만 오늘과 같은 서두는 그전까지와 확연히 달랐다.

  "내가 고도 육성 고등학교의 교사가 된 지 올해로 8년
째. 앞서 두 번 반을 맡아 6년 동안 담임으로 지내왔는데,
그 6년 동안 한 번도 D반에서 위로 올라간 적이 없었어.
너희가 입학했을 때의 내 말과 행동을 떠올려 보면 별로
놀랍지도 않겠지."

  지금은 조금 생각하기 어렵지만, 입학 초기에 차바시라
선생님은 아주 냉담한 태도를 유지했었다.

  다른 학생들보다 사정을 조금 더 아는 나로서는 별로 깊

이 생각할 이야기도 아니지만.

"앞서 두 반을 맡았을 때 내가 생각한 것은 오직 한 가지였어. 괜히 감정 이입을 하지 말고 공평하고 냉정한 태도로 일관하자고. 좋을 때도 나쁠 때도 교사로서 한 발 거리를 두고 대하는 게 옳다고 믿었지. 물론 그건 이 학교의 교육 이념과 부합하고 잘못된 행동은 아니야. 하지만 내가 교사로서 아직 미숙해서 회피한 것이기도 했다고, 지금은 그렇게 느끼고 있어."

학생들은 잠자코 차바시라 선생님의 말에 귀를 기울였다.

"공평성은 중요해. 반끼리 경쟁하는데 교사가 개입해서 결과에 영향을 미쳐선 안 돼. 하지만 학생이 성장할 기회를 놓치는 것은 담임으로서, 어른으로서, 사회인으로서 해서는 안 되는 일이야. 그걸 최근에 와서야 겨우 깨닫게 되었다."

자기반성의 변.

"그걸 깨닫게 해준 것은 다른 사람도 아닌 우리 반 학생들이야. 입학하고 몇 번쯤 들었겠지. 과거에 D반은 단 한 번도 위로 올라가지 않고 그대로 진급하는 게 당연했다. 그런 소문이 언제부턴가 만연해서 D반에 배정된 학생은 『불량품』이라는 야유를 듣는 사례도 늘어났어."

한 번 숨을 고른 차바시라 선생님이 다시 입술을 열었다.

"하지만 이제 너희를 불량품이라고 부르는 사람은 아무도 없어. 단 한 반 만에 과거에 쌓인 나쁜 이미지를 완전히 지웠다고 말해도 되겠지."

그렇게 학생들을 한 차례 칭찬했다.

그리고 차바시라 선생님은 태블릿을 누르고 모니터를
켰다.

그러자 3월 1일 시점의 각 반 순위와 상황이 떴다.

2학년 A반 1,098포인트
2학년 B반 983포인트
2학년 C반 730포인트
2학년 D반 654포인트

부연 설명을 하자면 A반이 사카야나기, B반은 호리키타,
C반은 류엔, D반은 이치노세가 리더를 맡은 반이다.

특별시험을 치르면 반 포인트에 큰 변동이 생기지만, 아무
것도 없이 그냥 보내는 달은 대부분 미세한 변화에 그친다.

입학 초반에는 지각과 결석, 보이지 않는 마이너스 평가
등으로 많이 줄어들기도 했었는데, 그런 이유에 의한 위치
변동은 이제 기대할 수 없게 되었다.

이렇게 다시금 반 포인트 순위표를 보니 우리 반이 얼마
나 상승 기류를 탔는지 실감할 수 있었다.

그렇게 느끼는 것은 비단 학생들만이 아닌 듯했다.

"983 반 포인트. 몇 번을 봐도 믿기지 않는 포인트야. 입
학한 지 한 달도 채 되지 않아 반 포인트를 전부 잃었던 반

이라고는 도저히 생각할 수가 없구나."

선생님도 순위를 보며 똑같이 감탄했고, 2년 전을 회상하며 잠시 머뭇거렸다.

"무엇보다도 2학년 B반. 무려 B반이야. 내 입으로 여러 번 소리 내어 말해보아도 위화감이 가시질 않는 위치야. 하지만 B반이 우리의 최종 목표는 아니다. 이번 학년말 특별시험의 결과에 따라서는 A반으로 올라갈 가능성도 있어."

현재까지 A반과의 차이는 100포인트 정도.

차바시라 선생님이 꿈꿨던, 아니, 꿈꾸는 것조차 허락되지 않았던 A반이 되는 길.

그것이 손을 뻗으면 닿는 거리까지 와 있다는 사실.

"하지만 자만하지 않았으면 좋겠구나. 손에 닿을 만큼 거리가 가까워졌을수록 더 긴장 늦추지 말고 목표를 향해 달려 나갔으면 해. 변변치 않은 교사로서의, 부탁이란다."

차바시라 선생님이 학생들을 향해 머리를 숙였다.

그런 다음 천천히 고개를 들더니 심호흡하고 눈을 크게 부릅떴다.

"지금부터, 학년말 특별시험의 개요를 전달하마."

선생님의 말에 학생들은 단단히 정신 무장 할 수 있었으리라.

아무도 당황하지 않고 그 말을 그대로 받아들였다.

선생님이 태블릿을 만지자, 모니터에 특별시험의 내용이 떴다.

학년말 특별시험

시험 장소: 특별동

반 대전표

2학년 A반 대 2학년 C반

2학년 B반 대 2학년 D반

사전 준비

• 기일까지 각 반에서 대표자 3명(선봉, 중견, 대장)을 뽑을 것 (남녀 모두 1명 이상 넣는 것이 조건)

• 대표자의 당일 결석에 대비하여 임의의 인원수만큼 대역 지정 가능

• 당일 대역을 포함해서 대표자가 3명이 되지 못했을 경우, 학교 측에서 무작위로 대표자를 선출한다

시험 규칙

대표자 개요

• 각 반 대표자(선봉→중견→대장)의 토너먼트 방식으로 진행

• 선봉은 5포인트, 중견은 7포인트, 대장은 10포인트의 생명이 주어진다

• 대장의 생명을 먼저 전부 잃는 반의 패배

- 정해진 규칙 안에서 일대일 대결을 펼친다
- 무승부는 존재하지 않으며 승패가 판가름 날 때까지 필요에 따라 시험이 연장된다

모니터에 반 대전표(이미 알고 있었지만)와 사전 준비 항목, 아주 간략한 규칙만 표시되었다.

지금 단계에서는 구체적으로 어떤 내용의 대결이 될지 전혀 알 수 없었다.

"학년말 특별시험을 치기 전에 우선 사전 준비부터 해야 한다. 이 부분은 보면 바로 이해되겠지만 그래도 일단 말로도 설명할게. 설명 후에는 반에서 회의를 거쳐 대표자 세 명을 뽑아야 해. 특별시험의 승패를 결정짓는 데 아주 중요한 역할을 하는 만큼 충분히 의논해서 후회 없는 결정을 하기 바란다."

대표자 세 명이 다 지면 반의 패배인가. 시험 내용과 상관없이 중요한 역할이라는 건 분명하군.

기본적으로는 누구든 자유롭게 뽑을 수 있지만, 유일하게 성별 부분에서 제한이 있는 만큼 남자 세 명 또는 여자 세 명 같은 편성이 불가능하다는 점만은 조심해야 한다.

그리고 대표자 중에 누군가가 혹시라도 결석하게 되면 대역을 세울 수 있다고 한다.

그렇다면 혹시 모르니까 후보를 여러 명 정해둬도 손해 볼 것 없겠지.

"선봉, 중견, 대장으로 선출과 동시에 대결 순서도 정해져 있어. 그리고 대표자 대결은 토너먼트 방식이야. 그러니까 제일 먼저 선봉끼리 붙고, 토너먼트에서 이긴 선봉은 생명이 계속 유지되면서 다 잃을 때까지 상대 반의 중견, 대장과 대결하는 거다. 극단적으로 말해서, 선봉 혼자 상대측 대장까지 세 명을 다 이기면 그 시점에서 자기 반의 승리가 결정되는 셈이지. 제일 유능한 학생을 선봉으로 세우면 그럴 가능성도 실현될—— 수 있겠지만 별로 추천하진 않아."

차바시라 선생님이 예로 든 전개는 낭만이 넘치긴 하지만 현실적으로 힘들다.

대장에게 선봉과 중견보다 많은 10포인트의 생명이 주어진 이상, 유능한 학생일수록 뒤에 두는 편이 압도적으로 유리한 전략인 것은 누가 봐도 뻔하다.

사카야나기, 류엔, 이치노세 같은 리더를 기습적으로 선봉에 배치하는 것이, 후반에 배치하는 이득을 웃돌 가능성은 크지 않다.

물론 『선봉이 유리한 시험』이라면 꼭 그렇다고 말할 수도 없겠지만, 지금까지 알려진 시험 규칙상으로는 예측 불가능하고, 차바시라 선생님의 태도를 보더라도 그 희미한 확률은 그냥 무시하는 편이 좋아 보인다.

"대표자를 정하는 시간이 그리 많이 남지 않았어. 일요일 자정이 마감이다. 만약 시한을 넘기면 학교 측에서 무작위로 학생 세 명을 뽑는다."

이 부분은 항상 정해져 있던 대로다.

당연히 어느 반도 마감 시간을 어기지는 않겠지.

"대표자 세 명만으로 특별시험의 승패가 결정된다……
그런 말씀이세요?"

여기까지 설명을 들으면 그렇게 생각해도 전혀 이상하
지 않다.

요스케가 그 부분이 신경 쓰였는지 차바시라 선생님에
게 질문했다.

"물론 사전 준비와 시험 규칙 내용을 보면 그렇게 해석
할 수도 있을 거야. 하지만 당연히 대표자 세 명 이외의 학
생들도 중요한 역할을 맡게 된다. 대표자를 제외한 나머지
학생은 모두 정해주는 임무를 성실히 해내야 해."

"중요한 역할……이요?"

태블릿을 누른 차바시라 선생님이 모니터 화면을 바꿨다.

시험 규칙

참가자 개요

• 대표자 이외의 학생은 참가자가 되어 시험에 임한다

• 건강상의 이유 등에 의한 결석으로 출석자가 35명에
못 미치면 페널티가 발생한다

※페널티…… 한 명당 반 포인트 5점씩 차감

※참가 인원이 36명 이상인 반은 35명을 넘은 인원 × 반

포인트 5점을 획득

"대표자를 제외한 전원이 특별시험에 참가자 역할을 맡는 거야. 페널티 부분에도 나와 있는데, 우리 반은 38명. 대표자 3명을 빼면 35명이지. 그러니까 한 명이라도 어떤 이유로 결석하게 된다면 페널티를 받게 돼. 반대로 인원에 여유가 있는 반은 예기치 못한 사태에도 대응할 수 있고 다소 이득을 보는 셈이야."

호리키타 반은 38명, 사카야나기 반은 총 37명이어서 참가 인원에 여유가 없다.

류엔과 이치노세의 반은 40명이어서 플러스 10포인트.

빈말이라도 절대 많은 포인트라고 할 수는 없어도, 받느냐 못 받느냐에는 큰 차이가 있다.

승패와 상관없이 받을 수 있다는 점은 솔직히 기쁜 요소겠지.

이 부분을 불공평하다며 무작정 불평할 수는 없다.

이치노세 반은 아무도 빠지지 않고 여기까지 2년 동안 싸워왔으니까.

그 포상의 일환이라고 생각하면 오히려 부족할 정도다.

그리고 류엔 반 역시 마나베가 빠진 후 카츠라기를 영입하기 위해 거금을 들였다. 이 반도 단순히 이득을 봤다고 말할 수는 없는 상황이겠지.

그나저나…… 대표자도 그렇지만 참가자라는 역할은 그

속이 더 보이지 않는다.

다만, 대표자와 참가자가 할 일이 명확하게 구분되어 있다는 점만은 분명한 듯하다.

이제 더 자세한 내용이 나올 줄 알았는데 갑자기 화면이 꺼졌다.

기계 문제나 조작 실수는 아닌 모양이었다.

"지금 내가 너희에게 알려줄 수 있는 건 여기까지야."

"그게 무슨 말씀이세요? 특별시험 내용을 하나도 모르는데요."

지금까지 가만히 듣고 있던 호리키타도 차바시라 선생님의 이상한 말에 입을 열었다.

"그렇지. 하지만 내가 방금 전달한 대로야. 여기까지 설명한 것 그 이상은 아무것도 알려줄 수가 없어. 꼬인 마음으로 숨기는 게 아니라, 나도 학교 측으로부터 자세한 얘기를 못 들었거든. 아마도 특별시험 당일에 상세한 내용이 드러날 것 같구나."

상상조차 못 했던 그 말에는 과연 반의 분위기가 급변할 수밖에 없었다.

담임조차 자세한 내용을 못 들었다는 것은 누가 봐도 이상하다.

지난 2년간 유례없던 전달 사항이라고 말해도 과언이 아니다.

"너희에게 주어진 첫 번째 과제는 대표자 세 명을 뽑는 거야. 대표자가 되는 것 자체에는 이익이 없지만, 동시에 불이익도 없어. 이해하기 쉽게 말하자면 역할을 받아들인다고 해서 프라이빗 포인트를 대량으로 얻을 수 있는 것도 아니지만, 졌다고 해서 퇴학당하거나 하는 리스크도 없다는 거야."

어디까지나 중요한 자리라는 것만 정해져 있는 듯하다.

"선생님이 규칙을 모르신다는 건 알겠어요. 그렇지만 지금은 대표자를 정할 기준이 없어요. 어떤 기준으로 뽑는 게 좋을까요?"

"단언은 못 하겠지만, 남녀 구분하지 않고 경합을 벌이게 된다는 것, 그리고 시험 장소가 특별동이라는 점까지 고려했을 때, 신체 능력을 겨룰 가능성은 작아 보여."

예측할 수 있는 부분만 그렇게 말했다.

보장은 못 하는 듯해도, 장소와 규칙을 생각하면 그 예상이 옳을 것 같다.

그렇다면 반대로 공부 잘하는 학생을 대표자로 뽑아야 할 것인가.

아마도 대답은 노가 아닐지.

만약 학력만 보는 대결이라면 그걸 숨길 거란 생각은 들지 않는다.

일대일이면서 공부도 운동도 아닌 어떤 것의 경쟁이라.

대체 뭘까.

"대화를 통한 대결…… 그럴 가능성도 있다는 걸까요."

의자에서 일어선 호리키타가 반쯤 혼잣말하듯이 중얼거렸다.

"그것도 생각해 볼 수 있겠지."

확실히 단언은 못 해도 대화 또는 그에 가까운 것일 가능성을 부정할 수 없다. 만약 원활한 소통 능력을 요구한다면 요스케나 쿠시다 같은 학생을 대표자로 뽑는 게 유리할까.

설령 시험 내용이 대화와 무관한 종류라고 해도, 종합 능력이 우수한 두 사람이라면 유연하게 대처할 것이다.

결국 어떤 내용이 됐든 잘하는 학생을 골라야 하는 상황이라고 말할 수 있다.

"그리고 제일 중요한 보수 말인데, 승리한 반은 200포인트를 얻는다. 지면 단순히 보수를 못 받고 끝인 거고. 다만, 이 결과에는 만장일치 특별시험에서의 선택도 반영되는 만큼 너희 같은 경우에는 이기면 250 반 포인트를 얻게 되는 거야."

일단 알게 된 사실은 패배해도 반 포인트를 잃지 않는다는 것.

빼앗길 걱정이 없다는 것은 한 가지 다행인 점이지만, 차이가 크게 벌어질 게 틀림없다.

받을 수 있는 보수가 매우 크다는 사실을 고려하면 패배한 쪽이 받을 타격이 상당히 큰 셈이다. 이치노세 반 입장에서는 지금도 가뜩이나 더 물러설 데가 없는데.

상위 반과 반 포인트의 격차가 더 벌어져 버리면 내년에 일 년 동안 특별시험에서 전부 이긴다고 해도 어디까지 만회할 수 있을지, 몹시 위태로운 상황이 되겠지.

"설명은 이상이야. 대표자를 정하는 대로 알려주길 바란다."

그렇게 말한 차바시라 선생님은 이야기를 끝마쳤다.

1

케이와 학교에서 돌아오는 길에, 하시모토와 나눈 대화를 잠시 회상했다.

드디어 다음 주로 결정된, 코앞까지 다가온 학년말 특별시험.

규칙의 상세한 내용은 아직 모르지만, 반 포인트의 이동은 분명 크다고 말할 수 있다.

이긴 쪽은 웃고 진 쪽은 울게 되겠지.

그에 관해서는 솔직히, 시험에서의 승패이기에 어느 쪽이 이기든 예상 범위 안에 있다.

다만 한 가지, 원래 했던 예상에 없었던 것이 있다. 바로 사카야나기나 류엔 중 진 쪽이 특별시험의 내용과 상관없이 학교를 떠나는 대결이다.

시험 규칙에도 명시되어 있듯이 무승부란 존재하지 않

27

고, 승패가 확실하게 갈린다.

요컨대 한쪽은 특별시험이 종료됨과 동시에 이 학교에서 모습을 감추게 된다는 것.

내가 속으로 그렸던『네 반 모두 A반이 될 가능성을 남긴 채 3학년을 맞이하기』라는 목표는 실질적으로 깨졌다고 봐도 좋다.

어느 반이 이기고 지든 대처할 수 있도록 미리 준비는 하고 있었다.

사카야나기와 류엔처럼 대체 불가능한 사람은 탈락 위기에 처하면 도와줄 생각이었고, 실제로 그렇게 움직였다. 애당초 네 반 모두 A반이 될 가능성을 남기는 것 자체가 보통 일은 아니기 때문이다.

경쟁이라는 특성상 학생들은 다른 반과 접전을 펼치는 것을 바라지 않는다.

그래서 이겨야 할 때는 확실히 이기는 최고의 방법을 쓴다.

호리키타 마나부도 나구모 미야비도 그 결과, 경이로운 일강 체제를 꾸렸다.

그게 아니라도, A반과 B반이라는 두 반이 붙어서 한판 대결을 펼치거나.

이 학교의 역사는 그런 식의 반복이었을 것이다.

그런 배경이 있기에 근본적으로 뒤집기 위해서 네 반이 같이 경쟁하게 하려고 생각했다.

그건 분명히 내가 그리던 하나의 미래였는데…….

이 대결이 실행되기 전에는 취소도 가능할지 모르겠지만. 두 사람이 정한 일에 제삼자가 관여할 수는 없다.

앞으로 둘 중 한 명이 사라져 버린다는 것은 확정된 사실로 보고, 이제 나는 어떻게 해야 할까.

류엔의 반, 사카야나기의 반, 양쪽 모두 반을 탄탄하게 이끌 만한 인재는 있다.

하지만 지금의 리더를 대체할 수준은 아니다. 확실히 균형이 무너질 것이다. 네 반의 균형을 유지할 수 없어지면 어떻게 해야 할까. 보류했던 결단도, 학년말 특별시험의 결과가 나올 때쯤에는 내려야 할까.

"저기, 키요타카……."

옆에서 걷던 케이가 불쑥 새어나온 듯 작은 목소리로 불렀다.

"왜?"

짧게 되묻자, 케이는 자기가 말을 걸어놓고도 흠칫 놀란 표정을 지었다.

"이번에, 말이야. 영화…… 기대돼."

"그러게."

그렇게 대답했는데도 케이는 어딘지 시원찮아 보였다.

"뭐 생각하고 있었어? 그렇지?"

"미안. 혹시 티 났어? 특별시험 생각을 좀 했어."

딱히 표정이나 행동으로 드러낸 기억은 없는데, 민감하게 포착하고 있는지도 모른다.

개인적인 능력이라기보다도 연인으로서 짧지 않은 기간을 함께하면서 얻은 감각이라고 봐도 될 것 같다.

"같이 있을 때 딴생각하는 게 아니었는데. 화났어?"

"그런 건 아닌데……. 이번에 혹시 반에 도움을 줄 거야?"

"글쎄. 그냥 생각은 이것저것 해보는 중이야. 하고 싶은 이야기 있으면 들을게."

속내를 감추는 것처럼 보이기도 하겠지만, 지금은 일단 케이의 근황으로 생각을 틀었다.

그런데 케이는 한 발 뒤로 물러섰다.

"아니야, 난 신경 쓰지 마. 그 왜, 학년말 시험은 엄청 중요하니까. 만약 키요타카가 진지하게 한다면 틀림없이 우리 반이 이길 거고, 반 포인트가 250이나 들어오면 그땐 정말 A반이 되어 버릴지도 모르잖아?"

그러니 방해하고 싶지 않아, 하고 케이가 웃으면서 대답했다.

물론 이 기특한 태도는 일부러 꾸민 게 틀림없었지만, 지금은 사양하지 않고 그 배려를 그냥 받아들이기로 한다.

"그럼 주말 데이트는 취소해도 될까? 물론 그다음 주에 벌충하고."

"뭐, 그럼 괜찮지만—— 꼭 취소해야 해? 난 이번 주도 다음 주도 같이 있고 싶은데."

"할 수만 있다면 학년말 시험 전에 각 반 리더를 만나서 얘기 좀 하고 싶어서."

실제로 리더 네 명 이외에도 접촉하고 싶은 인물이 여럿 있다.

하지만 지금 그것까지 언급할 필요는 없다고 판단했다.

"각 반, 리더……. 호리키타만 만나는 게 아니라?"

보통은 자기 반의 승리에 주력하기 마련이다.

그러니까 호리키타와 의논하면 충분하지 않냐고, 그렇게 생각하는 것도 무리는 아니다.

"네 명 모두. 이치노세를 만나는 게 싫어서 그래?"

"앗……."

정곡을 찔렀다는 듯 케이가 움찔하며 당황했다.

"그런 게 아니라…… 아닌 건 아니지만…… 아니, 싫은 게 당연하잖아……. 그래도 키요타카한테 필요한 일, 인 거지?"

"이번만큼은 아주 중요해."

내가 그렇게 대답하면서 고개를 끄덕이자, 케이는 내키지 않아 하면서도 받아들여 주었다.

"양심에 찔리는 일이었으면 나한테 말 안 하고 연락하거나 만나는 거, 하려고 마음만 먹으면 얼마든지 할 수 있겠지. 하지만 키요타카는 그때그때 미리 허락을 구하니까……."

중얼거리는 그 모습은 자신에게 들려주는 것처럼 보이기도 했다.

"믿는다?"

그리고 마지막으로 그렇게 확인했다.

"이번에 각 반 리더를 만나려는 건 앞으로 어떻게 될지

봐두고 싶어서야. 그 이상도 그 이하도 아니야."

내가 진짜 의도를 얘기해도 케이의 마음이 편해지는 대답은 절대 아니리라.

요즘 케이를 보면 뭔가가 예전과 달라지기 시작했다.

물론 그 원인이 나에게 있는 것은 분명하다.

남녀의 연애 관계에서는 기본적으로 서로 믿고 또 믿음을 줘야 한다.

그런데 그런 관계성에 균열이 생기기 시작했다. 원인은 다양하다.

돈, 폭력, 바람, 권태기. 관계 파탄의 이유야 무수히 많겠지.

그렇다고 상대에게 쉽게 따져 물을 수는 없다.

이제 좋아하지 않는 거야?

다른 사람 생겼어?

나한테 질렸니?

마음에 걸리는 부분이 있어도 말로 끄집어내려면 많은 용기가 필요하다.

그리고 설령 말로 꺼낸다고 해도 문제가 해결된다는 보장은 없다.

"알았어. 이 일은 더 이상 말하지 않을게. 그러니까 자세하게 알려줄 필요 없어."

만나서 무슨 대화를 나누었는지 그 내용까지 들을 생각은 없다고 케이가 말했다.

"고맙다."

이제 홀가분하게 학년말 특별시험에 대비할 수 있겠군.

"그럼, 오늘…… 자고 가도 돼?"

그런 것들을 말로 끄집어낼 수 없는 케이에게 가능한 일이란 조금이라도 더 오래 같이 있는 것뿐.

공유하는 시간 속에서 자기가 할 수 있는 일을 해서 어떻게든 상대와 이어져 있고 싶은 마음이다.

여기서 거부할 이유는 딱히 없다.

마음만 아프지 않다면 나로서는 불이익이 없다.

"아니, 이번 주는 그만두자. 학년말 대책을 세우느라 바쁠 것 같아서."

그래도 나는 거절하기로 했다.

희망을 끊지 않게 하는 시기가 아니라, 희망을 끊기 위한 준비 단계에 접어들었다.

아무리 가늘고 약한 실이라도 케이는 온 힘을 다해 붙잡으려고 할 테니.

"……아주 잠시도…… 안 돼?"

"아주 잠시도 안 돼. 너를 어중간하게 대할 수밖에 없으면 나도 미안하니까."

그래도 물고 늘어질 셈인지 포기하지 않고 계속 말했다.

"난 괜찮아, 키요타카한테 헌신하기만 해도……. 더, 더 많이 날 좋아할 수 있게 노력할 거니까."

그 말에 내가 호응하듯 눈길을 주자, 입술을 살짝 깨물며 눈을 감았다.

"미안해…… 키요타카가 싫다고 하는데도 이러면 안 되는데. 중요한 학년말 특별시험 시기인데 억지 부려서 미안해."

"아니야. 시험 끝나면 영화 보러 가자."

그렇게 대답하니 케이는 조용히 "응" 하고 고개를 끄덕였다.

2

케이와 기숙사에 도착해서, 그날은 그대로 엘리베이터 앞에서 헤어졌다.

나는 내일 금요일부터 일요일까지 사흘 동안 달성해야 할 한 가지 목표가 있다.

바로 호리키타, 이치노세, 류엔, 사카야나기와의 만남.

각 반 리더와 직접 대화를 나누는 것이다.

학년말 특별시험의 내용을 면밀히 살펴보면 아무도 상처받지 않고 평화롭게 끝날 가능성은 아주 낮다.

그런 부분을 어떻게 대처하고 있는지 그리고 그다음에는 어떻게 해나갈 것인지.

내가 취할 행동까지 고려해 최종 확인을 하고 싶었기 때문이다.

넷 중 아무나 먼저 만나도 상관은 없는데——.

우선 스마트폰을 보면서 생각하려는 나에게 메시지 한 통이 들어왔다.

내가 먼저 연락하지 않아도 나를 만나고 싶은 인물이 있었던 모양이다.

게다가 날짜와 장소까지 정해줘서 괜히 대화를 주고받는 수고도 덜었다.

나는 흔쾌히 승낙하는 답장을 보낸 다음 다시 리더들과의 약속 순서를 고민하기로 했다.

원래는 순서에 연연할 생각이 없었지만, 어떤 목적을 동시에 수행하려면 조금은 신경 쓰는 편이 나을 수도 있다.

방에 돌아온 나는 바로 각 반 리더에게 메시지를 날렸다. 호리키타 이외의 세 사람에게는 토요일이나 일요일 중에 만날 수 없는지.

그리고 호리키타에게는 문장을 조금 바꿔서 금요일에서 일요일까지라고 썼다.

물론 아직은 모두 다 만날 예정인 것과 할 이야기의 내용은 언급하지 않는다.

그중에 경계하면서 거리를 둘 학생이 나와도 이상하지 않기 때문이다.

제일 먼저 읽은 사람은 류엔이었다.

나를 만나지 않는 선택을 해도 가장 이상하지 않은 인물인데…….

『내일 방과 후라면 시간 내 주지.』

가방을 테이블 위에 내려놓았을 때 그런 답장이 돌아왔다.

주말에 일정이 꽉 차 있어서 금요일을 불렀겠지만, 시간을 아예 못 낸다는 점에 약간 위화감을 느낀다. 다만, 깊은 의미가 있는 게 아니라 그냥 내가 지정한 토요일과 일요일을 거부한다고 받아들였다. 그런 부분도 왠지 류엔답다.

뭐, 호리키타와 먼저 만나게 조정해 두면 금요일이라도 문제는 없을 것이다.

그 답장에 대해, 어디서 만날지 등을 가볍게 의논했다.

결국 저녁 7시에 노래방에 가는 것으로 정해졌다.

그 후 이치노세의 메시지가 왔는데, 일요일에 친구와 약속이 있으니 그날 조금 일찍 만날 수 없는지 물어서 괜찮다고 답장했다.

1시간 정도 지났을 무렵 호리키타로부터도 연락이 왔다.

예상은 했지만, 그렇지 않아도 학년말 특별시험을 의논하고 싶어서 연락하려 했다고, 그 의논도 같이하면 좋겠다는 문장이 덧붙여져 있었다.

시간과 장소는 크게 상관없다고 해서 내일 금요일 방과 후 케야키 몰의 카페에서 만나기로 했다.

나머지 한 사람인 사카야나기도 그 후 답장이 왔는데, 주말에는 선약으로 꽉 차 있어서 일요일 밤에 전화로 해도 괜찮겠냐는 내용이었다.

가능하다면 직접 만나 얘기하고 싶었지만, 통화로 해도 크게 지장은 없으리라.

나는 사카야나기에게 괜찮다는 답장을 보냈다.

금요일 저녁에 케야키 몰의 카페에서 호리키타를 만난다.

금요일 밤에는 류엔을 만나러 노래방에 간다.

일요일 아침, 헬스 가기 전에 통학로의 벤치에서 이치노세를 만난다.

일요일 밤에는 사카야나기와 통화한다.

이 네 사람은 반드시 만나야 하고, 그 이외에도 해두고 싶은 일들이 몇 가지 있다.

그렇게 계획을 확정 지었다.

○끝내두어야 하는 일

금요일 방과 후가 되면 케야키 몰의 풍경이 다른 평일과 크게 달라진다.

5일 동안 열심히 공부한 후 기다리고 있는 휴일을 만끽하기 위한 도움닫기에 들어가기 때문이다.

하지만 이번 주만큼은 평소와 조금 다른 분위기가 감돌았다.

몰 안을 돌아다니는 학생 수가 눈에 띄게 적은 탓이리라.

약속한 카페에 도착하니 교실에서 먼저 나갔던 호리키타가 벌써 자리를 잡고 기다리고 있었다.

나를 알아봐서, 음료를 주문하겠다는 제스처를 취하고 주문대로 갔다.

그렇게 따뜻한 커피 한 잔을 사 들고 호리키타와 합류했다.

맞은편에 앉은 호리키타는 어딘지 안절부절못하고 조마조마해 보였다.

"왜 그래?"

"……뭐가?"

"아니, 뭔가 걱정되는 일이라도 있는 것 같아서. 내 착각이면 다행이고."

"혹시 티 나?"

"어."

"그렇구나. 아니, 다음 주 시험 생각을 좀 했을 뿐이야. 신경 쓰이게 했다면 미안해."

"벌써 긴장한 거야?"

"어쩔 수 없잖아? 반 포인트 변동도 크다고 하고. 우리 반이 위로 올라갈지 아래로 내려갈지, 중요한 분기점이 되는데."

리더라는 자각이 점점 강해지는 만큼 고민도 평소보다 많겠지.

그것도 무리는 아니지만, 적당한 긴장감도 꼭 나쁘지만은 않은가.

"그런데…… 1학년들이 잘 안 보이는 거 눈치챘어?"

화제를 바꾸고 싶었는지 시선을 피하면서 물었다.

"응. 후배들한테도 드디어 학년말 특별시험의 시련이 닥쳤나."

카페 안만 봐도 역시 1학년 수가 아주 적었다.

주말인데 이 정도면 꽤 힘든 특별시험이 나왔을지도 모르겠군.

"시간 흐르는 속도란 참 느린 듯하면서도 순식간이라니까. 그 애들도 이 학교에 입학한 지 벌써 1년이 지났네."

어딘지 달관한 듯한 말을 고작 1년 차이 나는 2학년이 말하고는 음료를 한 모금 마셨다.

"뭔가 늙은이처럼 말하네."

"늙은이라니 실례야. 좀 더 다른 표현은 없었니?"

불평하는 호리키타에게서 달콤한 홍차 향이 어렴풋이 났다.

"웬일이야. 밀크티를 다 시키고."

"당이 좀 필요한 느낌이어서. 이것저것 많이 생각하다 보니."

반의 리더쯤 되면 누구보다도 더 깊이 고민해야 할 테지.

"1학년은 어떤 시험을 치게 되려나."

"글쎄. 궁금하면 1학년 한 명 붙잡고 물어보는 게 어때?"

"누구한테 물으면서까지 다른 학년에 신경 쓸 여유 없 어. 애당초 선배가 아무 상관도 없는 다른 학년의 특별시 험에 단순 호기심으로 관여하는 건 좀 아니잖아?"

충고를 구하러 온다면 꼭 그렇지도 않지만, 호리키타의 말이 옳다.

기본적으로는 같은 학년 안에서 완결할 문제. 물론 때로 는 선배나 후배의 도움을 받아 활로를 뚫는 사람도 있겠지 만, 흔한 예는 아니겠지.

"시험 내용은 그렇다고 치고, 1학년 반들의 현재 상황이 어떤지 알아?"

"A반에서 D반까지 입학 때랑 순위가 변하지 않았잖아."

깊이 간섭하지 않을 것임을 암묵적으로 합의한 우리가 할 수 있는 일은 학교에서 공개한 정보를 보고 공유하는 것 정도다.

"그래. B반 야가미가 특별시험과 무관하게 퇴학당했을 때는 큰 페널티가 있었던 모양이지만 C반, D반과의 차이가 워낙에 커서 반 변동은 없었네. 그래도 A반은 차이가 벌어져서 조금씩 독주가 시작되고 있어."

그렇게 말한 호리키타는 스마트폰 화면을 내게 보여주었다.

3월 1일 시점의 반 포인트
1학년 A반 991포인트
1학년 B반 697포인트
1학년 C반 532포인트
1학년 D반 510포인트

나를 기다리는 동안 조사한 모양이다.

"작년에 우리도 그렇게 차이는 없었지만, 하위 세 반은 꽤 근접전을 벌이는 것 같고 학년말 특별시험 결과에 따라 드디어 반이 크게 변동할 가능성도 있어 보여."

보수와 대전 방식에 따라 다르겠지만, 어쩌면 A반과 D반이 뒤바뀔 가능성도 전혀 없지는 않다. 자세한 숫자까지는 기억나지 않는데, 호리키타 반도 류엔 반도 350포인트 전후로 바뀌었을 것이다. 게다가 올해 1학년은 800 반 포인트로 시작했고, D반도 현재 500포인트 이상 가지고 있으니 잘하고 있는 편이다.

"가진 반 포인트만 봐서는 작년의 우리보다 우수한 것 같네. 1학년들은 어떤 방식으로 단합하고 있는지 궁금하다."

순위표와 포인트를 보고 솔직하게 말했다.

A반은 타카하시 또는 이시가미, D반은 호우센으로 리더가 누구인지 딱 눈에 보이지만, B반과 C반에는 아직 명확한 리더가 없는 것 같다. C반의 츠바키와 우토미야는 비교적 기억에 남는 학생인데, 반을 이끌며 활동하는 느낌은 아직 별로 없다.

그리고 B반은 원래 리더였던 야가미가 퇴학당한 이후로 어떻게 됐는지 현재는 정보가 불분명하다.

"물론 반 포인트는 높을지 몰라. 하지만 그렇다고 해서 단순히 우수하다고 단정 지을 순 없지 않을까? 특별시험 내용도 작년이랑 다르고. 환경이 다르니까 포인트의 수치만으로는 쉽게 판단할 수 없어."

후배들을 칭찬한 게 조금 못마땅했는지 호리키타가 살짝 반박했다.

"네 말대로 능력은 또 별개의 문제이긴 해. 우리 학년은 입학 초반에 스도 같은 걸림돌이 다른 반보다 많았던 것뿐인지도 모르고."

"……그렇게까지 말할 건 없잖아. 심술궂게 말하네."

호리키타가 먼저 시작한 1학년 이야기였는데 더 할 생각은 없는지 스마트폰 화면을 끄고 컵을 다시 입으로 가져갔다.

"본론으로 들어가고 싶은데, 네가 하려는 이야기부터 듣는 게 나을까? 아니면 학년말 특별시험 얘기를 해도 되니?"

1학년 이야기를 끼워 넣어 마음에 조금은 여유가 생긴 걸까.

"시험 이야기부터 하자. 아니, 나도 그 이야기를 하려던 거였어."

"그렇지 않을까 기대는 했는데, 그럼 나야 고맙지."

호리키타가 기쁜지 웃음 지었다.

내가 자진해서 특별시험 일로 연락한 것을 좋게 받아들인 듯했다.

"그럼…… 우선 이번 특별시험, 현재까지 우리가 우위에 설 방법이 있을 것 같아?"

그렇게 물은 호리키타는 곧바로 정정하겠다는 듯 고개를 가볍게 가로저었다.

"좀 더 직설적으로 물을게. 너라면 뭔가 이길 방법이 있어?"

그렇게 다시 물었다.

이번만큼은 헷갈리게 돌려 말하는 것보다 훨씬 호감이 간다.

"솔직히 어려워. 학교에서 공개한 정보로는 예측할 수 있는 시험 내용의 범위가 너무 넓어서 좁히기 힘드니까. 범위를 못 좁히면 필승 전략을 짤 수 없지."

수백수천 가지 패턴이 나올 수 있는 시험 내용인데 머리를 쥐어 짜내 예측하는 것은 단언컨대 자원 낭비일 뿐이다.

"……그렇겠지. 차바시라 선생님마저도 상세한 내용을 모르는 시험이잖아. 대책을 세울 수가 없어."

내 조언을 기대했다면 원래는 실망했을 것이다.

하지만 호리키타는 왜 그런지 살짝 기쁜 표정을 지었다.

"기뻐 보이네. 반대 반응을 보일 줄 알았는데."

"그래? 기쁘기도 해. 뭐가 나올지 알 수 없는 특별시험 인데 네 입에서 이길 방법이 있다는 말이 튀어나오지 않을까 생각했었거든. 기대보다도 불만 쪽이 컸어. 그래서 좀 마음이 놓였어."

그렇게 기뻐했던 이유를 털어놓으면서 이 한마디를 덧붙였다.

"너란 애는 그런 터무니없는 말도 얼마든지 꺼낼 것 같은 기운을 풍기니까."

난 그런 걸 풍긴 기억이 없지만 그냥 가만히 있는다.

"시험 내용을 모르는 이상에는 누구나 똑같은 상황일 거야. 사카야나기도 류엔도 다르지 않아."

"그래. 그럼 당일에 세부 내용이 발표될 때까지 우리가 할 수 있는 일은 없어……?"

"내용과 상관없이 확실한 성과를 낼 것 같은 대표자를 세 명 뽑는 것 정도지."

반에서 결점이 적은 학생을 고르는 게 최선이리라.

"아니면 모 아니면 도 식으로 잘하는 것과 못하는 게 확실한 학생을 섞는 도박을 해보든지."

"그건…… 좀 무서워."

"뭐, 그렇겠지. 그러니까 어느 반이든 믿음직한 멤버가 중심이 될 거야."

"공평하다면 공평하지만 좀 답답한 느낌이야."

지금 단계에 뭐라도 할 수 있는 일이 없을지, 답 없는 답을 찾는 시간이 많아질 듯하다.

"시험을 추리하고 활로를 찾으려고 할수록 오히려 수렁에 빠지게 돼. 그럴 때는 시점을 살짝 바꿔 보는 것도 재미있을지 모르지."

"그게 무슨 말이니?"

"시험 내용은 몰라도 대전 상대가 누굴지 예측 정도는 가능하잖아? 만약 내가 상대 반이라면 호리키타는 당연히 대장이고 선봉이랑 중견은 요스케나 쿠시다, 그런 애들을 내세우기 쉽다고 예상할 수 있겠지."

"……그건, 그러네."

실제로 호리키타도 마음속으로 지금 언급한 학생들의 이름을 후보에 넣었을 것이다.

"그럼 이치노세 반에서는 누구일까? 일단 대장은 틀림없이 이치노세일 거고, 나머지는?"

"역시 칸자키는 확실하지 않을까? 그 밖에는 딱히 뛰어난 인물이 떠오르지 않지만, 하츠카와라든지 하마구치, 니우라 같은 애들도 충분히 후보가 될 것 같아. 하지만……."

그걸로 뭘 알 수 있는데? 그런 태도로 나왔다.

"상대가 좁혀지면 미리 약점을 파악해 둘 순 있어. 이건 어디까지나 예로 드는 거지만, 방금 이름이 나온 하츠카와가 미야케 아키토한테 강한 호감이 있다고 치자. 그럼 그걸 노려서 미야케를 뽑으면 하츠카와는 정상적인 판단을 내리기 힘들어질지도 몰라."

"그러니까 『매칭』 하자고?"

"그렇지."

"하지만 시험에서 승패를 쉽게 좌우할 만큼 매칭이 영향을 미칠 것 같지는 않은데……."

"쉽다고 말하지 않았어. 돌파하기 어려울 때는 일단 착안점을 바꿔 보자는 거지. 좋은 아이디어인지 나쁜 아이디어인지는 그 후에 생각하면 그만이야."

그 점이 중요하다고 호리키타에게 알려주었다.

서 있는 위치를 조금만 바꾸면 쉽게 보이는 것도 있는 법이다.

"기억해 둘게."

말로는 순순히 받아들였지만 뭔가 마음에 들지 않는지 눈빛은 조금 불만스러워 보였다.

"여러 가지로 머리가 잘 돌아가는 너한테 질문할게. 네가 말한 나, 히라타, 쿠시다. 이 세 명이 대표자면 좋을 것 같아?"

"그건 반 리더인 네가 주축이 되어서 생각해야지."

"우선은 주변 목소리에 귀를 기울여 보려는 거야. 그게 지금 내 생각이야."

살짝 삐딱하게, 순발력을 발휘한 듯한 말이었다.

그렇다면 대답해 줄까.

"반 대표자는 일대일 구도가 확정되어 있어. 즉, 여러 명이 실력을 발휘하는 유형보다 개인전에 강한 학생을 선택하는 게 좋아. 그리고 스도와 오노데라처럼 신체 능력에 특화한 학생은 제외했으면 해. 요스케와 쿠시다는 집단 속에서도 능력을 발휘하지만 혼자서도 유연하게 대응하는 스킬이 있으니까. 무난한 선택이라고 할 수 있겠지."

"교과서에 나올 법한 진부한 대답이네. 좀 더 개성이 있었으면 좋겠어."

"내 의견에 기대지 않아도 이미 방침을 정했을 거 아냐?"

대표자를 결정할 시간은 일요일 자정까지.

여태 후보자의 범위를 좁히지 않았으면 말이 안 된다.

"뭐, 그렇지. 하지만 믿고 맡길 만한 사람이 별로 없는 걸. 네 의견이랑 거의 같아. 히라타랑 쿠시다가 후보 1순위일 수밖에 없어. 진정한 의미에서 최고의 선택이라고 말할 수는 없지만."

"그럼 네가 생각하는 최고의 선택은 뭔데?"

그렇게 묻자, 실눈을 뜨고 나를 보았다.

"너와 코엔지가 받아준다면 맡기고 싶지만 말이지."

호리키타가 희망하는 대표자 세 명. 호리키타, 아야노코지, 코엔지인가.

하긴 당사자의 뜻과 상관없이 대표자를 고를 수 있다면 그게 가장 이상적일지도 모른다.

"너는 일단 제쳐두더라도 이럴 때는 역시 코엔지가 순순히 받아주면 좋겠다는 생각이 들고 말아."

"그 녀석이 진지하게만 나서주면 본능적 직감까지 어우러져서 전부 이겨버릴 것 같긴 해."

그러니까, 하고 호리키타도 격하게 공감했다.

첫 주자로 나서서 그대로 대장까지 잡는 것도 얼마든지 가능하다.

물론 억지로 지목하면 제대로 대결하지 않고 자진해서 져버릴 위험도 크지만.

아니 오히려 그런 미래밖에 보이지 않는다.

"이룰 수 없는 일이란 건 나도 알아. 졸업할 때까지 코엔지를 그냥 내버려두는 데 동의했으니까. 자기가 대표자를 맡겠다고 나오지 않는 한, 내가 먼저 부탁하는 것조차 현실적으로 힘들어."

희박한 확률에 걸고 말해보는, 그런 시도조차 하지 않은 듯하다.

물론 그 선택은 정답이고, 괜히 희망을 품고 말을 걸 게 아니다.

다른 사람도 아니고 코엔지니까 계약 위반이라면서 억지스러운 요구를 해도 이상하지 않으니.

"그 애는 무리라도 네가 받아주면 마음 놓고 맡길 텐데."

의견을 구하듯 나를 힐끔 쳐다보았다.

"내가 받아들일 것 같아?"

"아니."

"아니군. 뭐, 네가 원한다면 받아줄 수도 있는데."

"그렇지, 역시 쉽게 예스라고는 대답 안 할 줄—— 어?"

말하다 말고 입을 쩍 벌린 채 굳어버린 호리키타.

"방금 뭐라고 했어?"

"네가 원한다면 받아줄 수도 있다고 했는데."

다시 말하자, 당장은 머리로 이해되지 않는지 입만 뻐끔
거렸다.

"저, 정말? 농담이 아니라?"

"그렇게 재미없는 농담은 안 해. 거짓말을 진짜라고 믿
게 해봐야 성가시기만 하잖아."

"그건 그렇지만…… 저기, 네가 대표자를 받아들여 준다면
나뿐 아니라 반에도 큰 힘이 될 거야. 정말 괜찮은 거지?"

몇 번이나 확인하는 호리키타였는데, 눈에 강한 빛이 깃
들었다.

"정말이야. 다만 조건이 몇 가지 있어."

조건. 당연히 호리키타에게는 경계심이 드는 단어겠지.

"……그게 뭔데. 어려운 조건이야?"

"글쎄. 네 자존심이 허락할까 하는 문제도 관련 있어."

"내 자존심? 자세히 말해볼래?"

조건이 있다고 해도, 내가 대표자가 되는 것을 긍정적으로 검토할 의지가 강한 듯하니 이야기를 계속 진행했다.

"각 반 리더는 거의 100%, 자기가 대장이 되어서 시험을 치를 거야."

"그야 그렇겠지. 대장이 제일 생명이 많잖아. 다시 말해서 실수해도 괜찮은 횟수가 제일 많은데 선봉이나 중견이 되면 그런 이점을 버리는 것밖에 안 되는걸. 그러니까 그건 틀림없을 거야."

그 부분을 이해한 상태에서 자존심 이야기로 넘어갔다.

"지금 우리 반 리더는 틀림없이 너야, 호리키타. 그걸 전제로 한 내 수용 조건 중 하나는 호리키타가 중견이고 내가 대장, 이 순서로 가는 거야."

"너를 대장으로……?"

이러면 어떻게 될지는 깊이 생각할 것까지도 없다.

반의 실질적인 리더는 호리키타가 아니라 아야노코지가 아닌가, 다들 그렇게 여기겠지.

"아까도 말했지만 다른 반은 십중팔구, 아니 한없이 100%에 가까운 확률로 이치노세, 류엔, 사카야나기가 대장이 될 거야. 하나라도 더 많은 생명을 확보한 상태로 싸우고 싶을 테니까."

다시 고개를 끄덕이며 동의하는 호리키타.

"그러니까 내가 대장이 되면 우리 반과 다른 반 학생 중에서 그렇게 느끼는 사람이 많이 나올 거야. 그중에는 호

리키타가 리더로서 미덥지 못하다, 그런 식으로 보는 사람
도 나올지 모르고."

"아주 순화해서 말해주는구나. 하지만 네 말이 맞겠지.
이번 특별시험에서 대장 자리에 앉는 건 필연적으로 반에
서 제일 실력이 뛰어난 학생이 될 테니까."

"그래. 그래서 네가 그 조건을 수용하는 게 내가 이 제안
을 받아들이는 전제 조건이야."

물론 호리키타의 의사를 존중할 것이다. 여기서 자기가
대장이 되고 싶다고 한다면 오히려 리더로서 강하게 자각
하기 시작했다며 기뻐해야 할 일이다.

"만약에 대장 자리만큼은 양보할 수 없다고 말한다면?"

"그럼 그냥 거절하는 거지."

하지만 만약 호리키타가 이 전제 조건을 거부한다면 당
연히 나는 대표자가 되지 않을 것이다.

"자존심, 그런 말이었구나. 솔직히 난 이길 수만 있다면
내가 대장이 되든 뭐가 되든 크게 상관없어. 하지만 아예
신경이 안 쓰이는 것도 아니야."

"그렇겠지. 아니, 오히려 안 그러면 말이 안 돼."

자존심 자체에 가치가 있는 것은 아니다.

하지만 자존심을 가진 리더라는 점에는 가치가 있다.

"대장이 아니면 안 받아들이겠다는 이유를 말해줄 수 있
어? 단순히 네가 나보다 실력이 위라서?"

"아니? 더 단순한 얘기야. 나한테까지 차례가 안 왔으면

좋겠거든."

"대표자는 받아들여도 웬만하면 안 나서고 싶다는 말이니?"

"바로 그거지."

주저 없이 대답하자 호리키타는 내가 대표자에 포함되는 것의 의의를 찾으려고 미간을 찌푸렸다.

"그게── 나한테 좋은 점이 얼마나 될까. 너한테 대장을 주면 나는 아마 중견이 되겠지. 그리고 네 차례까지 안 가게 하려면 꽤 힘든 대결을 해야 할 거고."

"물론 네가 불리해지지. 원래 허락됐던 실수의 횟수가 적어지면 큰 핸디캡이 될 거야. 게다가 중견이 계속 이기려면 그만큼 상대방의 생명을 빠르게 많이 깎아야 하고."

여기까지 들으면 호리키타가 의문을 느끼는 것도 무리가 아니다.

대장 자리를 주면 하겠다면서 내 차례까지 안 왔으면 좋겠다는 말은 납득하기 어려운 이야기일 것이다.

물론 호리키타가 다 이겨버리면 이야기는 빠르지만, 그렇게 쉬운 일이 아니다.

"그런데 아까 말투를 보아하니 조건이 그게 다가 아니지?"

아직 결론을 내리지 못한 호리키타가 다음 조건을 확인하고 싶다고 했다.

나 역시도 재촉할 생각은 없다.

"대장 건은 보류하고 계속 얘기를 진행해 볼까. 대표자가 되는 대신 보수를 받고 싶어."

"프라이빗 포인트?"

"아니, 그거 말고. 내가 원하는 건 코엔지랑 똑같아. 앞으로 쭉, 나는 반에 조금도 공헌하지 않는다. 협력하지 않는다. 그 조건을 받아주면 좋겠어."

"그건⋯⋯."

의외⋯⋯ 아니, 생각하고 싶지도 않았던 요구이긴 할 것이다.

어느 정도의 대가는 받아들일 생각이었겠지만, 말을 잇지 못했다.

"너무 심하네. 너까지 코엔지처럼 가만히 놔두라고?"

화내는 게 아니라 어이없어하는 호리키타.

"요즘에는 상담도 해주고 조금은 반에 힘을 보태게 됐으면서. 갑자기 앞으로는 협력하지 않겠다니⋯⋯."

"마음에 안 든다는 거 알아. 하지만 나한테도 생각이 있어서 하는 제안이야."

"들려줄래? 그 생각이 대체 뭔지."

"애초에 난 A반에 대한 고집이 없어. 지금 반이 C반이나 D반으로 졸업해도 딱히 상관없거든. 그런 사람은 A반에 올라가기 위해 힘껏 도울 필요성을 느끼지 못한다, 이 부분은 이해돼?"

"⋯⋯그건 그렇겠네."

"그리고 난 코엔지처럼 프라이빗 포인트에도 연연하지

않아. 지금 있는 반 포인트로 충분하다고도 생각하고 여기서 반쯤 더 줄어들어도 딱히 곤란하지 않아."

내가 돕지 않아서 반이 진다고 해도 허용이 된다고 말했다.

"그러면 지금까지 이따금 도와준 이유는 뭐야?"

"반이 안정적이면 그보다 좋은 일은 없으니까. 호리키타도 다른 애들도 모두 성장했어. 내가 개입하지 않고 맡겨도 반을 잘 꾸려나갈 수준까지 올라왔다고 판단했을 뿐이야."

"네 말을 어디서부터 어디까지 믿어야 할지 솔직히 모르겠지만…… 하고 싶은 말이 뭔지는 알겠어. 그러니까 이번 학년말 특별시험에서 돕고 나면 남은 학교생활은 느긋하게 보내고 싶다는 얘기지?"

"그래. 다만, 단지 대장을 맡는 것만으로 이 조건을 요구하려는 건 아니야. 내가 대장이 됐는데 중견까지가 상대를 다 이겨서 내 차례가 돌아오지 않는다면, 지금 말한 대가를 일절 요구하지 않겠다고 약속할게."

"……어디까지나 네가 대장으로 끌려 나오고 네 덕에 우리 반이 승리했을 때 한해 요구하겠다는 말이지?"

"그래. 하지만 만약 네가, 대장으로 나온 이치노세를 생명이 하나만 남을 때까지 몰아붙였어도, 거기서 내 차례가 와서 승리했을 경우 약속대로 이행해야 할 거야."

어부지리, 그런 전개까지도 호리키타는 시야에 넣어야만 한다.

보통은 거절해도 이상할 것 하나 없는 제안이다.

그렇기에 여기서 중요한 부분을 건드렸다.

"그리고 만약에 내가 대장으로 나왔는데 진다면, 앞으로 너와 내가 같은 반으로 있는 한 다음…… 아니, 반년은 더 힘을 보태겠다고 약속해."

패배와 맞바꿔서 앞으로 반년간 도울 것을 약속했다.

이건 호리키타에게 나쁘지 않은 이야기일 것이다.

"만에 하나 지더라도 네 도움을 당분간은 받을 수 있다. 정말 코엔지와 비슷한 조건을 내거네."

"코엔지와 비교하면 그 이상 아닌가. 중간에 퇴학이나 다른 이유로 반에서 빠지지 않는 한에는 반년 동안 계속 협력하겠다는 건데."

"반년 말고 졸업할 때까지는 안 되니?"

"그건 무리야."

"뭐…… 여기서 네 제안을 거절한다고 해도 앞으로 네가 헌신적으로 도와준다는 보장은 없는 거지?"

"물론. 나는 A반으로 졸업 안 해도 상관없어서."

"역시 아야노코지네. 까다로운 제안이야."

잠시 고민해 보겠다고 말한 호리키타는 팔짱을 끼고 눈을 감았다.

결정을 뒤로 미룰 시간도 없기 때문에 지금 검토하고 결론을 내릴 모양이었다.

나야 밤까지 기다려도 괜찮지만, 고민하는 데 방해할 생각은 없어서 가만히 답을 기다린다.

호리키타가 중견으로서 상대 반의 대장을 이긴다면 지금까지와 관계는 달라지지 않는다.

호리키타가 져도 내가 이기면 학년말 특별시험의 반 포인트를 획득할 수 있다.

단, 앞으로 내 협력을 얻을 수 없는 것이 위협 요소다. 그리고 호리키타가 지고 나까지 진다면 예기치 않은 문제가 생기지 않는 한 반년은 더 도움을 받을 수 있다.

지금 호리키타에게 이 세 가지 미래가 제시되었다.

"반년간의 협력을 얻기 위해 나랑 선봉이 짜서 일부러 지고, 너한테 불리한 승부를 강요하면 그땐 어쩔래?"

"딱히 상관없어. 어떤 상황에서든 내가 지면 약속은 지킬게."

"……그렇구나."

그리고 몇십 초 정도 고민한 후 호리키타가 팔짱을 풀었다.

"뭐, 실체로 일부러 지는 건 말도 안 되지. 좋아, 결정했어."

지금까지의 대화로, 어떤 미래를 목표로 할지 답을 내린 모양이다.

"솔직히 말해서 난 대장을 맡기로 각오했었어. 달리 입후보자도 없고 내가 리더로서 싸워야 한다고 생각했지."

"그렇겠지."

"하지만 네가 대장을 맡아 준다면── 다른 건 다 사소한 일에 불과해. 나보다도 반의 승리가 최우선이야. 승률 높은 전략을 쓸 거야."

"그럼 대장을 양보할 의사가 있다는 거지?"

"그래. 난 최선을 다해 싸울 거야. 안심할 수 있지만 동시에 긴장감이 커지겠지. 고전할 게 뻔한 대결에서 대장이 없다고 치고 이길 생각을 해야만 하잖아."

호리키타의 입장에서는 져도 내가 어떻게든 해준다는 보험, 안도감을 얻는다.

하지만 그 보험을 쓰면 앞으로는 내 협력을 얻을 수 없다.

그렇다면 중견인 자신이 이기는 게 가장 이상적인 패턴이다.

"정식으로 네 제안을 받아들이겠어. 이번 특별시험에서 대장을 맡길게."

그렇게 말한 후 계속해서 말을 이었다.

"괜찮은 거지? 너를 전력으로 봐도."

"물론 발목 잡을 생각 없어. 교섭 성립이다."

나는 손을 내밀어 호리키타와 악수했다.

반드시 자기 선에서 승리를 가져올 것이다.

그런 발등에 불붙은 느낌이 호리키타의 마음속에서 강해졌겠지.

"아아, 그래. 맡기 전에 먼저 해둬야 할 일이 있어. 내가 대장이 되는 걸 애들이 어떻게 받아들일지 몰라. 그 중요한 대결을 맡길 수는 없다고 부정적으로 생각할 애가 나와도 이상하지 않으니까. 작년 일도 있고."

"반대하는 사람이 많진 않겠지만 전혀 없다고 말할 수도 없긴 해."

"그러니까 반드시 반 애들 전원의 동의를 받아줬으면 좋겠어."

"전원이라면 코엔지까지 포함해서?"

그렇게까지 할 필요가 있니? 그런 확인이 담겨 있었다.

"그래. 코엔지도 포함해서."

"만약에 걔가 반대하면? 자기 멋대로 굴 가능성이 충분히 있는데."

"불이익이 없으면 굳이 반대하는 타입은 아니라고 보지만, 확실한 보장은 없으니까. 만약에 반대하면 바로 알려줘. 그때는 내가 직접 나설게."

"네가? 그렇다면 괜찮지만……. 알았어. 바로 움직일게."

"그렇게 해주면 고맙지. 하지만 모쪼록 신중하게 움직여주길 바란다."

"신중하게? 아, 물론 네가 앞으로 반에 협력하지 않는 걸 전제로 맡는다는 건 안 밝힐게. 그건 상관없지?"

앞으로 내가 빠지기 위한 참여, 라는 사실을 알면 아이들이 달가워하지 않을 것은 당연하다.

조건에 관해서는 여기서 우리끼리만 해둘 얘기지.

"물론 괜찮아. 신중하게 움직이라는 말은 내가 대장을 맡는다는 걸 이치노세 반이 모르게 했으면 좋겠다는 뜻이야. 조금이라도 승률을 더 높이려면 상대방이 놀라고 동요하게 만드는 걸 빼놓을 수 없잖아. 그러니 정보가 새어 나가지 않게 애들한테 신신당부해 주라."

"그렇게 안 해도 다른 반에 비밀을 퍼트릴 애는 없을걸."

"그래도. 자기는 퍼트릴 생각이 없어도 관련된 얘기로 힌트를 줘버릴 수 있으니까. 충고에는 정신을 단단히 무장시키는 의미도 있어."

그것도 그러네, 하고 호리키타가 순순히 받아들였다.

"그럼 모두의 찬성을 받아내거나 반대 의견이 나오게 되면 너한테 말해줄게. 시간이 없으니 오늘 밤까지는 끝낼 생각이야."

나는 고개를 끄덕이고 호리키타의 보고를 기다리기로 했다.

1

호리키타와는 오후 6시 넘어 카페에서 헤어지고, 그 후에는 서점에 들렀다.

거기서 대략 1시간 정도 시간을 보내다가 약속한 남자를 만나러 노래방으로 향했다.

가는 도중, 앞쪽에서 하세베 하루카를 발견했다.

늘 붙어 다니는 미야케는 보이지 않았다.

우연히 마주친 것뿐이라면 아무 말 없이 그냥 스쳐 지나가면 될 일인데, 하세베는 당혹스러운 눈빛을 띠면서도 나를 계속 쳐다보았다.

뭔가 하고 싶은 말이 있다, 그런 감정이 쉽게 읽혔다.

"무슨 일 있어?"

거리가 가까워졌을 때 말을 거니, 과장될 정도로 눈을 커다랗게 떴다.

틀림없이 말 걸고 싶어 하는 눈치였는데 내가 먼저 말 걸 줄은 몰랐나.

"그게…… 저기…… 아까 호리키타랑 이야기하는 걸 봐서……."

뒤편의 카페를 한 번 스윽 보고, 속삭이듯 말한 하세베.

"그냥 잠깐 얘기, 하고 싶어서. ……민폐일까?"

"아니 그렇지 않아. 하세베 너만 문제없다면."

"……고마워."

하세베라고 성으로 부르니 느끼는 바도 있겠지만, 거리감은 이 정도가 딱 좋다. 이제 와서 하루카라고 부르는 게 더 문제일 것이다.

"장소를 좀 바꿀까. 여기는 좀 튀는데."

"그, 러네……."

눈에 띄지 않는 몰 구석, 벽 쪽으로 걸어갔다. 멀리서 우리를 보는 학생도 있었지만, 이곳이라면 그렇게까지 주목을 모으지는 않겠지.

"이렇게 얘기하는 거 문화제 이후로 처음이네."

"그러게…… 키요…… 아야노코지는 요즘에 하나도 달라진 게 없어? 아, 질문이 이상하네. 내가 지금 뭐라는 거야."

할 얘기가 없는 게 아닐 텐데, 막상 갑작스럽게 대화를 시작하니 머리가 아직 혼란스러운지도 모르겠다. 말이 잘 나오지 않는 눈치였다.

"특별히 달라진 건 없어. 좋은 쪽으로든 나쁜 쪽으로든 평소랑 똑같은데."

"그렇구나. ……난 요즘 들어서 겨우 조금씩 웃을 일이 많아진 것 같아. 문화제를 통해서 아이리의 일을 받아들일 수 있게 되어서인지, 아니면 단순히 시간이 흘렀기 때문인지는 솔직히 잘 모르겠지만."

그 어떤 슬픈 일을 겪었어도 상처는 조금씩 아무는 법.

시간이 지나면 지날수록 슬픔은 기억과 함께 옅어져 간다.

물론 머리로 생각하는 것만큼 쉬운 일은 아니겠지.

아픈 과거는 아픈 과거로, 깊은 흉터가 아무래도 남아있을 테니까.

"저기, 앞으로…… 그러니까……."

띄엄띄엄 말을 내뱉는 하세베.

그 타이밍에 나는 오른손 검지를 두세 번 가볍게 굽혔다.

"그러니까…… 그게……."

잘 이어지지 않는 말을 필사적으로 자아낸다.

"음…… 앞으로 말이야, 미얏치랑 유키무랑 같이——."

겨우 마음 단단히 먹고 본론을 꺼내려는 하세베였는데, 그런 그녀의 머리 위에 그림자가 드리워졌다.

"이런 데서 밀회를 즐기는 거예요~? 선배."

기가 막힌 타이밍에 뛰어온 사람은 아마사와였다.

"카루이자와 선배라는 여친이 있으면서 이번에는 이 글 래머를 여친으로 만들려고 꼬시는 중?"

모든 학생의 OAA를 다 파악하고 있을 텐데 일부러 모르는 척하는 듯했다.

"그냥 같은 반 친구인데."

일단 그렇게 설명했는데, 하세베에게 아마사와의 등장은 환영할 전개가 아니리라.

"선배한테 잠깐 할 얘기가 있는데요. 시간 있어요오?"

부담 없이 물어보는 수준이 아니라 적극적인 태도에 하세베가 뒤로 물러났다.

"난 이만 갈게…… 두 사람이 기다려서."

그 말에 고개를 끄덕이자, 하세베는 뒤돌아 잰걸음으로 자리를 떴다.

"내가 방해했나 봐요."

"응, 아주 멋지게 방해했어."

"너무햇! 선배가 오라고 했으면서."

좀 짓궂게 대하긴 했지만, 그 말대로였다.

이야기 도중에 아마사와가 모습을 드러낸 것은 우연이 아니었다.

하세베에게 말 걸렸을 때와 같은 시간에 아마사와도 나를 봤던 것이다.

그때 손가락을 움직여서 곧 합류하라고 지시했다.

내 의도를 바로 알아차리고 온 것은 과연 그녀답다.

"하세베 선배랑 얘기하기 싫었어요?"

"그런 건 아니고. 가치 없는 일에 더는 시간을 할애하고 싶지 않았을 뿐이야."

"차갑네요."

어떻게 받아들이든 아마사와의 자유이고, 하세베 역시 어떻게 생각하든 당연히 자유다.

"1학년들은 학년말 특별시험 때문에 바쁘겠네."

"뭔가 정신없이 허둥대는 느낌이에요. 난 비교적 지켜만 보고 있지만."

그렇게 말한 후 바로 이렇게 정정했다.

"아, 오늘은 딱히 시비 걸려던 건 아니고요……. 저번 합숙 때 나구모 선배한테 덤볐다가 예상하지 못한 반격을 당해버려서 그 보고를 하려고요."

어떤 움직임이 있었는지 조금 신경은 쓰였지만, 1학년에서 특별히 퇴학자가 나왔다는 얘기가 없어서 그냥 넘어간 참이었다. 결국 나구모와 접촉하지 않았을 가능성도 남아 있었는데, 그건 아닌 모양이다.

그렇다면 그 합숙 때는 퇴학을 염두에 뒀다는 얘기가 된다.

그리고 결과적으로는 마음을 돌렸고, 지금 내 앞에 있다.

"아직 스스로 답은 내리지 않았지만요. 그래도 나구모 선배에 대한 분풀이보다 더 좋은 미래가 기다리고 있다고 믿고 당분간은 계속 학교에 다니기로 했어요. 시간 남아도니까 재미있는 일 있으면 저도 끼워 주세요."

"그럼 그 남아도는 시간에 내 부탁 하나 들어줄 수 있어?"

"네? 그야 상관없지만―― 무슨 부탁인데요?"

"나나세 츠바사에 대해서 더 자세히 알고 싶어."

"네에? 그 애는 선배의 기사잖아요? 굳이 조사하지 않아도 충분히 알지 않아요? 위협적이에요?"

"위협적이라고는 생각하지 않아. 다만 진짜 목적이 뭔지 정도는 파악해 두고 싶어서."

단순한 아군, 적, 그런 부분만으로 단정 지을 수 있는 사람은 현재까지 아니다.

"물론 선배가 그렇게 말한다면 저, 열심히 알아볼게요. 만약 원하신다면 퇴학도 시켜버릴 수 있는데?"

"그렇게까지 열심히 할 필요는 없고. 적절하게 정보만 모아주면 돼."

"네에. 알겠습니다."

솔직히 아마사와에게 부탁까지 해서 나나세의 정보를 얻을 필요는 없다.

그때그때 대응해야 한다고 해도 나나세를 다루기란 어렵지 않기 때문이다.

하지만 이 방법이 아마사와를 학교에 묶어 두는 데 도움이 된다면 나쁘지 않다.

"이제 약속 있어서, 다음에 보자. 너도 학년말 특별시험, 반에 그럭저럭 도움이 되어줘라."

"선배가 하라시면 그렇게 하죠오."

과장된 몸짓으로 경례한 아마사와와 스쳐 지나갔다.

"——고마워요, 선배."

헤어지는 순간, 아마사와는 그렇게 속삭이고 멀어져 갔다.

"역시 눈치챘나."

괜히 화이트 룸에서 우수한 성적을 거둔 게 아니네.

내 진의를 쉽게 간파한 듯하다.

2

학생들에게는 단골 장소이자 몰래 만나기에 딱 좋은 곳, 노래방.

미리 메시지를 나눈 대로 번호를 더듬어 방을 찾았다. 문을 여니 조용한 룸 안에 한 학생이 다리를 꼬고 앉아 있었는데 시선만 슬쩍 내게 돌렸다.

"오늘은 측근들이 아무도 없네."

"핫, 이 자식 의외네. 북적북적한 걸 원했냐?"

"이부키나 이시자키라도 있으면 이 숨 막히는 공기도 조금은 나을 것 같아서 그러지."

농담 섞어 대답했는데 류엔은 코웃음만 쳤다.

"니가 불러놓고 할 소리냐."

"그것도 그러네."

"됐다. 이번엔 나도 연락하려던 참이었으니까. 용서해 준다."

그렇게 말하며 피식 웃는 류엔.

"그런 거라면 같은 화제일 것 같네."

"그럼 너부터 끝내라."

먼저 말하라고 해서 나는 문 앞에 선 상태로 이야기를 꺼냈다.

"너와 사카야나기의 내기에 대해 들었어."

"호오?"

특별시험에 관한 내용일 거라고는 류엔도 예상했겠지만, 제일 먼저 꺼내는 게 이 이야기라는 것까지 예상했다고 보기엔 좀 어중간한 반응이었다.

"진 사람이 학교를 그만두는 내기라며. 그럼 둘 중 하나는 앞으로 만날 기회가 없을지도 모르잖아. 그래서 얼굴 정도는 봐두려고 생각했지."

"그럼 못 보게 되기 전에 사카야나기를 만나줘라."

"그럴 건데 사카야나기를 만나면 분명 그 애도 비슷한 소리를 하겠지."

영영 헤어지기 전에 류엔을 만나두는 게 좋겠다고 말이다.

두 사람 모두 자기가 질 거라고는 조금도 생각하지 않는다. 이건 예상한 대로다.

"사양하지 말고 앉아."

서로 할 얘기가 있어서 만난 건데, 주도권이 이미 저리로 넘어간 듯했다.

"할 수만 있다면 사양하고 싶네. 이번엔 포도 주스를 끼얹을 건가?"

앞에 앉은 류엔, 그가 오른손을 뻗으면 닿는 거리에 놓인 수상한 보랏빛 유리잔으로 시선이 갔다. 평소에 마시는 이미지도 없는 데다가 손댄 흔적도 없다.

"억측이 과하네. 그리고 어차피 네놈은 피하려고 마음만 먹으면 얼마든지 피할 수 있잖아?"

"네 마음대로 무슨 초능력자 취급하지 마라. 못 피할 상황도 많다고."

"이를테면?"

"이를테면── 그래."

류엔이 앉으라고 권한 자리는 출입구 근처.

"직원이 서빙하는 순간에 뿌리면 피할 수 있는 데는 한 곳뿐이야. 그럼 도저히 피할 수가 없지."

뿌리는 류엔도 이번엔 꼭 맞히겠다며 넓은 범위로 공략하겠지.

"의심이 너무 많군."

"그렇게 말하면서 왠지 재미없어하는 것 같은데."

뭐, 아무튼 지금은 류엔이 하라는 대로 앉을까.

아주 초현실적이게도 남자 단둘이 넓은 노래방에 마주 보고 앉았다.

"꽤 과감한 내기를 했네. 만약 다음 특별시험이 학력 중심 대결이었다면 거의 100% 네 패배가 확정된 거나 다름없어. 위험을 감수하고 뒷공작을 한다고 해도 착한 이치노세와 달리 사카야나기는 철저히 방어할 테고."

"일 년에 한 번 있는 큰 승부야. 머리 나쁜 놈도 이길 가능성이 있는 대결 정도로는 만들겠지. 재미 요소 하나 없는 학교라면 오히려 내 쪽에서 사절이다."

웃으면서 그렇게 대답하는 류엔이었는데, 이런 모습을 봐서도 모 아니면 도라고 생각한 건 아닌 듯하다. 졸업한 호리키타 마나부 세대, 나구모 세대, 그리고 우리. 지난 학년말 특별시험의 경향을 보건대 학력만 보진 않는다는 것을 이미 잘 안다.

자기 반도 충분히 승산 있는 내용일 수 있다고 확신했으리라.

"특별시험 준비는 잘했고? 작년에 이치노세 반에 했던 것처럼 멍청한 뒷공작을 또 시도하려는 건 아닌지 확인은 해두고 싶네."

학년말 특별시험에서는 당일 결석자의 수에 따라 페널티가 부과된다. 그렇다면, 상대측을 미리 약하게 만드는 방법을 수단 중 하나로 써먹을 가능성이 전혀 없지도 않다.

"그때 네가 나한테 한 말은 기억하고 있겠지. 『더 잘 성장해라』. 그렇게 지껄였잖아?"

"사실이니까. 그런 말도 하고 싶어지지."

거침없는 내 말에 코웃음 친 류엔의 눈빛이 한층 날카로워졌다.

"내가 작정하면 어떻게 되는지 사카야나기, 그리고 네놈한테 보여줄 거다. 나와는 어울리지 않지만 정정당당하게 꺾어 눌러 주겠어."

"선언은 참 멋지네. 만약 그냥 허풍이라면 상대를 잘못 골랐어. 공평성을 기한다고 하더라도 난 네 말을 전혀 신뢰하지 않아. 사카야나기한테 전달할 생각도 없고."

상대방의 방심을 유도하는 포석은 절대 안 될 거라고 단언했다.

"그렇겠지. 그래서 더 의미가 있는 거야."

"그렇군. 뒤집어 생각하면 정말로 정정당당하게 싸운다는 신빙성으로도 이어지려나."

모든 것은 보는 각도에 따라 달라진다는, 한 가지 좋은 예라고 할 수 있겠다.

"굳이 이 이야기를 다른 사람한테 할 필요도 없어. 그냥 네가 알면 그걸로 됐다."

"그런 거라면 이해했어."

류엔이 뒷공작을 할지 말지는 물론 자유지만, 이 발언에 따라서 내가 앞으로 그를 어떻게 보고 어떤 평가를 할지

정해질 테니까.

"부담이나 불안은 없어 보이네."

있을 리 없지. 손을 가볍게 흔드는 것으로 대신 답한 류엔.

"그럼 지켜볼게. 네가 사카야나기와 정면으로 충돌하면 어떻게 되는지."

나는 자리에서 일어나 류엔에게서 등을 돌렸다.

"아야노코지, 네놈은 대표자로 시험에 안 나가냐?"

"그게 신경 쓰여? 이번에 내가 어떻게 움직이든 너랑 상관없을 텐데."

"고작 이치노세가 상대니까, 원래라면 나설 필요 없겠지. 그런데 그 애는 지금 짐승의 냄새를 짙게 풍기고 있어. 호리키타는 뼈까지 통째로 뜯어먹힐지도 모른다고."

어디선가 그렇게 느낄 만한 일이라도 있었는지, 농담이 아닌 듯했다.

"그렇다고 해도 현재 반의 방침상 내가 나설 차례는 없네."

그렇게 알리자, 류엔은 시시하다는 듯 가볍게 콧방귀를 뀌었다.

"뭐, 됐다. 너희 반이 지는 게 우리한텐 더 좋기도 하고."

다행히 주스를 뿌리는 전개는 펼쳐지지 않을 것 같아서 안심했다.

류엔이 있는 룸에서 나온 나는 노래방 밖에서 한숨을 내쉬었다.

많이 늦어졌지만 이제 슬슬 돌아가 볼까.

그렇게 생각하면서도 한 군데만 더 들렀다 가기로 했다.

이 시간에 만날 확률은 그다지 높지 않지만, 각 반 리더 이외에도 만나두고 싶은 인물이 몇 명 있다. 그중 한 명이 자주 출몰하는 곳으로 발걸음을 옮겼다. 2층에 있는 휴게실까지 찾아갔다. 기대를 저버리지 않았다고 할까, 그곳에서 내가 찾던 인물을 발견했다. 나는 몇 대쯤 늘어서 있는 자판기 중 한 대 앞에 서서 음료를 고르는 척 견본 페트병과 캔 쪽에 시선을 두었다.

"그날 이후에 사카야나기랑은 어떻게 됐어?"

독백처럼 중얼거린 말에 잠깐 간격을 두고 대답이 돌아왔다.

"……네. 전보다 대화할 기회가 늘어났어요."

"그거 잘됐네. 그런데 관계가 개선됐어도 여전히 여기가 좋은가 봐."

"마음이 차분해지거든요. 그리고 역시 사람을 대하는 게 좀 버거워요."

자판기 옆 틈에서 돌아오는 말을 들은 나는 계속 그 자리에 서서 말을 이어갔다.

"혼자 있는 시간도 중요하니까. 나도 잘 알아."

많은 사람에게 계속 둘러싸여 있으면 숨이 막혀오는 법.

"우연인가요……? 여기 온 거."

"야마무라가 있으면 좋겠다고 생각하고 와봤지. 사실은 한 가지 알려줬으면 하는 게 있어."

"알려줬으면 하는…… 것이요?"

나는 혹시 몰라 주위에 사람이 없는 것을 확실하게 확인한 다음 알고 싶은 게 뭔지 털어놓았다.

이야기를 마치자, 야마무라는 잠시 그 의미를 곱씹어 보기라도 하듯 침묵했다.

"어째서…… 저한테 묻는, 건가요……?"

"이런 쪽의 사정은 야마무라가 제일 잘 알 것 같아서. 내가 잘못 읽었어?"

"……글쎄 ……어떨까요."

내가 구하는 답을 모르면 그냥 모른다고 말하면 된다.

하지만 야마무라는 얼버무리듯 확실한 대답을 회피했다.

요컨대 어떠한 답을 가지고 있다는 뜻이다.

"이미 몇 명 정도 점찍어 뒀어. 하지만 압축하기 위한 재료가 필요해."

"그 일은 사카야나기 씨한테 좋은 건가요? 아니면——."

"글쎄. 『이번 일』에 관해선 아직 사카야나기와 아무 상관 없어. 하지만 A반에게 피해 가는 일은 없도록 할 거야. 어디까지나 외야의 문제라고 생각해 주면 좋겠다."

얼마간 침묵하던 야마무라가 자판기 뒤에서 천천히 모습을 드러냈다.

"도움이 될지는 잘 모르겠지만, 질문에 답이 될지도 모르는 정보라면 조금 가지고 있어요."

정보를 주지 않을지도 모른다고 생각했는데, 야마무라가 스마트폰을 꺼냈다.

그리고 내게 화면을 보여주면서 동영상을 재생했다.

다만, 찍은 대상들과 거리가 좀 멀어서 목소리까지는 들리지 않았다.

"제가 찾은 것 중에 방금 아야노코지 군의 이야기와 일치하는 인물은 이 사람뿐이에요. 이 동영상 속 대화 내용은 거리가 멀어서 알 수 없지만…… 어때요. 전혀 상관없으면 죄송하고요."

날짜는 12월 26일 오후 7시. 장소는 케야키 몰이다.

동영상에 찍힌 두 사람은 가까운 거리에서 대화를 나누고 있었다.

"……도움이 안 될까요?"

"아니, 충분히 도움이 됐어. 역시 야마무라야."

"아니에요, 이 정도는 별것도 아닌…… 전 그냥 저기 있었던 것뿐이라……."

겸손하게 굴었지만, 동영상에 찍힌 사람도 주위를 몹시 경계하고 있었다.

그 와중에 이만큼이나 영상을 찍은 것은 상당한 실력이다.

내가 모르는 여러 사정을 파악하고 있어도 놀랍지 않다.

그래도 이 동영상만 가지고 모든 것이 드러났다고 말할 수는 없겠지.

확신을 얻기 위한 재료가 한 가지 정도는 더 필요하다.

"이 정보는 고맙게 활용하도록 할게. 물론 너에 대해서는 비밀로 하고."

"도움이 된다면 좋겠는데요."

유익한 정보를 줬으면서도 어딘지 미안한 듯 머리를 숙였다.

그런 야마무라와 헤어진 나는 얻은 정보를 바탕으로 누구에게 연락할지 즉시 정한 후, 케이한테 정보를 받아 그 인물과 접촉하기로 했다.

4

케야키 몰에 있는 한 장소에서 같은 반 학생이 오기만을 기다렸다.

연락을 부탁한 지 15분 정도 지나 모퉁이에서 빼꼼 모습을 드러냈다.

"많이 기다렸어? 아야노코지. 카루이자와한테 연락받았는데…… 나한테 할 얘기가 있다고?"

흔치 않은 전개에 조금 당황한 투로 마츠시타가 말을 걸었다.

"미안, 친구는 괜찮았어?"

"응. 30분 정도 잠깐 다녀오겠다고 말하고 왔어. 그 정도면 되는 거 맞지?"

"충분해."

"그래서── 할 얘기가 뭔데?"

굳이 단둘이서만 얘기하고 싶다는 말을 들으면 경계하는 것이 일반적인 반응이다.

마츠시타의 표정은 평소와 같았지만, 속으로는 안절부절못하고 있으리라.

"왜 여기서 만나자고 했는지 알아?"

"그게 무슨 말이야? 내가 케야키 몰에 있었기 때문이 아니고 다른 이유가 있다는 뜻이야?"

하긴 마츠시타가 케야키 몰에 있다는 사실은 케이한테 들어서 바로 알았다.

그러니 내가 몰에서 기다렸다고 생각하는 것이 자연스럽다.

"작년에 내 뒤를 밟았었지. 그리고 여기 멈춰 서서 얘기 나눴고."

"아~…… 그러고 보니 여기였던 것 같기도 하네. 그래, 여기가 맞아."

다시 한번 주변과 기둥을 보면서 자기가 숨어 있던 위치를 떠올린 듯했다.

이사장 대행과의 사건과 플래시 암산 실력 등을 캐물었
었다.

　"그때 나한테 그랬잖아. 진짜 실력을 알고 싶다고."

　"맞아. 자꾸 얼버무리는 듯한 느낌이 들었으니까."

　"1년 가까이 지난 지금 답은 찾았어?"

　"글쎄. 1학년 때에 비해 꽤 적극적으로 행동하게 됐지.
하지만…… 그래도 진짜 실력은 드러내지 않은 게 아닌가
싶긴 해."

　"그래?"

　그냥 표면적으로만 하는 평가와 달리, 마츠시타는 다른
애들에 비해 개개인의 능력을 꿰뚫어 보는 능력을 적잖이
갖추었다.

　"만약에 마츠시타가 도와주겠다고 하면 내 실력을 좀 더
보여줄 수 있을지도 몰라."

　"……그게 무슨 말이야?"

　여기서 나는 마츠시타의 흥미를 단번에 끌어내면서 야
마무라한테 얻은 정보를 토대로 이야기해 나갔다.

　내 이야기를 다 들은 마츠시타는 놀라움을 감추지 못했다.

　"하긴 그런 일도 있긴 했지만…… 이제 와서 새삼스럽
게. 그거 누구한테 들었어?"

　단순한 추억담일 수도 있었는데, 마츠시타의 표정은 그
게 아니라고 말해주고 있었다.

　"벌써 3개월 가까이 지난 일인데, 뭐 마음에 걸리는 일

이라도 있었어?"

"……뭐…… 그렇지."

마츠시타는 사실을 인정하면서도 내가 어디서 정보를 얻었는지 궁금해 죽겠다는 눈치였다.

"미안한데 정보원은 밝힐 수 없어. 그냥, 같은 반 애가 아니라는 것만은 말해줄게."

괜히 같은 반을 의심하는 것은 앞날을 위해서라도 이득 될 게 없으므로 일부만 밝혔다.

"그래서, 그 일의 뭘 알고 싶은 거야? 내가 상세하게 기억한다면 좋겠지만."

"꼭 대화 내용을 복기할 필요는 없어. 나도 아니까."

모두의 이름을 쭉 읊으니, 그때까지 변함없는 태도로 나오던 마츠시타도 과연 말문이 막힌 듯했다.

"앗, 음…… 그래. 네 말이 전부 맞아. 그러면 나한테 묻고 싶은 게 대체 뭐야?"

내가 마츠시타를 불러낸 이유는 두 가지. 하나는 야마무라에게 얻은 정보가 정확한지 최종 확인. 이는 같은 반 아이의 이름이 일치했기에 틀림없다고 판단할 수 있다. 그리고 다른 하나는 마츠시타를 높게 평가해도 괜찮은지. 그 테스트까지 겸한 것이다.

내가 불러낸 이유를 스스로 정리한 마츠시타는 한숨을 푹 내쉬면서 중얼거렸다.

"날 시험했나 보네."

"글쎄."

마츠시타가 굳었던 표정을 풀고 미소 지었다.

"시험했다고 생각하고 진지하게 대답할게. 그때 일은 똑똑히 기억해. 분명 마음에 걸리는 게 있었어. 대화 소재도, 멤버도, 온통 위화감투성이였으니까."

그렇게 기억을 소환하면서 당시 일을 자기 입으로 털어놓았다.

중간까지 듣고 이야기가 확실하게 맞아떨어졌을 때, 나는 말을 중단시켰다.

"그걸로 충분해."

"……실력을 보여주겠다고 했는데 어떻게 하려고?"

"만약에 다음 특별시험에서 내가 나설 기회가 생긴다면 원하는 대로의 결과를 보여줄 생각이야."

"그래? 아야노코지가 보장한다면 이번 특별시험은 안심할 수 있겠어."

"하지만 앞으로 나 혼자만의 힘으로는 안 될 거야. 반 전체가 성장해야 해."

"나도 알아. 그래도 만약 우리 반이 하나로 똘똘 뭉치는 날이 온다면 그땐 아마 아무한테도 지지 않을 거야."

오늘 일까지 확실히 짚으면서 마츠시타는 그렇게 웃는 얼굴로 말했다.

"일단 오늘은 안 만난 걸로 할게. 언제든 또 연락해."

사소하지만 이런 배려를 먼저 할 수 있는 점도 중요한

요소다.

5

그날 밤, 10시가 지났을 무렵. 방문을 가볍게 두드리는 소리가 들렸다.

문을 열어주니 주위를 의식하는 것 같아서 바로 안으로 들였다.

2학년 A반 하시모토였다. 편한 사복 차림이었다.

"아무도 안 봤어?"

"상황을 살피느라 시간 잡아먹었어. 혹시 몰라서 계단으로 이동했고."

"그럼 됐어. 이 시간에 나랑 만나는 건 아무도 환영하지 않을 테니."

"용건이 있으면 전화로 해도 되지 않았어? 아니면 따로 장소를 생각해 본다든지."

하시모토는 그렇게 말하면서 어쩐지 나를 탐색하는 듯한 눈빛을 보냈다.

언제나 남을 의심하는 사람이 자기도 모르게 하는 행동이겠지.

"전화로 할 수 없는 얘기도 있어. 그리고 밖에서 만나는 것도 나름의 리스크가 있고."

"뭐, 상관없지만. 그래서? 나를 만나서 할 얘기란 게 뭐야."

서서 대화할 생각은 없으므로 방 안의 적당한 자리에 앉혔다.

"학년말 특별시험도 정해졌으니까 이야기를 해두려는 생각에. 이번 특별시험에서 네 위치가 어떤지 다시 묻고 싶어."

"학교에서 규칙 공개를 안 했잖아? 그러니 어떻게 해야 할지 나도 모르지."

"어떻게 할지가 아니라, 네 위치를 말하는 거야. 류엔 편에 설 거라고 전에는 그렇게 말했었는데."

불과 얼마 전 이 방에서 하시모토가 말했던 것을 떠올리며 물었다.

"똑같아. 내가 살아남으려면 류엔을 이기게 하는 것 말고 방법이 없으니까. 다만 좋은 흐름이라고는 말할 수 없는 상황이야. 시험이 고지되면 류엔을 도울 생각이었는데, 설마 규칙조차 공개 안 할 줄은 몰랐어."

하긴 시험의 규칙에 따라서는 사전 준비 단계 때부터 도울 수도 있다.

"반을 배신할 생각이라면 오히려 좋은 기회라고 보는 게 좋아."

"뭐?"

하시모토는 한탄했지만, 그건 배신을 들키지 않았다는

전제가 있을 때의 얘기다.

"내용이 공개됐다면 오히려 사카야나기는 그걸 이용해서 너와 류엔에게 덫을 놓는 전략을 짰을 거야. 그런데 내용을 모르니 미리 대책을 못 세우잖아. 기껏해야 대표자로 뽑지 않는 것 정도밖에 못 해. 본 시험에서 어떻게 행동해야 할지 감을 잡을 수 없어."

사카야나기는 이번 특별시험을 오히려 불리하게 시작했다.

"그렇군. 그렇게 생각할 수도 있나."

흥미롭다는 듯 고개는 끄덕였지만, 그 말에 기댈 생각은 전혀 없어 보였다.

오히려 본론은 따로 있지 않냐는 듯 급하게 굴었다.

"이제 그만 네 대답을 들려주지 그래, 아야노코지. 계속 기다리는 중인데?"

"내가 류엔 반으로 옮길 생각이 있는지 없는지?"

"그래. 난 큰 위험을 감수하고 사카야나기를 배신하기로 결심했어. 네가 어느 반에 계속 있을지에 따라 내 미래도 정해진다고."

늘 그러듯 진실과 거짓을 섞어서 물었다.

학년말 특별시험에서 류엔이 이기면 일단 하시모토의 계획은 궤도에 오른다.

그리고 내가 반 이동을 결심한다면 목적을 달성하는 셈이다.

"만약에 내가 안 간다고 말하면 어떻게 돼?"

"그야 곤란하지. A반으로 졸업할 확률이 떨어지는 건 피할 수 없어."

"굳이 묻지 않았는데, 프라이빗 포인트는 어쩌고? 류엔 반도 자금이 넉넉하지 않잖아. 나와 너까지 두 명을 영입하려면 돈이 꽤 많이 들 텐데."

당연한 질문에 하시모토가 피식 웃었다.

"그게 꼭 그렇지도 않아. 류엔 녀석, 1학년 3학년이랑 거래해서 프라이빗 포인트를 꽤 많이 쓸어 담았다는 모양이야."

"거래라니?"

"자세한 건 나도 모르지만. 다른 학년한테 받았으면 두 사람분의 이적 금액을 모으는 것도 비현실적이지 않잖아?"

그게 사실이라면 과연 현실적이긴 하다.

하지만 어디까지 믿어도 될지는 회의적이다.

"뭐, 만약에 좀 부족하더라도 걱정할 건 없지. 저번에 나구모한테 받은 프라이빗 포인트도 상상 이상으로 많았으니까. 그거 진짜 큰 도움 됐다."

합숙 때 나와 내기한 나구모가 약속했던 보수. 그 일로 300만 포인트를 얻었다.

상상을 아득히 넘어설 만큼 많은 프라이빗 포인트를 양도받았을 땐 솔직히 좀 놀랐다.

주도적으로 움직인 하시모토에게는 그가 희망한 20%인

60만 포인트를 줬고, 남은 240만 포인트를 나머지 15명이 16만 포인트씩 나눠 가졌다.

이적에 필요한 2,000만 중에 채울 수 있는 건 고작 3%, 하지만 소중한 3%인가.

"네가 일등공신이니까 100만, 150만 정도는 챙겼어도 됐는데. 나라면 사양하지 않고 그 정도는 받았을 거야. 똑같이 나누는 데 동의하다니 무슨 성인군자도 아니고."

어이없어하면서 합숙 당시를 회상하는 하시모토.

하긴 프라이빗 포인트는 학교 안에서 만능에 가까운 역할을 한다.

그래도 내가 그것만 고집할 필요는 없다.

"뭐, 돈에 쉽게 넘어오지 않는 건 장점이기도 하지만."

아무 대답도 하지 않자, 하시모토가 혼자 중얼거렸다.

"주말에는 얌전히 있을 계획인데 시험을 앞두고 뭐 조언해 줄 거 있어?"

지금의 하시모토에게 해줄 수 있는 말은 그리 많지 않다.

아니 오히려 아무것도 말할 필요가 없다는 느낌마저 든다.

다만……

"조언은커녕 묵묵부답이냐…… 야."

내가 주도해서 사카야나기와 류엔의 대결을 방해할 생각은 추호도 없다.

따라서 가만히 지켜보기만 하는 것이 정답이다.

그렇지만 임기응변으로 대처할 수 있을 만큼 준비해 두

는 것도 나쁘지 않다.

"잠깐 생각 좀 했어."

"아하? 그럼 해줄 조언이 떠올랐다고 받아들여도 되냐?"

별로 기대는 하지 않는 눈치였지만 내 의견을 구했다.

"하시모토. 네가 이대로, 그러니까 새로운 전략 없이 특별시험을 친다면 위기에 빠질 수도 있어."

"야, 나는 조언해달라고 했잖아? 무서운 소리 하지 말란 말이야. 설령 위기에 빠지더라도 나는 잘해 나갈 거다."

"늘 그렇듯이 거짓말을 섞어서?"

"거짓말은 강력한 무기야."

그건 안다. 때로는 폭력마저 능가하는 강한 힘이 있는 것이 바로 거짓말이다.

꽤 오래전에 호리키타한테 그렇게 말한 적도 있다.

"물론 거짓말의 힘은 강해. 거짓말로 남을 쉽게 파멸시킬 수도 있고. 하지만 세상에는 그게 통하지 않는 상대가 있다는 것 역시 사실이야."

"……이번 상대한테는 안 통한다는 말이야?"

"안 통하지."

사카야나기는 거짓말에 대한 경계심이 아주 강하고 예리한 감성을 지녔다.

아무리 하시모토의 언변이 화려하다고 한들 거짓말을 전제로 대결을 구성할 것이다.

어차피 배신한 하시모토의 신뢰는 바닥까지 떨어졌을

터. 지금은 귓등으로도 듣지 않겠지만.

"그래도 할 수밖에 없잖아. 난 계속 이런 식으로 싸워왔는데."

유일하게 내세울 수 있는 무기라는 듯 대답하는 하시모토.

아니, 거짓말하는 것 말고는 싸우는 법을 모를 뿐인가.

"한번 고려해 주지 그래? 나와 함께 류엔 반으로 가는 거."

"네가 류엔 편을 들겠다는 생각은 변함없는 거지?"

"변함없지."

"그럼 만약 류엔이 궁지에 몰리면 어쩔 건데? 네가 편을 들든 안 들든 패배가 확정된다면? 그땐 사카야나기한테 다시 붙을 건가?"

"그건――."

"상황에 따라 이랬다가 저랬다가 태도를 바꾸면 주변에서 보는 네 모습은 추하기만 할 거야."

"……그럼 나더러 어쩌라는 거야? 류엔 편은 들 거야. 하지만…… 생각하고 싶지도 않지만, 만약 위기에 빠지면 어쩔 수 없지. 사카야나기한테 무릎 꿇고 빌거나 무슨 짓이든 해서라도 용서받는 수밖에."

단호하게 나가겠지만 최후의 순간에는 도망칠 길을 모색하겠다.

지금까지 분석한 하시모토 마사요시의 모습 그대로군.

"그럼 적어도 나한테는 거짓말하지 마. 네가 할 수 있는 건 그 정도야."

나는 문이 닫히면서 점점 보이지 않는 하시모토의 뒷모습을 현관에서 바라보았다.

특별시험 내용에 따라 다르지만, 자칫하면 하시모토를 볼 수 있는 마지막 기회가 될지도 모르겠군.

그렇게 생각하면서 나는 잘 준비에 들어갔다.

6

일요일 아침.

약속 시간보다 10분 일찍 목적지에 도착하니, 기다리는 사람이 이미 벤치에 앉아 있었다.

"안녕."

인사를 건네자, 아름다운 옆얼굴이 나를 향하며 미소 지었다.

"안녕, 아야노코지. 괜찮아? 이런 데로 나를 불러내도."

"왜?"

"사람들 다니는 길이니까. 카루이자와라든지, 그쪽 애들이 보면 오해하지 않을까?"

"괜찮아. 오늘 일은 케이한테도 말해뒀으니까. 괜한 비밀, 경솔한 거짓말은 관계를 유지하는 데 족쇄만 될 뿐이야."

그렇게 대답하자 정말 거짓말은 안 하는 게 낫겠다며 조심스럽게 동의했다.

"아야노코지는—— 특별시험은 어떻게 할 계획이야?"

아마도 이치노세가 알고 싶은 부분은 내가 어떤 입장으로 시험에 임하느냐겠지.

"대표자로 특별시험에 나설 예정은 아직 없어."

그래서 나는 그렇게 대답하기로 했다. 거짓말은 관계 유지에 족쇄, 그런 말을 내뱉은 직후의 거짓말이다.

다만 호리키타에게 말했던, 이치노세 반을 속이기 위해 필요한 거짓말은 유감스럽게도 아니다.

왜냐하면 호리키타에게 말했던 작전 자체가 거짓말이고, 아무래도 상관없는 것이었기 때문이다.

"그렇구나. 그럼 우리한테는 좋은 소식인 걸까."

내 말을 있는 그대로 받아들인 이치노세는 조금 안도한 듯 보였다.

그 태도에서 수상한 점은 찾을 수 없었다.

거의 확실하게, 현재 시점에서는 내가 대표자로 나온다는 걸 모른다고 봐도 되겠지.

"아직은 그렇다는 거니까. 어쩌면 호리키타로부터 요청이 들어올지도 몰라. 그땐 살살 부탁한다."

"그건 내가 할 말이야. 아야노코지와는 할 수만 있다면 싸우고 싶지 않으니까."

그렇게 대답한 이치노세가 다시 말을 고쳤다.

"싸우고 싶진 않지만 어쩔 수 없겠지. 반 대항전은 피할 수 없으니."

그리고 바로 이렇게 말을 붙였다.

"더는 학년말 특별시험 이야기를 안 하는 게 좋겠어."

괜히 서로 속을 떠보는 짓은 하고 싶지 않다, 그런 의사 표현으로 읽었다.

"피차 직접 대결할 몸이니까. 좋은 얘기든 나쁜 얘기든 깊게 다루지 않는 게 낫겠지."

"응, 맞아."

"오늘 여기에 이치노세를 부른 건 약속한 그때가 다가오고 있기 때문이야. 기억해?"

"잊을 리 있겠어. 작년에 아야노코지의 방에서 얘기했던 것 말이지."

내가 고개를 끄덕이자, 이치노세도 덩달아 고개를 끄덕였다.

『1년 뒤 오늘 이런 식으로 만나고 싶어.』

『나와 이치노세, 우리 둘만.』

『앞으로 일 년 동안 힘껏 앞만 보고 달리고, 그런 다음 나와 만나는 거야. 약속해 줄 수 있어?』

전부 작년에 내가 이치노세에게 했던 말이다.

"둘 다 특별시험에서 퇴학당하지 않고 끝나면 그때 시간을 좀 내줘."

내가 무슨 말을 할지.

이치노세도 알지 못하겠지.

기대와 불안이 뒤섞이면서도 그녀는 똑똑히 대답했다.

"꼭 그럴게."

나는 고개를 끄덕인 후 벤치에서 일어났다.

대화한 시간은 아주 짧았지만, 내일까지 고려하면 이 정도가 딱 좋으리라.

"이제 헬스장에 갈 건데 이치노세는 어떻게 할 거야?"

"난 이따가 우리 반 애들이랑 만나기로 해서, 다음에 갈게."

역시 학년말 특별시험이 코앞까지 왔으니, 헬스장에서 땀 뺄 때가 아닌가.

미리 말했던 것처럼 친구를 만난다는 모양이다.

여전히 벤치에 앉아 있는 이치노세의 눈 배웅을 받으며 나는 먼저 케야키 몰로 향했다.

이렇게 해서 세 명. 이제 사카야나기만 만나면 내가 할 일은 끝이다.

7

이치노세와 헤어진 후, 1시간 정도 땀을 흘리고 헬스장에서 나왔는데 한 학생이 입구 근처에 서 있었다. 그냥 우연히 마주친 건 아니겠지.

"웬일로 여기 있어? 칸자키."

"……어."

짧게 대답한 칸자키는 나와 헬스장을 번갈아 쳐다보았다.

"헬스 다니고 싶으면 소개해 주고."

"아니, 그런 게 아니야. 네가 헬스장에 갔다고 해서 기다리고 있었어."

그럼 그 정보원은 이치노세라고 보는 게 좋겠군.

"전화 말고 직접 얼굴 보고 얘기해야 할 내용이야?"

"얘기 정도가 아니야. 얼핏 들었는데 대표자로 나갈 계획은 현재까지 없다며. 그게 정말이지 아닌지 확인하고 싶어서."

"호리키타의 방침에 따라 달라지겠지만, 아직 그럴 계획은 없어."

그대로 따라 말하듯 대답했는데 칸자키의 표정이 조금 험악했다.

"——진짜냐?"

"안 믿는 눈치네."

"물론 피차 직접 대결할 몸이니까. 여기서 진실만 말할 필요는 없고, 네가 나올지 말지 정하는 건 우리가 아니니까. 다만…… 이치노세는 네 말을 믿고 싶어 해. 아니, 믿고 있다고 말해도 되겠지."

배려하는 발언 같기도 했으나 군데군데 강경한 느낌도 있었다.

정보 출처는 역시 이치노세인 듯하다. 그 말은 신경 쓰지 않고 한 귀로 흘려 넘긴다.

"나도 네 말을 믿고 싶지만——."

다시 한번 믿어도 되는지 확인하려고 했다.

여기서 나오는 말에 아무 의미도 없다고 자기 입으로 대답해 놓고서 집요하게도 말이다.

"혹시 내 말을 못 믿는 이유가 따로 있는 것 아니야? 대표자에 포함될지도 모른다는 어떤 근거를 갖고 캐묻는 느낌인데."

"……아니야."

칸자키가 부인하다가 도중에 포기하고 다시 말을 고쳤다.

"그냥 풍문으로 들었어. 네가 일찍부터 대표자 제안을 받아들인 게 아니냐면서. 그것도 선봉과 중견이 아니라 대장 자리를 양보받아 시험에 나선다고. 그런 소문이야."

단순히 대표자 선출이라고만 했으면 뜬소문이라고 그냥 넘길 수도 있다.

하지만 칸자키는 『대장』이라는 중요한 키워드까지 넣어 말했다.

만약 호리키타가 반의 리더로 널리 알려져 있는데 대장 자리를 양보했다고 하면, 그저 풍문으로 끝나지 않는 부분이 있을 것이다.

칸자키의 난처해하는 표정을 봐서도, 원래는 나에게 이 정도로 캐물을 생각이 없었겠지.

그런데 내가 곧바로 부정하니, 사실을 더 자세히 알고 싶은 욕구가 강해졌을까.

비밀에 부쳐야 한다고 신신당부했던 정보. 그게 너무 쉽게 새어 나가버린 모양이다.

"풍문이 꽤 구체적이네. 하지만 소문은 소문이야. 아직 그런 얘기는 없었어."

그렇게 확신하고서 나는 계속 부인했다. 여기서 내 부인이 거짓이라고 해도 전략을 세우는 데 있어 허용되는 거짓말임을 칸자키도 이해할 수밖에 없으니.

"……알겠어. 네가 그렇게 말한다면 분명 그냥 뜬소문이 겠지. 하지만 만약 호리키타가 대표자로 나가 달라고 요청해도…… 웬만하면 거절해 주지 않겠어?"

"아주 작심하고 교섭하네."

"네 실력은 잘 알아. 네가 나오면 우리 반은 고전하겠지. 무엇보다 이치노세도 너와 붙으면 본래 실력을 발휘하지 못할 위험이 있어."

그래서 내가 대표자로 나오지 않았으면 좋겠다는 것.

이 부분만큼은 솔직하게 말하고 있다고 봐도 좋겠다.

"하고 싶은 말은 알겠는데 내가 쉽게 들어줄 수 있는 얘기가 아니야. 호리키타한테 그런 요청이 들어오면 나도 고려해 보는 게 같은 반으로서 당연한 의무니까."

쭉 뻗고 있던 칸자키의 팔에 힘이 들어가는 것을 알았다.

"미안해, 난처한 부탁을 해서. 잊어주라."

"괜찮아. 그만큼 이번 학년말 특별시험에 건 마음이 강하다는 거니까."

지금까지 내가 본 무대에 나올 거라고 노골적으로 암시한 적은 별로 없다.

경계하는 마음은 충분히 이해한다.

"오늘 아야노코지를 만나러 온 건 그냥 그 말을 전하고 싶어서였어. 꼬치꼬치 캐물어서 미안했다. 너한테는 여러 가지로 고마운 게 많아."

"너무 신경 쓰지 마. 피차 A반을 목표로 삼아 최선을 다하려고 하는 건 당연하니까."

방식과 방향성이 옳은지는 차치하고, 칸자키는 자기 나름대로 생각해서 반을 위해 활로를 찾으려고 하고 있다. 그것을 부정할 생각은 눈곱만큼도 없고, 오히려 관찰 대상으로서는 흥미롭다. 이치노세에게 화학적 변화가 일어나지 않았다면 좀 더 관여하고 싶었겠지만, 학년말 특별시험에서 어떤 결과를 내는지 본 다음에 해도 늦지 않다.

낙담을 애써 감추며 떠나는 칸자키를 지켜본 다음 나도 기숙사로 돌아가기로 했다.

8

일요일도 조금 있으면 끝나는 늦은 밤 10시. 일정이 꽉 찼다는 사카야나기를 배려한 결과, 혼자만 조금 특수한 방식으로 대화를 나누게 되었다.

내 스마트폰에 걸려 온 사카야나기의 연락.

나는 텔레비전을 끄고 통화 버튼을 눌렀다.

『늦은 시간에 미안해요. 지금 통화해도 괜찮아요?』

"응, 괜찮아."

『저한테 할 얘기가 있다고 하셨는데——.』

용건이 뭔지 짐작하고 있겠지만, 모른 척 물었다.

"단도직입적으로 말할게. 류엔이 퇴학을 걸고 대결을 신청했는데, 받아들였다며."

『그거 말씀이군요. 아야노코지 군의 귀에 들어가는 건 시간문제라고 생각하긴 했는데, 누구한테 그 이야기를? 아니, 묻는 것도 촌스러울까요.』

그렇게 정보원을 물어보려다가 이내 그만두었다.

"A반의 입장과 프로텍트 포인트의 유무로 봤을 때 파격적인 조건이네."

『조건만 보면 그럴지도 모르죠. 하지만 저는 그에게 질 일이 없으니, 류엔 군은 자기 목을 조르는 행동을 한 것에 불과해요.』

아무리 불균형한 조건일지라도 패배만 하지 않으면 문제없다는 자세.

입장은 달라도 역시 류엔과 똑같다.

『제가 걱정돼서 통화하자고 한 건 아니겠지요?』

"걱정할 필요가 있어?"

『설마요. 그냥 대결의 결말을 봐주시면 그것으로 충분하지 않을지.』

전화기 너머에서 사카야나기가 작게 웃었다.

그리고 곧바로 어렴풋이 하품 소리가 들려왔다.

"벌써 잘 시간이야?"

『오늘은 아침 일찍부터 움직였거든요.』

"전화, 이만 끊는 게 나을까?"

『그렇게 섭섭한 말씀 하지 마세요. 졸음이 올 줄 알고 만전의 태세를 갖추고 있는걸요.』

"만전의 태세라니?"

『목욕하고 양치질하고 잠옷으로 갈아입고. 전 이미 누워있으니까 통화 끝나면 바로 잘 수 있어요.』

아무래도 스마트폰 저편에서 사카야나기는 이미 침대에 들어가 있는 모양이다.

"정말로 만전의 태세네."

『네. 그러니 긴 대화도 환영이에요.』

꼭 내 말을 자장가 대신으로 삼으려는 듯하다.

『류엔 군과 이치노세 씨와도 만나셨나 보던데요.』

"야마무라가 뒤를 밟는 느낌은 없었는데……. 역시 대단하네."

『아무리 아야노코지 군이라도 다른 학년과 어른까지 포함한 많은 사람의 시선으로부터 완벽하게 벗어나기란 어려우니까요.』

학생에만 머무르지 않고 일부 어른과도 연결고리를 가지고 있다고 했다.

물론 그 말이 전부 진실이라고 할 수는 없으므로 절반만 믿겠지만, 그렇더라도 정확한 정보를 얻었으니 대단하다.

『그런데 아야노코지 군은 이번 특별시험, 대표자로 나오실 건가요?』

"그건 내 입으론 대답할 수 없어. 그 능력 좋은 정보원은 뭐라고 보고했는데?"

『직접 대결하지 않는 아야노코지 군과 이치노세 씨의 반은 이번에 주목하지 않아서요.』

흥미는 있지만 주시까진 하지 않고 있다는 말인가.

하지만 사카야나기가 만약 알고 있다면 굳이 숨길 필요가 있는 정보가 아닐 것이다.

짐작했던 대로 이치노세 쪽에만 정보를 흘리고 사카야나기 쪽에는 흘리지 않은 듯하다.

"그나저나 류엔은 임전 태세의 느낌이던데, 넌 평소와 똑같네."

평상심을 칭찬하려고 한 말인데 사카야나기의 대답은 의외였다.

『글쎄 모르겠어요. 평소와 똑같은지 아닌지.』

"아니라는 말이야?"

『지난 이틀 동안 저는 새로운 시도를 해보려고 했어요.

저희 반 학생들을 개별적으로 만나 대화하는 자리를 마련하는 것이었죠. 지금까지의 저였다면 분명 하지 않았을 행동일 거예요.』

기본적으로 사카야나기는 카무로와 하시모토, 키토 같은 측근만 곁에 두는 이미지가 있다.

근본적으로 사람을 믿지 않는 사카야나기다운 스타일이라고 볼 수 있다.

이런 경향은 류엔도 비슷하겠지.

"왜 반 아이들과 대화하려고 했는데? 구체적인 내용도 밝혀진 게 없으니, 학년말 특별시험 대책을 많은 사람과 의논한 것도 아닐 테고."

『네, 시험이랑은 상관없어요. 그러니까…… 네, 그게 문제라고 말할 수 있겠죠.』

자기가 한 행동의 이유를, 머릿속에서 정리해 말로 변환한다.

『마스미 씨를 좀 더 잘 알았으면 좋았겠다. 야마무라 씨에 대해 좀 더 알고 싶다. 그런, 원래는 불필요했던 감정이 저를 그렇게 몰고 간 게 아닐까요.』

이제 와서 후회해도 소용없다.

이미 퇴학당해 버린 카무로와는 얘기하고 싶어도 얘기를 나눌 수가 없다.

같은 반 야마무라와는 오직 이해관계의 일치에 의한 관계였으나, 이제는 친구로서 한 발 내딛기 시작했기에 이번에는 후회하지 않도록 사이를 돈독히 하려고 하고 있다.

다른 반 학생도 언제 어떤 식으로 관계가 달라질지 혹은 사라져 버릴지 모른다. 그렇게 생각했기에 지금 있는 동료들에 대해 알고 싶어졌다.

그렇다는 걸까. 사카야나기 본인도 당황할 만큼 큰 변화다.

『솔직히 이 감정이 효율적이라고는 생각하지 않아요. 비생산적인 행동을 하고 있다고도 말할 수 있을 거예요. 그런데도 저는 그걸 해야만 한다고 판단했어요. 저답지 않죠?』

"그래. 정말 너답지 않긴 해."

표정은 부드러워도, 뇌에서 내린 지령을 믿고 비정하고 기계적인 판단을 내려왔던 사카야나기.

그런데 카무로와 야마무라, 앞의 사건에 큰 영향을 받고 변하기 시작했다.

『원인은 당신이에요, 아야노코지 군. 당신이 저를 바꿔 버렸어요.』

"다는 아니라고 생각하지만, 어느 정도는 인정할게."

『……왜 저와 야마무라의 사이를 중재하려고 했어요?』

그것만 아니었어도 아직 자신은 자신다울 수 있었다. 그런 식으로 들렸다.

"나 때문에 야마무라한테 뜻밖의 손해를 입혔어. 그래서 이해하기 쉬운 형태로 갚았을 뿐이야. 더 자세한 설명을 요구해도 대답해 줄 수는 없고."

사카야나기의 심복으로 남몰래 염탐했던 야마무라. 희미한 존재감을 무기로 삼아 움직였다.

그걸 방해해 버린 책임을 지는 것은 당연하다.

하지만 여기서 사카야나기에게 자세한 내용을 술술 말하는 것은 난센스.

『그렇군요. 아주 조금은 아야노코지 군의 단순한 선의일지도 모른다고 생각했는데, 그건 아니었나 보네요. 분명한 이유가 있었던 건가요.』

"아니, 차라리 선의로 받아들이면 더 고맙겠어. 앞에 한 말을 취소해도 돼?"

『후후. 그건 무리예요.』

사카야나기의 웃음소리에 점점 졸음이 실렸다.

지금까지 전화기 너머에서 사카야나기는 평소와 변함없이 차분한 분위기를 느끼게 해주었다.

이대로 통화를 마쳐도 되는데…….

『괜한 일을 하셨네요.』

"넌 너에게 일어난 변화를 꺼리고 있지만, 사실은 나쁘기만 하진 않았을걸. 정말 괜한 짓이었다면 그 새로 싹튼 감정을 억지로 억누르는 것 정도는 할 수 있었겠지."

『그렇……지만……. ——그럴지도 모르겠네요.』

사카야나기는 남을 믿지 않고 계속 이용했다.

어떤 의미에서는 나와 비슷한 사고로 일관해 왔으나 이제 변화를 받아들이기 시작했다.

"지금까지 똑바로 보지 않았던 것만큼 앞으로 더 많이 똑바로 보면 돼. 그러면 지금까지 몰랐던 의외의 일면을 볼 수도 있을 거야."

거기서 사카야나기는 분명 새로운 선택지를 또다시 발견할 수 있을 것이다.

다만 그게 강점이라고 할 수 있을지 약점이 될지는 아직 모르겠지만.

『이러니까 카루이자와 씨와 이치노세 씨가 당신을 좋아하죠. 당신은 사람 마음에 훅 들어와 마음대로 어지럽히고 그렇게 싹을 틔우고 가니까요. 하지만 당신의 본질은 저보다도 완고하고 쉽게 변하지 않아요. 후후, 그런 부분이 또 매력적이지만.』

"칭찬으로 들을게. 아까 한 야마무라 이야기는 아니고, 사카야나기한테 해야 할 말이 있어. 무인도 시험 때 내가 너한테 『빚』을 진 건 기억하지?"

미리 약속을 잡아서 시간을 비워두게 한 목적 중 하나는 이것이다.

『그러고 보니 그런 일도 있었네요.』

"난 내일 대결에서 네가 이길지 류엔이 이길지 한쪽으로 치우쳐서 생각하지 않아. 굳이 대등하게 50 대 50으로 보고 있어."

『그럼 제가 지면 빚을 갚을 타이밍을 놓치는 게 되네요.』

"그래. 그래서 확인하고 싶었어. 필요하다면 지금 갚을 수도 있어."

　직접적인 표현은 피했지만, 내가 하고 싶은 말이 뭔지 사카야나기도 바로 이해했을 것이다.

　물론 그걸 요구하지 않을 것도 알지만.

　『대답은 말할 것까지도 없지만, 말이죠.』

　"그런 것 같네."

　특별시험에서 류엔을 이기기 위해 내 힘을 빌리는 것.

　그런 안이한 생각을 사카야나기가 할 리도 없다. 알면서 물어본 것이다.

　『당신이 진 빚은 3학년 때 돌려받는 걸로 할게요.』

　"그래? 그럼 그렇게 알고 있을게."

　『그러세요.』

　그렇게 대답한 사카야나기가 또 하품했다.

　"이만 끊을까."

　『이제 할 얘기 없으신가요? 저는 아직, 이야기 더 하고 싶은데──.』

　"오늘은 이걸로 충분해. 각 반 리더의 상태를 잘 알았으니까."

　『그런, 가요? 그럼 학년말 특별시험 끝나고 여유롭게 차 한잔해요. 그를 이기고 나면 아야노코지 군과의 대결이, 3학년 때 기다리고 있으니까요.』

　말에도 하품이 섞여서 나는 이만 마무리 짓기로 했다.

　『이대로── 아야노코지 군이 먼저 끊으시겠어요? 이 평온한 마음을 유지하면서 잠들고 싶어서요. ──잘 자요.』

사카야나기는 시종일관 긴장한 기색을 보이지 않고 차분했다.

오히려 새롭게 생겨난 감정에 자신을 그대로 맡기는 일면도 보였다.

이 또한 하나의 성장이겠지.

통화를 마치고 나도 옷을 벗고 잠옷으로 갈아입었다.

류엔과 사카야나기. 두 사람 모두 학년말 특별시험을 앞두고 마음의 준비를 확실하게 했다고 봐도 되겠다.

둘 중 한 명은 내일── 패배하고 학교를 떠난다.

나는 그저 방관자로서 결과를 지켜봐야 한다. 그게 정답이다.

하지만 정말 솔직하게 말해서, 내가 원하는 결과는 무엇일까.

생각하지 않으려고 했지만, 내 안에는 분명 명확한 것이 있었다.

누가 이기길 바라는지. 두 사람을 만나기 전부터 이미답은 나와 있다──.

○학년말 특별시험, 개막

따사로운 햇살에 봄을 느끼는 요즈음.

마침내 2년째 학교생활, 그 집대성을 맞이하는 순간이
왔다.

지난 2년간 부동의 A반으로 선두를 달렸고 지금 또 한
번 치고 나가려고 하는 학생들. 출발은 좋았으나 조금씩
따라잡혀 D반까지 가라앉았는데, 그럼에도 다시 올라가기
위해 대동단결한 학생들. 지구력은 부족하나 수단과 방법
을 가리지 않고 계속 맞서 싸우며 호시탐탐 한 방 역전을
노리는 학생들. D반으로 시작해 한때 반 포인트를 전부 잃
었다가 지금은 그토록 염원하던 A반에 손이 닿으려고 하
는 학생들.

큰 반 포인트 변동이 약속된 학년말 특별시험이 이제 곧
시작된다.

아침 7시 40분. 나는 혼자 기숙사 방을 나섰다.

로비까지 가는 동안 아무도 마주치지 않았고, 사방이 고
요했다.

그도 그럴 터. 학년말 특별시험의 대표자는 오전 8시에
특별동에서 모이게 되어 있지만, 나머지 학생들은 언제나
처럼 오전 9시까지 교실에서 모이기 때문에 아직 자는 사
람도 있을 것이다.

다른 대표자들과는 마주칠 법도 하지만, 여기서 특별동까지 걸어서 10분 정도 걸리기 때문에 40분에 출발한 것은 상당히 아슬아슬하다.

거의 전원이 이미 학교에 도착했거나 도착하고 있을 시점으로 보인다.

통학로를 걷고 있는데 사복 차림으로 벤치에 앉아 있는 한 학생을 발견했다.

"일찍 나오셨네요. 이런 데서 뭐 해요, 키류인 선배."

"널 기다렸지. 학년말 특별시험을 치기 전에 한 번 보고 싶어서."

그렇게 대답한 키류인 선배의 옆에 가방이 놓여 있었다.

"어디 가시나 봐요."

"원래라면 3학년은 일찌감치 졸업식을 하고 바깥 세계에 나가 있을 때지. 나도 예외가 아니어서 새로 살 집을 구하느라 바쁘고. 나구모가 너를 신경 쓰더라. 학년말 특별시험에서 어떻게 나올지 말이야. 하지만 더는 너를 만날 생각이 없는지 나한테 캐보라고 다 떠넘기더라."

귀찮은 역할을 떠맡았나 본데, 거절하기도 쉬웠을 것이다.

"보니까 걱정할 건 없겠네."

"저를 걱정한 건가요? 꽤 다정한 선배들이네요."

"아, 미안. 걱정이란 말은 오버였다. 그래도 넌 우리가 예상할 수 없는 행동을 아무렇지 않게 하잖아. 시험에서 어떤 결과를 낼지 기대되네."

내가 서두른다는 걸 알았는지 키류인 선배는 그렇게 말하고 가볍게 손을 흔들었다.

꾸벅 인사한 나는 멈췄던 다리를 다시 움직여 학교로 향했다.

잠시 후 특별동에 다다르자, 반 대표자 두 명이 교실 문 근처에서 기다리고 있었다.

그 옆에는 낯선 어른이 한 명 서 있었다.

특별시험 때는 대체로 학교 교사가 입회하는데, 이번에는 다른가.

"안녕, 키요타카."

여자 뺨치게 예쁜 미소를 지으며 나를 반기는 요스케.

한편 호리키타는 기다린 게 불만이었는지 언짢은 기색이 역력했다.

"참 늦게도 온다. 우리가 마지막이야."

목소리 톤도 올라갔고 표정도 딱딱하게 굳었다.

"시간은 지켰으니까 문제없잖아."

"그건 그렇지만…… 뭐, 됐어. ……지금은 중요한 문제가 아니니까. 가자."

드디어 학년말 특별시험이 본격적으로 시작된다.

분명 아침부터, 아니 어젯밤부터 안절부절못하며 시간을 보냈을 것이다.

호리키타가 어른에게 모두 왔다고 보고하자 입실하라면서 문을 열어 주었다.

교실 안에는 먼저 도착한 각 반 대표자 세 명씩 총 아홉 명이 쭉 놓여 있는 파이프 의자에 앉아 있었다.

사카야나기, 류엔, 이치노세는 별일 없이 시험 당일을 맞이한 듯하다.

우리가 입실하자 몇 명쯤 뒤돌아보았다.

누가 대표자인지 확인하려는 게 틀림없겠지.

특히 이치노세 반 입장에서는 중요한 부분이다. 끝까지 내가 대표자가 되는 것을 우려했던 칸자키와 눈이 마주쳤다. 사전 정보를 통해서도 미리 각오는 했는지 별로 놀라지 않은 눈치였지만 환영하지 않는다는 것은 손에 잡힐 듯 잘 느껴졌다.

무슨 생각을 하는지 짐작하기란 그다지 어렵지 않다.

『역시 나왔군.』

그런 것 아닐까.

미안하지만 우리 쪽에도 사정이 있다. 마음을 헤아려줄 수가 없다.

누가 대표자인지, 공식적인 이 자리에서 처음으로 호리키타 쪽도 알게 되는 셈이다.

빈 의자에 가서 앉으려고 걸음을 떼려는데 사카가미 선생님과 호시노미야 선생님이 다가왔다.

"스마트폰 그리고 그 이외의 금속, 전자기기를 소지했다면 전부 제출하도록 하세요."

사카가미 선생님이 그렇게 말하며 케이스로 시선을 뗄

어뜨렸다.

나는 주머니에서 스마트폰을 꺼내 하얀 케이스에 담았다.

호리키타와 요스케도 똑같이 폰을 꺼내서 맡겼다.

"자, 잠깐만 가만히 있어봐. 신체검사를 하겠어요."

그렇게 말한 호시노미야 선생님이 내 머리에서 발끝까지, 한 손에 든 기구로 검사를 시작했다. 핸디형 금속 탐지기인가.

"아주 철저하시네요."

자신부터 검사하고 호리키타의 차례가 되었을 때 요스케가 그렇게 말했다.

"미안, 학교 측의 지시라. 그래, 셋 다 체크 오케이."

이상 없음을 확인한 사카가미 선생님이 고개를 끄덕였다.

"맡긴 스마트폰은 시험이 끝난 후에 돌려주겠습니다. 남은 자리에 가서 앉으세요."

우리는 나머지 세 개의 파이프 의자에 가서 앉았다.

그리고 대표자들의 등을 빤히 응시했다.

대전 상대인 이치노세의 D반에서는 하마구치와 칸자키.

이치노세, 칸자키는 확실하다고 봤고, 세 번째로 하마구치를 데려왔군.

종합적인 능력은 히라타와 계통이 같고, 우등생 타입에 대형 사고와 크게 연이 없는 학생이다. 이는 분명 호리키타가 예상했을 순조로운 대표자 선출이라고 할 수 있다.

그런데……

사카야나기, 류엔의 반은 의외의 멤버 선출이었다.

"어쩌려는 건지……."

무엇보다도 호리키타가 경악한 것은 류엔 반의 대표자로 뽑힌 카츠라기, 가 아니라 다른 멤버였다.

옆에 서 있는 요스케도 그렇지만 나 역시 조금 놀랐다.

종합 능력을 요구할 가능성이 높은 이 특별시험에 누가 봐도 부조화를 이루는 니시노 타케코가 포함되었기 때문이다.

본인도 자기가 어울리지 않는다는 사실을 자각하고 있는지 팔짱을 낀 채 어딘지 불안한 투로 있었다. 대표자 세 명 중에 남녀가 반드시 한 명은 포함되어야 한다는 규칙이긴 했지만, 그렇다고 해도 니시노일 줄은 몰랐다.

"특이하네."

"나도 니시노를 뽑아 올 줄은 몰랐어. 의도가 뭔지 아야노코지는 알겠어?"

"아니……. 허를 찌른 것 같기도 하고, 그래도 너무 지나친데."

니시노가 부적절하다고는 생각하지 않는다.

존재감을 따졌을 때도 류엔 반에서는 비교적 튀는 쪽에 속하고.

류엔에게도 거침없이 구는 태도 등 겁이 없는 부분은 충분히 높이 평가할 만하다.

하지만 그렇다고 해도 종합적인 능력을 따졌을 때 더 튀어난 학생이 얼마든지 있었을 텐데 그녀가 뽑혔다.

"아파서 빠진 사람이 나와서 그런 건 아닐까?"

"아하…… 그래서 원래는 다른 누군가가 대표자였는데 그녀가 올라왔다고? 그런데 만약 다음 차례를 올린다고 해도 니시노가 후보가 되려나……?"

하긴, 원래라면 보결에 들어가는 것도 미심쩍긴 하다.

다만 류엔 반에서 류엔이 믿고 맡길 수 있는 여학생이 달리 또 있을까, 하는 점에는 다소 의문이 남긴 한다.

"난 여자 중에는 시이나가 뽑힐 줄 알았는데. 그 애가 결석했을까?"

호리키타는 히요리가 선출될 것으로 예상한 모양이다.

히요리가 아파서 빠졌다면 다 설명이 된다.

하지만 나는 다른 가능성도 생각해 보았다.

"류엔 반의 여학생들은 솔직히 쓸 만한 장기 말이 적으니까. 이번 특별시험에서는 대표자한테만 눈길이 가기 쉬운데 나머지 반 아이들, 참가자들한테도 큰 역할이 주어질지 몰라. 그러니까 일부러 히요리를 그쪽에 남겨뒀을 가능성도 충분히 있지."

"……그렇구나. 듣고 보니 한정된 전력을 분산하려면 그런 선택을 했을지도……."

호리키타 반은 대표자가 될 수 있는 후보자가 여러 명 있다.

그래서 쿠시다와 마츠시타 같은 학생들을 보결로 둘 여

유가 있었지만, 류엔 반은 다르다.

"그리고 대표자들끼리 대결하는 방식을 히요리가 잘할 수 있을지는 또 다른 문제고."

류엔 측으로부터 명확한 답을 듣지 않는 한에는 전부 억측의 영역에 지나지 않는다.

그렇지만 설령 그런 노림수가 있었다고 하더라도 니시노를 대표자로 뽑은 것은 패착이다.

류엔이 불리한 요소 하나를 부담한 꼴이 될지도 모른다.

아니면——.

대표자로 자기가 나왔으니, 나머지는 누가 대표자여도 아무 상관 없다는 의사 표시일 수도 있다. 그렇다면 대전 상대에게 강렬한 어필이 되겠지.

하지만 상대는 보통내기가 아닌 사카야나기.

니시노만큼의 임팩트는 없어도 비슷하게 놀라웠다.

바로 키토 하야토가 대표자로 나온 것이다.

키토는 사카야나기의 측근이어서 그런 위치로 봤을 때는 대표자여도 이상하지 않지만, 신체 능력을 요구할 확률이 낮은 상황에서 굳이 운동에 특화된 키토를 대표자에 넣을 필요가 과연 있었을까.

여기에도 어쩌면 사카야나기의 의도가 어렴풋이 엿보이는 것 같기도 하다. 할 수만 있다면 각 반 리더한테 선출 이유를 들어보고 싶지만 안 되겠지.

대표자는 다 모였는데 아직 학교 측에서 아무런 움직임

이 없었다.

"후우……."

오른편에 앉은 호리키타가 숨을 내쉬었다.

긴박한 상황에서 중압감을 느끼는 건 어쩔 수 없는 일이지만, 아무리 그래도 조금 과하다.

그런 모습을 요스케도 걱정스럽게 살폈다.

이대로 시험이 시작되어 버리면 호리키타에게 좋지 않은 전개가 펼쳐질 수도 있다.

하지만 괜한 발언은 오히려 긴장감을 높일 위험도 있다.

해결책은 몇 가지 있는데, 그중에서도 지금 제일 효과적일 방법이 하나 떠올랐다.

그때도 죽음을 각오했었는데, 과연 어떻게 될까.

나는 슬쩍 오른손을 뻗어 호리키타의 왼쪽 옆구리를 있는 힘껏 움켜쥐었다.

"으아악?!"

의자에서 풀쩍 뛰어오른 호리키타.

그와 동시에 무겁고 정적만 감돌던 교실에 울려 퍼진 여학생의 목소리.

지금까지 정자세로 앉아 있던 많은 대표자가 무슨 일인가 하고 뒤돌아보았다.

당황해서 아무 일도 아니라며 도리질을 친 호리키타는 고개를 숙여서 대표자들의 의아한 시선으로부터 달아났다.

"무슨 짓이얏……!"

"긴장을 좀 풀어주려고 했지. 좀 나아졌잖아?"

"그렇다고 이런 방법을 쓸 필요가 있었어……?"

목소리는 작지만 살벌한 얼굴로 쏘아붙였다.

"옛 추억까지 더해서 섞어주려고 한 거지. 내 나름의 배려인데."

"그런 배려 필요 없거든!"

다른 대표자들은 이제 쳐다보지 않았지만, 요스케는 투덜거리는 호리키타 그리고 잔소리 듣는 나를 보면서 마음이 한결 놓였는지 기쁜 표정을 지었다.

바로 그 순간, 실내에 변화가 찾아왔다.

특별시험의 시작을 알리기라도 하듯 마시마 선생님과 차바시라 선생님이 교실에 모습을 드러낸 것이다.

"야, 이제 조용히 해야지."

"나중에 봐……."

원한을 세게 사버렸지만, 일단은 이렇게 해서 설명에 집중할 수 있겠지.

자. 이제 2학년 담임들이 다 모였다.

그중 한 사람, A반 담임 마시마 선생님이 한 걸음 앞으로 나왔다.

"이번 학년말 특별시험에서 설명을 맡은 마시마다. 시간 아까우니까 바로 특별시험을 치르기 위한 준비에 들어가려고 해. 그와 더불어서 아직 공개되지 않은 특별시험의 상세한 규칙도 말해줄 거야."

특별시험은 10시부터로, 마시마 선생님이 그렇게 말하고 곧바로 설명에 들어갔다. 지금 시각이 8시를 막 넘긴 것을 생각하면 단지 설명에만 필요한 시간이라고 보기에는 지나치게 길다. 특별시험을 시작하기 전에 또 어떤 준비를 해야만 할 가능성이 높아 보인다.

"먼저 오늘 참가할 최종 대표자 3명을 발표하마."

2학년 A반 대표자
선봉: 사나다 코세이 중견: 키토 하야토 대장: 사카야나기 아리스

2학년 B반 대표자
선봉: 히라타 요스케 중견: 호리키타 스즈네 대장: 아야노코지 키요타카

2학년 C반 대표자
선봉: 니시노 타케코 중견: 카츠라기 코헤이 대장: 류엔 카케루

2학년 D반 대표자
선봉: 하마구치 테츠야 중견: 칸자키 류지 대장: 이치노세 호나미

방에 준비된 모니터에 먼저 뜬 것은 각 반 대표자의 이름과 단체전 순서였다. 모든 반이 남자 두 명에 여자 한 명으로 구성되어 있었다.

결석자와 보결에 관한 언급이 없는 것은 그저 결석자가 없어서인지, 아니면 그 부분을 다른 반에 오픈하지 않는 규칙이어서인지 잘 알 수 없었다.

다만 이 시점에서 대표자 열두 명이 확정되었고 변경은 불가능하다.

대표자들의 질문 없이, 마시마 선생님의 설명이 계속 이어졌다.

"여기가 대표자들의 무대가 된다. 교실에 모니터가 여러 대, 책상과 의자가 두 개씩 그리고 태블릿이 두 대씩 놓여 있는 게 보이지. 이 교실에서 A반과 C반이 대결하고, 특별동의 또 다른 교실에 이곳과 똑같이 세팅되어 있는데 거기서 B반과 D반이 대결하게 될 거야."

역시 1대1인 이상 1학년 때의 학년말 특별시험과 동일한 절차라고 봐도 문제없을 듯하다.

"시간이 되면 각 반 대표자 중에 선봉들이 자리에 앉아 특별시험을 시작한다. 중견과 대장으로 임명된 대표자들은 다른 대기실로 자리를 옮겨야 하는데, 시험의 흐름을 보면서 파악하길 바란다."

마시마 선생님이 여러 모니터 중 한 대에 시험 설명문을 띄웠다.

특별시험의 흐름

일반 학생, 우등생, 교사, 졸업생, 하급생, 상급생, 배신자 역할을 맡아 토론을 벌인다

사전 준비

각 반의 대표자는 임의의 학생으로 된 7인 1조 그룹을 5개 만든다

※같은 그룹을 연속으로 쓸 수 없고, 한 번은 반드시 쉬어야 한다

※참가자가 35명 미만일 때, 필요에 따라 두 번째 그룹에 동일 인물의 참가를 허용한다

①각 반 대표자는 태블릿으로 토론에 참여할 그룹을 하나 선택한다

②반마다 7명씩 총 14명이 하는 토론을 모니터로 관찰한다
 • 토론은 1라운드당 5분

③라운드 종료 후, 양측 대표자는 참가자 한 명을 지목해 특정 배역을 맡힐 권리가 주어진다
 • 지목은 한 라운드에 1명까지. 패스는 자유. 1분 이내에

태블릿으로 선택한다

④지목된 참가자가 맡은 배역의 정답 여부에 따라 대표자의 생명에 변동이 생긴다

• 교사, 졸업생은 이때 그 배역이 지닌 효력을 행사한다

• 대표자가 한 명 이상 패스하면 우등생이 한 명을 교실 밖으로 내보낸다

(그때 직책자가 뽑혀도 대표자의 생명에 변동 없음)

• 대표자, 우등생이 지목한 한 명 내지 두 명의 학생은 토론이 끝나면 퇴실한다

(지목이 정답이면 배역이 공개되지만, 우등생이 지목할 때는 배역이 공개되지 않는다)

⑤일반 학생 또는 우등생 중 한쪽이 전원 퇴실하면 토론 종료

• 토론 도중에도 대표자의 생명이 0이 된 시점에서 토론 종료

• 대장의 생명이 0이 된 시점에서 시험 종료

• 양측 반의 대장이 동시에 생명이 0이 되었을 경우에는 생명 1로 재대결. 결판이 날 때까지 반복한다

• 토론 종료 시 혹은 대표자 교대 시, 사이에 인터벌이 있다

점점 드러나는 특별시험의 상세한 내용.

그러면서 이 시험의 전모가 조금씩 보였다.

그 와중에도 사나다 선생님은 대표자들을 살피며 모니터에 뜬 설명을 계속해 나갔다.

"기본적인 특별시험의 흐름은 ①에서 ⑤의 순서로 반복된다. 몇 가지 눈에 띄는 표현이 있을 텐데 차례대로 설명해 주마. 우선『참가자』는 너희 대표자를 제외한 나머지 학생들을 가리키는데, 그 학생들끼리『토론』하는 것이 시험의 핵심이야. 그리고 토론 내용은 이 토론 설명을 봐주길 바란다."

토론

• 참가자 14명은 개별적으로 주어진 배역을 알아내기 위해 의견을 나눈다

• 일반 학생 혹은 우등생 중 한쪽이 0명이 되면 그 토론은 종료된다

또는 대표자의 생명이 0이 된 시점에서도 토론 종료

(이때 토론에 남은 학생 전원에게 프라이빗 포인트 5,000이 주어진다)

• 대표자는 일반 학생, 우등생, 배신자를 제외한 나머지를『직책 있음』이라는 큰 틀에서 지목할 수 있는데, 이때는 정확한 지목이 아니므로 구체적인 배역이 무엇인지는 공개되지 않는다

• 대기 중인 대표자 이외의 학생들은 모니터를 통해 토론을 관전할 수 있다

• 같은 라운드에서 각 대표자가 각각 지목에 성공했을 경우, 생명 상쇄 처리를 먼저 한다

참가자에게 주어지는 배역 일람과 참가자 수

『일반 학생』6~8명

아무 특수 권한이 없는 학생

잘못 지목(직책 있음으로 지목 포함)했을 경우, 지목한 대표자가 생명을 1 잃는다

『우등생』2명

우등생을 알아내 지목에 성공했을 경우, 대전 상대측 대표자 한 명의 생명이 3 깎인다

잘못 지목(직책 있음으로 지목 포함)했을 경우, 지목한 대표자가 생명을 2 잃는다

우등생은 다른 우등생을 인식하고 존재를 공유한다

대표자가 1명 이상 패스했을 경우, 라운드 종료 때 참가자를 1명 지목해서 퇴실시킨다

(2명 남았을 경우에는 랜덤으로 지목권을 부여. 또한 우등생은 같은 우등생을 지목할 수 없다)

『교사』1명

직책 있음으로 지목에 성공하면 대전 상대의 생명 1을, 교사로 정확히 지목하면 생명 2를 깎는다

잘못 지목했을 경우, 지목한 대표자가 생명을 2 잃는다

효력: 각 라운드 종료 시 딱 한 번 학생 한 명을 우등생 지목으로부터 방어할 수 있음

『졸업생』1명

직책 있음으로 지목에 성공하면 대전 상대의 생명 1을, 졸업생으로 정확히 지목하면 생명 2를 깎는다

잘못 지목했을 경우, 지목한 대표자가 생명을 2 잃는다

효력: 각 라운드 종료 시, 참가자 한 명을 지목해 배역을 알아낼 수 있다

단, 배신자는 정체를 알 수 없고 일반 학생으로 인식되어 버린다

『하급생』1명

직책 있음으로 지목에 성공하면 자신의 생명 1을, 하급생으로 정확히 지목하면 생명 2를 되찾는다

잘못 지목했을 경우, 지목한 대표자가 생명을 1 잃는다

『상급생』1명

직책 있음으로 지목에 성공하면 대전 상대의 생명 1을 깎고, 상급생으로 정확히 지목하면 생명 1을 깎음과 동시

에 랜덤으로 참가자 두 명의 배역이 대표자에게 공개된다

　잘못 지목했을 경우, 지목한 대표자가 생명을 1 잃는다

『배신자』 0~2명 ※반마다 시험에서 딱 한 번 이 배역을 쓸 수 있다

　대표자가 토론에 참여하는 대전 상대 반의 참가자 1명을 배신자로 만든다

　한 라운드 때마다 토론 중인 한 명의 배역(우등생 제외)이 배신자를 지정한 대표자에게 랜덤으로 공개된다

　잘못 지목(직책 있음으로 지목 포함)했을 경우 생명을 2 잃고, 대전 상대측이 행사한 배신자 권리가 부활한다

　우등생이 배신자를 퇴실시키려고 해도 차단 처리되어 퇴실당하지 않는다

　배신자는 대전 상대가 잘못 지목하거나 대화를 통해서 대표자가 단정짓지 않는 한에는 퇴실당하지 않는다

각 배역의 보수

　• 일반 학생 측이 승리했을 경우, 일반 학생 전원이 1만 프라이빗 포인트를 획득한다

　• 우등생 측은 직책자가 지목될 때마다 5,000 프라이빗 포인트를 획득한다

　또 우등생 측이 승리했을 시 50만 프라이빗 포인트를 획득한다

• 교사, 졸업생의 경우 토론 종료 시까지 퇴실하지 않으면 5만 프라이빗 포인트를 얻는다

• 상급생, 하급생이 우등생의 손에 퇴실당하면 그 배역을 맡은 학생은 5만 프라이빗 포인트를 획득한다

• 배신자가 토론 종료 시까지 퇴실하지 않으면 500만 프라이빗 포인트 or 반 포인트 50 중에 원하는 쪽으로 획득한다

참가자의 배역 및 그 효과를 설명하면서 실제로 시험에서 쓰일 태블릿을 꺼낸 마시마 선생님이 모니터에 그 화면을 띄웠다.

태블릿에는 참가자 14명의 이름과 패스 항목이 임시로 떠 있었다. 패스할 경우 두 번 재확인을 받고, 지목할 경우 이름을 누르면 다시 직책 있음 항목과 지목 가능한 배역명 항목 그리고 결정하기를 누르는 흐름이다. 일반 학생은 지목할 필요가 없으므로 항목이 없다.

"여기 있는 대표자는 반의 승패의 열쇠를 쥔 중요한 역할을 맡는데, 나머지 반 학생들 역시 자기도 모르게 대표자들의 승패를 크게 좌우하게 된다. 규칙이 복잡해 보일지도 모르겠지만, 너희는 1학년 때 선상 시험에서 비슷한 체험을 했지. 그것과 유사하다고 생각하면 아마 이해가 빠를 거다."

1학년 때의 선상 시험. 그때는 아무것도 몰랐는데 『인랑

게임』과 비슷한 시스템을 이용해 『우대자』라는 이름의 학생을 찾아내는 방식이었다.

그때까지 세상에 대해 아는 게 없던 나는 그런 게임 하나조차 몰랐던 것이다.

그 이후부터 의외의 지식을 꽤 많이 쌓았는데, 이것도 성장이라고 표현해도 되겠지.

생각해 보면 그때 선상 시험을 설명했던 사람도 마시마 선생님이었군.

그렇게 옛 생각을 하며 이야기에 귀를 기울였다.

"만약 양측 대표자 모두 지목에 성공하면 상쇄 처리된다. 하급생 같은 경우에는 조금 특수한데, 가령 A가 하급생을 지목하고 B가 교사를 직책 있음으로 지목해 둘 다 정답이면 그만큼 차감해서 A의 생명이 하나 회복하는 식이야."

자신의 결과와 상대방의 결과를 비교해 최종적으로 처리된다는 건가.

"너희 대표자도 토론에 참여하고 싶을 수 있겠지만, 시험 도중에는 토론을 모니터로 보고 듣는 것만 가능하고, 지시는 할 수 없다. 또 대결하지 않는 대표자들은 토론을 보는 것도 불가능해."

참가자들은 참가자들끼리 토론하고 14명이 승패를 가른다.

한편 대결에 임한 대표자는 토론을 지켜보면서 누구를 배제할지 지목권이 주어진다는 건가. 대표자 중 누군가가 패스해야 비로소 토론에 참여한 우등생이 누구를 퇴실시킬 권리가 생긴다는 점은 어딘지 색다르다고 말할 수 있겠다.

본래 능력이 뛰어난 대표자가 토론에 참여한다면 자신의 답변으로 수상한 학생을 찾아내거나 그 학생이 무슨 배역인지 알아내기 위해 질문할 수 있겠지만, 모니터를 통해서는 그럴 수 없다. 참가자들에게 대부분의 추리를 맡겨야 한다.

"다양한 배역이 대표자의 생명에 크게 영향을 줘. 특히 배신자라고 불리는, 딱 한 번만 행사할 수 있는 배역은 다른 배역보다 승패의 행방을 크게 좌우할 수 있다. 예를 들어서 A가 B반 학생 한 명을 배신자로 고르면 그 배신자가 계속 남아있는 한 라운드마다 토론 참여자의 배역이 우등생을 제외하고 한 명씩 A에게만 공개되지. 배신자를 못 찾아서 계속 놔두면 그만큼 점점 불리해지는 거야. 그렇다고 해서 배신자를 너무 급하게 배제하려다가 잘못 지목해서 배신자를 퇴실시켜 버리면 생명도 잃고 상대측 대표자한테 배신자의 권리를 다시 살려주게 돼."

특별시험에서 좋은 흐름도 나쁜 흐름도 만들 수 있는 효력이 있다는 이야기인가.

그렇기에 시작할 때 각 반에 주어지는 권리는 한 번뿐이라고.

빠른 사람이 승자라면서 처음부터 써서 치고 나가거나, 아니면 상대방이 잘못 지목하면서 권리를 두 번 행사하는 것을 기대해도 되고, 혹은 한 방 역전을 노리고 중견이나 대장을 상대할 때까지 남겨두는 것도 자유다.

다만 지금 마음에 걸리는 것은 배신자를 지목하면 배제할 수 없다는 부분이다.

"배신자를 어떻게 찾아내 토의에서 빼느냐인데…… 이건 배신자의 권리를 행사했을 때만 특수 규칙이 적용되어서, 매 라운드가 끝날 때마다 대표자가 자기 반 학생 한 명을 불러내 배신자인지 아닌지『대화』로 알아보는 권리를 써서 해결해 나간다."

대화

• 라운드 종료 시마다 대표자가 희망할 경우에 한해 개별실에서 1 대 1 대화 가능

※대화할 때는 서로 특별시험 중간 경과와 상세한 규칙에 관해 이야기하는 것을 금한다

①대화를 시작한다

②참가자는 배신자인지 아닌지 고백한다. 그때 선행해서 대답을 요구할 수 있다

③대표자는 배신자로 단정 지을지, 아니라고 판단할지 선택한다

④결과

참가자가 배신자였을 경우

• 배신자임을 고백하고 대표자가 단정을 지었을 경우.

정보 유출은 중단되지만, 배신자의 보수를 박탈한다

　• 배신자임을 고백하고 대표자가 놓쳤을 경우. 대표자가 생명을 5 잃는다

　• 배신자가 부인하고 대표자가 단정을 지었을 경우. 배신자는 퇴학당한다

　• 배신자가 부인하고 대표자가 놓쳤을 경우. 대표자가 생명을 5 잃는다

　참가자가 배신자가 아닐 경우

　• 배신자라고 고백하고 대표자가 단정을 지었을 경우. 대표자가 생명을 1 잃는다

　• 배신자라고 고백하고 대표자가 놓쳤을 경우. 페널티 없음

　• 배신자가 부인하고 대표자가 단정을 지었을 경우. 대표자가 생명을 1 잃는다

　• 배신자가 부인하고 대표자가 놓쳤을 경우. 페널티 없음

　먼저 배신자 측에서 배신자인지 아닌지 대답하고, 그 후 대표자가 맞는지 아닌지 답을 내린다는 건가.

　배신자가 아닌 사람이 배신자인 척할 일은 기본적으로 일어나지 않겠지만, 일단 부연 설명한 거겠지.

　"이 규칙들은 시험 도중에 대표자가 태블릿으로 언제든 확인할 수 있다. 또 질문이 있으면 시험 도중에 수시로 물

어봐도 돼. 대답할 수 있는 선에서 시험관이 알려줄 거다."

세세한 규칙은 과연 많긴 하다. 전부 기억할 수 있는 학생이라면 괜찮겠지만, 보통은 반복해서 규칙을 확인하고 싶을 테니 고마운 배려다.

"한 가지 생각났는데요…… 여쭤봐도 되나요?"

지금껏 가만히 듣고 있던 대표자들이었는데 사나다가 그 침묵을 깼다.

마시마 선생님이 허락하자, 사나다가 자리에서 일어나 대표자들을 향해 가볍게 머리를 숙였다.

"앞서 설명을 들었는데요, 제가 만약 배신자를 대전 상대측 참가자에 섞어 넣는다고 해도 곧바로 발각되어 버리는 것 아닌가요? 물론 끝까지 숨겨서 반 포인트를 50점 얻을 수 있다는 건 크다고 생각해요. 반을 위해서 배신자 역할을 열심히 해보고 싶은 마음이 들겠죠. 게다가 진짜로 원하는 학생이 있을지 없을지와는 별개로 개인이 돈을 획득할 수도 있고요. 하지만 배신자가 토론에 계속 남아있는 게 크게 불리하다는 걸 알면 모니터 너머에서라도 자기가 배신자로 지목당했다고 나오는 사람이 많지 않을까요?"

대등한 대결 속에서 진행되는 토론이라면 그렇게 나오더라도 『거짓』일 가능성이 있기에 진실은 쉽게 드러나지 않는다. 하지만 사나다의 말처럼 배신자만은 특수하다. 대전 상대가 행사하는 구조상, 배신자라고 나올 수 있는 것은 기본적으로 한 명뿐이다. 반 아이들을 일부러 혼란스럽게 만들려고 하는 진짜 배신자가 있다면 얘기는 달라지지만, 일단 그건 생각하지 않아도 될 수준이겠지.

"일리 있는 질문이지만, 그럴 일은 없어. 왜냐하면 참가자들은 너희 대표자들과 조금 『다른 설명』을 들을 거거든."

"다른 설명……이라고요?"

"그래. 여기서 공개한 대표자의 승리 조건과 규칙을 참가자들에겐 제한적으로 알려주기 때문에 자세한 건 알 수 없어. 대표자의 시점에서는 우등생을 찾아내는 것이 승패의 열쇠가 되지만, 토론에 참여한 학생들은 어디까지나 일반 학생과 우등생, 그 밖의 역할을 맡아 토론하는 게 목적이기 때문이야."

말하자면 이 특별시험의 토론은 본래 그 내용이 무의미한 셈이다.

우등생을 알아내는 것이 대표자의 목적이라는 사실을 참가자들이 안다면 과장된 얘기로, 호소만 하면 된다. 대전 상대측 대표자는 거짓말을 한다고 해도, 자기 반 학생이 거짓말을 해서 얻는 이익이 없기 때문이다.

학교 측은 그 모순을 해소하기 위해 진짜 규칙을 덮어둔다는 듯하다.

그 결과 대표자는 대표자, 참가자는 참가자의 규칙으로 대결하는 식이 되었다.

물론 참가자 중에는 부자연스럽게 느끼는 사람도 당연히 나올 것이다. 그중에는 대표자가 무엇을 하고 어떻게 싸우는지를 토론 도중에 알아차리는 사람이 나올지도 모른다. 하지만 제일 중요한 대표자의 지목, 생명의 가치, 배역의 특성을 모르는 상태에서는 경솔하게 행동할 수 없다. 당당하게 정체를 밝히는 것이 불리함으로 이어진다는 사실도 충분히 짐작할 수 있다.

배신자의 보수와 리스크 역시 마찬가지다.

대표자와의 대화까지 진행된다고 해도, 반 포인트 50을 얻기 때문에 어떻게 해서든 정체가 알려지지 않으려고 애쓰겠지.

다만 대화까지 가게 되면 반드시 고백해야 한다.

만약 부인했는데 대표자가 배신자라고 단정 짓는다면 퇴학이 기다리고 있다.

이번 특별시험에서 요구되는 능력에는 여러 가지가 있다고 할 수 있겠다.

자기 반 학생에 그치지 않고 상대 반 학생에 관해서도 얼마나 잘 알고 있는지가 빼놓을 수 없는 요소다.

그래서 학생 한 명 한 명의 말투와 동작 등 평소 모습을 얼마나 파악하고 있는지에 따라 난이도가 크게 달라지리라.

또 사소한 몸짓을 놓치지 않는 통찰력, 관찰력도 당연히 높으면 높을수록 좋다.

게다가 대표자들끼리 대화할 수 있는 만큼 유도에 쉽게 현혹되지 않는 정신력도 요구된다고 보는 게 좋다.

한편 차바시라 선생님도 말했듯이 신체 능력은 필요 없

다는 점, 또 학력과의 관계가 약하다는 점은 증명되었다고 봐도 되리라. 병결자는 없는 모양인 걸 봐서도 류엔이 히요리를 일부러 대표자로 뽑지 않은 것은 나쁘지 않은 선택인지도 모르겠다.

토론을 원활하게 진행할 수 있는 인재가 적은 C반에 귀한 전력이니까.

지금 단계에서는 모든 것을 판단할 순 없지만, 학력 대결이 아니라는 점 그리고 히요리를 대표자로 뽑지 않았다는 점 등 류엔에게 약간 순풍이 불고 있다고 봐도 될 듯하다.

1

12명의 대표자는 우선 대기했다가 휴식용 교실로 이동했다.

가는 도중에 나누는 대화가 특별시험에 관한 내용인 것은 필연적이겠지.

호리키타와 요스케는 참가자의 규칙에 관해 의논했다.

"우리랑은 시험이 끝날 때까지 직접적으로 얽히지 않는데, 부담도 상상 이상으로 크고 대표자가 아닌 학생들도 중요한 역할을 맡았어."

"그러니까. 오히려 참가자의 도움 없이는 우리 대표자들이 정상적으로 이길 수 없다고도 할 수 있겠어."

만약 아무 생각 없이 막연하게 토론에 참여했다가 상대 반의 유도에 덜컥 걸려버린다면 상대 대표자에게 배역을 들키고 생명을 잃을 가능성도 있다.

참가자의 정보가 필요한데도 토론을 소홀히 하다가 정보를 얻지 못해서, 지목하지 못하고 상대 대표자의 생명을 깎을 기회를 날리는, 그런 일들이 예상되었다.

아니면 힌트 하나 없이 오로지 하늘에 운을 맡겨서 승패를 결정지을 수도 있으리라.

웬만큼 자신 없는 반을 제외한다면 썩 좋지 않은 전개라고 할 수 있다.

"하지만 이케랑 애들이 어디까지 이해할 수 있을지, 그런 부분에 불안이 남아."

참가자로서 역할을 온전히 해낼 수 있을지 호리키타는 불안한 모양이었다.

할 수만 있다면 지금 호리키타가 직접 쉽게 풀어 설명해서 이해하게 만들고 싶을 것이다.

평소 같으면 쉽게 할 수 있는 일이 이 큰 무대에서는 허용되지 않는다.

"하나도 불안하지 않다고 하면 거짓말이겠지만, 다른 반도 그건 마찬가지일 거야."

제일 끝에서 걷던 요스케가 앞에 있는 아홉 명을 바라보며 그렇게 중얼거렸다.

"그러네. 완전히 똑같은 조건……. 토론도 모두 처음 해

보는 체험이고."

"처음부터 술술 풀리진 않겠지. 반 대결이니까 보통은 7 대 7 구도로 생각하겠지만, 실제로는 같은 배역끼리 한편이 되는 것도 꽤 예상해 볼 수 있어. 학년말 시험에서 다른 반이랑 연대하는 케이스라니, 다들 아닌 밤중에 홍두깨였을 거야."

갑자기 손을 잡으라고 해도 보통은 쉽게 되지 않는 법이다.

"솔직히 어떤 식으로 진행될지 상상도 안 가."

상황을 대충 떠올려 본 듯한 요스케였는데, 쉬이 그림이 그려지지 않는지 바로 포기한 것 같았다.

그런 이야기를 나누는 사이에 어느덧 목적지에 도착했다.

안으로 들어간 대기실에는 조금 전에 있었던 교실과 달리 모니터 두 대만 달랑 놓여 있었다.

나머지는 무기질하게 비어 있는 의자가 12개 있을 뿐.

"대기 중인 학생은 이 모니터를 보면서 시험 상황을 실시간으로 확인할 수 있다. 단, 대표자의 생명 변동과 승패만 확인 가능해. 아까도 설명했지만 시험이 어떻게 진행되고 있는지는 알 수 없어."

나란히 놓인 모니터 두 대 중 왼쪽에 샘플인 듯한 글자가 표시되어 있었다.

결과

2학년 B반 선봉 대표자 이름 ○○ 남은 생명 0
2학년 D반 중견 대표자 이름 ○○ 남은 생명 4

2학년 B반 중견 대표자 이름 ○○ 은 신속하게 이동할 것
인터벌 남은 시간 10:00

"대표자 간에 승부가 나면 이 모니터에 표시되는 거야.
실제로는 이 대표자 이름의 동그라미에 각 학생의 이름이
뜨게 되지. 또 다른 모니터에는 A반과 C반의 결과만 뜨고."
　이 모니터로 알 수 있는 것은 별로 없어서 시험 공략의
힌트가 될 것 같지 않았다.
　"그리고 너희 대표자는 시험이 끝날 때까지 다른 층으로
이동은 금지되어 있어. 화장실은 대기 중일 때만 자유롭게
쓸 수 있고, 교대하러 이동할 때 준비된 시간을 넘기거나
하면 별도의 페널티가 부과된다. 주의하도록."
　대표자는 대표자, 참가자는 참가자끼리 격리하려는 조
치겠지.
　스마트폰을 걷어가고, 몸 확인을 하고, 다른 층으로 이
동을 금지한 것도 참가자에게 정보를 일절 주지 않기 위한
일환.
　어떻게든 연락을 취할 수단을 찾으려고 해봐야 아마 틀
림없이 철저하게 감시하고 있을 것이다.
　최소한으로 필요한 것 이외에는 의심을 살 만한 행동을

하지 않는 편이 좋겠군.

"그럼 지금부터 각 반 대표자 세 명끼리 의논해서 35명의 선출 및 다섯 그룹으로 나누기를 하기 바란다. 제한 시간은 1시간이야."

나는 마시마 선생님의 지시 아래, 요스케와 함께 호리키타가 있는 곳으로 갔다.

동시에 이치노세 반도 세 명이 작게 원을 그렸다.

하지만 사카야나기와 류엔 반은 거리만 좁혔을 뿐 의논하려는 기색이 보이지 않았다.

"저 두 사람은 혼자서 그룹을 다 짰나 봐."

딱히 놀라지도 않고 호리키타가 중얼거렸다.

"반 애들의 의견을 애초부터 들을 생각이 없었겠지."

어딘지 어이없어하면서도 표정만은 미소를 유지한 요스케가 맞장구를 쳤다.

"난 조언을 얻을 수 있다면 적극적으로 채택하고 싶은데, 어떻게 생각해?"

반 아이들을 어떻게 나누는 게 좋을지 아직 고민 중인 호리키타가 솔직하게 의견을 구했다.

"우수한 학생만 넣은 그룹이 하나 있어야 한다고 생각해. 같은 그룹은 한 번 참가하면 반드시 한 번 쉬어야 하는데, 그렇게 하면 비장의 카드가 될 수 있지 않을까?"

여기서 우수한 학생이란 학력을 가리키는 게 아니다.

머리 회전이 빠르고 분위기 파악을 잘하고 소통 능력이

뛰어난 학생.

그러면서 나쁜 의미에서 주목을 모으지 않는 학생이 바람직하다.

"나보다 쿠시다 쪽이 적합할지도 몰라. 이번 특별시험은."

"어쩔 수 없어. 미리 공개된 정보만 가지고 판단했으니까."

전부 알았다면 멤버를 좀 더 잘 뽑을 수 있었던 건 어느 반이나 마찬가지다.

"어쨌든 쿠시다는 우수한 학생 쪽에 넣는 편이 좋겠지."

"맞아. 쿠시다라면 틀림없이 개인으로도 좋은 결과를 낼 거야."

제안했던 요스케가 고개를 끄덕이고 호리키타를 쳐다보았다.

"그 애를 남기기 위해 많은 희생을 치렀어. 반드시 제대로 활약해 줘야 해."

그렇게 말하고는 태블릿을 만지며 탄탄한 학생들로 구성된 특정 그룹을 만들었다.

호리키타는 종종 우리에게 조언을 구했고 요스케도 지혜를 짜내 대답해 주었다.

나는 먼저 나서서 발언하지는 않고 기본적으로는 지켜보는 자세를 고수했다.

중견에 머무른 호리키타가 자기 힘으로 결착을 짓기 위해 베스트로 여겨지는 그룹을 짜게 할 필요가 있었기 때문이다.

"그런데…… 이번 특별시험, 규칙을 듣고 호리키타는 무슨 생각이 들었어?"

요스케는 요스케대로 선생님의 설명을 듣고 느끼는 바가 있었으리라.

그 답을 서로 맞춰 보고 싶다는 듯 호리키타에게 물었다.

"학력과 신체 능력만이 시험 결과로 직결하지는 않는다고 봤는데, 예상에서 꽤 벗어난 건 확실해. 실제로 무엇이 승패를 가를 수 있을지……. 이상적인 그룹을 만들겠다고 한마디로 해도 이상적인 게 뭔지 잘 모르겠어."

"응. 나도 뜬구름 잡는 느낌이 강해. 쿠시다 같은 학생을 한 그룹에 다 넣는다고 해도, 그게 우리 반의 승리로 정말 이어질지."

대표자끼리 대결하는 무대, 그 토론의 참가자는 두 반 학생이 모여서 진행된다.

심지어 참가자에게는 대표자의 승리 조건 등이 전혀 공개되지 않고 순수하게 의논해야 하므로 도움을 기대할 수 없다.

요컨대 그룹의 학생이 우수한지 우수하지 않은지는 사소한 문제로도 볼 수 있는 것이다.

조합한 열네 명이 펼치는 토론을 통해 어느 쪽 대표자가 더 빨리 우등생 등의 배역을 알아낼 수 있는지가 중요하다.

"적어도 대표자한테는 통찰력을 포함한 사람 보는 눈, 간파하는 눈이 요구돼."

"……맞아. 하지만 그럼 우리의 상대는 예상보다 더 성가실지도 몰라."

그렇게 말한 호리키타는 훔쳐보듯이 이치노세를 응시했다. 다행히 그들은 이미 그룹을 만드는 의논을 진지하게 하는 중이어서 이쪽을 보는 사람이 없었다.

"잘못하면 나나 호리키타보다 더, 우리 반을 잘 이해하고 있을지도 몰라."

"그러게……."

나는 상당히 흥미로운 특별시험이라고 느꼈다.

특히 대표자에게 이기기 위한 수단을 몇 가지 준비해 준 점을 높이 평가하고 싶다.

대체로는 시험 내용이 발표된 단계에서 승패에 편향이 생기곤 하는 법인데, 방식 하나로 호리키타와 이치노세, 사카야나기, 류엔 모두에게 승산이 생겼다. 누가 이겨도 이상하지 않았다.

호리키타 주도, 요스케 보좌 아래 진행되어 가는 그룹 짜기.

가만히 지켜보다가 한 가지 확인과 부탁을 해둬야 할 것이 있다.

이번 특별시험의 규칙을 이해하고 나서 필요하다고 느낀 게 있었기 때문이다.

"그룹 조합이랑 상관없는 이야기를 먼저 하나 할게. 배신자를 정하는 권리 행사 말인데, 나한테 그 권한을 양도

해 줄 수 없을까?"

그렇게 말하자 태블릿을 만지던 호리키타의 손가락이 멈췄다.

"또 터무니없는 말을 하는구나. 넌 이미 나한테 조건을 걸었어. 내가 중견으로서 우위에 서기 위해 필요한 비장의 카드라고 생각했는데?"

하긴 호리키타는 중견으로서 상대측 대장을 잡을 각오로 있었다.

그러기 위한 강력한 무기가 될 수 있는 배신자 권리를 자신이 행사하고 싶다.

그렇게 생각하기에 더 이 타이밍에 말을 꺼낸 것이다.

"역시 받아들이기 힘든가. 그럼 양보 못 해준다는 건가."

"그건 상황에 따라 달라. 일단 대전제로, 너한테 필요한 거지?"

그걸 안 쓰고는 못 이겨? 하는 확인도 담겨 있으리라.

"상대는 이치노세야. 이번 규칙을 이해한 바에 한해서는 상당한 강적이라고. 중견에서 승패를 결정지으면 고맙겠지만, 만에 하나 권리를 썼는데도 지면 그땐 위험해. 만일에 대비해 남겨두는 게 든든하지."

"무슨 말이 하고 싶은 건진 잘 알겠어. 정말 네 말대로일지도 몰라. 하지만 그렇다면 네가 조금은 조건을 풀어주지 않으면 받아들이기 어려워."

배신자 권리를 양보하면 반대로 호리키타는 배신자의

권리를 가진 이치노세를 이겨야 한다. 생명에 차이가 나는 것도 모자라 그런 핸디캡까지 추가된다면 상당히 부담스럽다.

"그럼 이렇게 하자. 만약 권리를 양보받았는데도 내가 지면 졸업할 때까지 반에 전면적으로 협력할게. 네가 바란다면 어떤 순간이든 어떤 역할이든 내가 맡을게. 어때?"

"반년이라는 쪼잔한 말을 취소한다는 거지?"

"그렇지."

"철저하게 협력하는 자세, 평소에는 보여주지 않으니까. 배신자의 권리만 있으면 절대 지지 않는다는 자신감이 있는 것 같고…… 그럼 그렇게 하자."

일단 반년이라고 짧게 제안했던 게 이런 식으로 도움이 될 줄은 몰랐군.

"그 정도까지 협력해 주겠다고 하면 사실 져도 괜찮아. 대충 할까?"

그렇게 말하고 살짝 짓궂은 미소를 지었다. 물론 호리키타가 대충 할 일은 절대 없겠지. 1시간 주어졌던 그룹 짜기는 딱히 어느 반이 애먹는 일도 없이 모두 40분 정도 만에 작업을 마치고 마시마 선생님에게 태블릿을 반납했다. 이제 적당히 빈 의자에 앉아 특별시험의 시작 신호를 기다리기만 하면 되는데…….

모든 규칙이 공개된 지금도 기본적인 생각은 하나도 변하지 않았다.

하지만 나는 딱 하나만 나의 욕구에 따라 그 흔적을 남겨놓기로 했다.

그러기 위해 류엔에게 시선을 보냈다. 잠시 후 눈이 마주쳐서 복도에서 잠깐 보자고 신호를 보냈다.

신호가 잘 전달되었는지 류엔이 먼저 교실을 빠져나갔다.

"잠깐 화장실 좀 갔다 올게."

나는 호리키타와 요스케에게 슬쩍 양해를 구하고 특별동 복도로 나갔다.

그런데 내 뒤를 따라 한 인물이 교실에서 나왔다.

"아야노코지."

정적에 휩싸인 복도의 분위기를 망가뜨리지 않을 만큼 작은 목소리로 부르며 다가온 호시노미야 선생님.

"화장실 가는 중? 잠깐 시간 좀 내줄래?"

걸음을 멈추고 뒤돌아본 나를 향해 호시노미야 선생님이 거리를 더욱 좁혔다.

손을 뻗으면 바로 닿을 만큼 가까웠다.

"오늘 대표자로 나오다니 의외구나. 난 정말 생각지도 못했다니까."

"그렇게 의외인가요? 작년 학년말 특별시험 때도 나갔는데."

비교 대상으로 적절할 것 같아 그렇게 말하니 호시노미야 선생님이 코웃음을 쳤다.

"우리 반은 더 물러설 데가 없어. D반이니까, 알겠니?

아야노코지가 나오면 이길 확률이 떨어지잖아. 그래서 빈 정댄 거야, 알려나."

완곡하게 에두르지 않고 생각을 솔직하게 말했다. 교사로서 넘으면 안 되는 영역을 이미 넘어버린 느낌이 들지만, 그 부분은 언급하지 않는 게 낫겠지.

"수월한 상대라고 생각하지 않아요. 이치노세의 반은 강적이에요. 규칙을 다 듣고 나서 받은 인상으로는 오히려 저희가 불리하다는 느낌마저 들 정도죠."

"유리하고 불리하고 그런 문제는 아무래도 좋아. 중요한 건 결과, 승리뿐이야."

확실하지도 않은 것에 매달려봐야 소용없는 것은 분명하다.

"그럴지도 모르겠네요. 서로 건투를 비는 수밖에——."

"승리를 양보해. 대충 해주면 좋겠어."

내 말을 자른 호시노미야 선생님이 그렇게 말했다.

칸자키한테도 비슷한 소리를 들었는데 그것보다 훨씬 돌직구다.

"터무니없는 말씀을 하시네요. 그래도 대장을 맡은 몸인데, 대충 할 수야 있나요."

"공짜라고는 안 했어. 반드시 보답하겠다면?"

"승리를 양보하는 것에 걸맞은 보답이 그리 많지는 않을 텐데요. 게다가 호시노미야 선생님은 교사잖아요. 학생들 대결에 함부로 개입하는 것은 불문율을 깨는 행동이 아닌가요?"

주위를 경계하면서 호시노미야 선생님이 더 거리를 좁혔다.

"난 사에한테만은 질 수 없어. 지지 않기 위해서라면 무슨 짓이든 할 거야."

"아하. 교사라는 신분 따위, 개의치 않겠다는 겁니까?"

"바로 그거야."

"그러면 일단 들어나 보죠. 선생님이 해주실 보답이 뭔데요?"

"할 수 있는 거라면 뭐든. 이를테면 3학년 때 있을 특별 시험의 정보를 일찍 알게 되면 몰래 알려줄 수도 있어."

교사라는 틀 밖으로 어디까지 나올 수 있을지 기대하며 물어본 건데, 상상 이상이네.

여기서 내가 100% 녹음기를 갖고 있지 않다는 확신이 없다면 거짓말이라도 절대 할 수 없는 발언이다.

"그 정도까지 할 생각이라면, 그냥 정보를 자기 반에 알려주면 될 일 아닌가요?"

"그 애들은 안 돼. 악에 물들질 못 하니까. 내가 그런 제안을 해봐야 제대로 활용도 못 할 거야. 오히려 나를 지키려고 하겠지."

승리를 아무리 갈망해도 이치노세는 쉽사리 부정한 짓을 저지르지 않는다.

교사라는 입장이 위태로워질 호시노미야 선생님을 즉시

말리겠지.

그 정도쯤은 알고 있는 모양이다.

"그런 점에서 아야노코지는 다르잖아? 너는 분명 정보를 유용하게 쓸 거야."

"감사한 제안이긴 한데, 리스크가 너무 크네요. 거절하겠습니다."

이런 위험한 제안을 받아들일 거라고는 호시노미야 선생님도 생각하지 않았을 것이다.

"그럼 어떤 보답을 원해? 네가 제안해 줄 수는 없을까?"

"딱히 없어서 그쪽의 제안을 기다리고 있는데요."

"윽. 그럼 다른 것도 있어. 그래, 나만 할 수 있는 거……같은."

그렇게 말한 호시노미야 선생님이 오른손을 내밀어 내 귀를 슬쩍 만졌다.

"귀 청소라도 해주시려고요?"

"농담하지 마. 하고 싶은 말이 뭔지 알잖아?"

체면이고 뭐고 정말 할 수 있는 거라면 뭐든 하겠다, 그런 각오가 보이기는 한다. 하지만 무엇을 보답으로 내밀든 여기서 호시노미야 선생님과 손잡는 것은 리스크밖에 없다. 승리를 탐하는 어리석은 교사라며 무시하고 넘기는 건 간단하지만, 세상일이란 그리 단순하지 않다. 승리를 위해 뭐든 하겠다는 각오는 틀림없이 진짜다.

그렇다면 한 번 뱉은 침은 도로 삼킬 수 없듯이, 내 발언을 교사가 놓치지 않고 이용하는 것도 얼마든지 예상할 수 있다. 여러 가지 리스크를 고려할 필요가 있다.

"눈빛이 너무 꺼림칙하네, 아야노코지. 꼭…… 내 머릿속을 꿰뚫어 보는 것 같아."

"지금 선생님이 할 수 있는 일은 이치노세 반의 승리를 믿어주는 것뿐이에요."

"도저히 이기게 해줄 수는 없나 보네."

나는 호시노미야 선생님을 똑바로 보면서 한 발 뒤로 물러났다.

"당연하잖아요. 호리키타 반과 이치노세 반, 입장이 정반대인데."

"그러면 나, 무슨 수를 쓸지 모른다?"

"재밌네요. 그것까지 포함해서 기대하고 있을게요. 그럼 전 이만 가보겠습니다."

그렇게 말한 나는 뒤돌아 화장실 방향으로 걷기 시작했다.

호시노미야 선생님은 더 이상 말을 걸지 않았고 쫓아오려는 기색도 없었다.

○선봉 대결

오전 9시가 지나 자기 교실에 들어온 참가자들은 처음 보는 시험관들의 설명을 들었다. 네 개의 반에서 각각 동시에 똑같은 설명이 이어지고 있었다.

실내에는 늘 그렇듯 책상과 의자만이 놓여 있을 뿐 다른 점은 하나도 없었다.

평소와 똑같은 환경이어서 어떤 시험이 나올지 가늠할 수 없는 상황이었는데, 이야기를 들으면서 점점 이해되었다.

대표자들의 승리 조건 부분은 전혀 언급하지 않고, 참가자들이 할 토론에 대한 설명이 이어졌다. 상세한 설명이 끝난 후 시험관이 숨을 돌렸다. 학생들은 서로 얼굴을 마주 보면서 머릿속에 열심히 규칙을 새겨넣으려고 했다.

"기억해 둬야 할 제일 중요한 포인트는 이 토론에서 자기에게 주어진 배역을 완벽하게 해내는 것 이외에는 반에 공헌할 방법이 없다는 거야."

아야노코지 쪽에서 들은 설명을 참가자들도 똑같이 듣고 있었다.

"저희의 승리 조건은 알겠는데요…… 대표자의 승리 조건이 중요하잖아요, 그건 뭐예요?"

반 아이들을 대표해 마츠시타가 질문했다.

참가자의 대결은 어디까지나 기본적으로는 프라이빗 포

인트를 획득하느냐 마느냐에 있다.

반면 대표자들의 대결은 미래의 명암을 가르는 반 포인트 변동.

단기적인 가치보다 장기적인 시점을 우선하는 것은 지극히 자연스러운 반응이었다.

하지만 오늘 처음 보는 시험관은 담담한 말투로 이렇게 대답했다.

"방금 말한 그대로야. 너희가 할 수 있는 건 배역에 철저하게 몰입해서 똑바로 토론에 참여하는 것뿐. 괜히 억측해 봐야 의미 없을 거다. 대표자가 어떻게 대결하는지나, 토론 때마다 규칙이 세세하게 바뀔 수는 있을지 몰라. 모든 답을 알 수 있는 것은 특별시험이 끝났을 때뿐이야."

얼버무리는 게 아니라 처음부터 말해줄 생각이 없다.

그런 완고한 학교 측의 뜻이 절로 느껴졌으리라.

"그럼…… 저희는 시험이 끝날 때까지 중간 상황을 알수 없다는 건가요?"

"그래."

이해할 수 없다며 시노하라가 불평했지만, 곧바로 시험관이 대답했다.

대표자들의 규칙을 철저히 숨기고 공개하지 않는다고 강조했다.

"토론에 성실하게 참여하지 않으면 반에 절대 좋을 일이 없다는 것만 똑똑히 기억해 두도록."

자신의 배역을 눈치채기 쉽게 어필하는 것은 자유지만, 그게 자신들이 속한 대표자에게 좋은 방향으로 굴러간다는 보장은 없다는 것.

무엇을 근거로 승패가 결정되는지 확실하지 않은 이상, 설명대로 성실하게 임하는 것이 가장 후회가 적을 선택지다.

시험관은 참가자들이 할 수 있는 일을 전달하고 토론에 관한 설명을 마쳤다.

1

설명을 다 들은 학생들은 오전 9시 반에 특별동으로 이동했다.

그리고 토론용으로 세팅된 교실로 안내받았다.

실내에는 사방에 고정 카메라가 여러 대 설치되어 있어서 사각지대라고는 보이지 않았다.

책상과 의자는 그룹 두 개 분으로 총 14석이었는데, 하나의 원을 그리듯 빙 놓여 있었다. 각각의 자리에 태블릿이 있었고 양쪽에서 훔쳐보지 못하도록 칸막이도 설치되어 있었다.

태블릿으로는 입실할 때 자기가 맡은 배역을 확인하고, 라운드 종료 때 재차 현재 상황을 확인하고 터치하는 작업을 한다. 그때 대표자가 패스를 고르면 우등생은 우등생을 제외한 누군가를 배제할 권리를 쓸 수 있고, 그밖에 직책을 맡은 사람도 각자의 효력을 행사해야 한다.

의자 등받이에는 간략한 표시로 빨간색 테이프와 파란색 테이프가 붙어 있었는데, 빨간색은 B반이고 파란색은 D반 용이라고 적혀 있었다.

친한 친구끼리 뭉치고 싶어도 자기 자리 양쪽에는 반드시 상대 반 학생이 앉아야 해서 자기 반끼리 소곤소곤 의논하는 것조차 불가능한 배치였다.

또 커다란 모니터 한 대가 별도로 설치되어 있었는데, 화면에는 토론 때 적용되는 중요한 규칙이 표시되어 있었다.

토론 시의 규칙

• 토론에 참가하는 학생은 발언할 때 모두에게 잘 들리도록 주의할 것

• 특정 인물에게만 말 거는 행위 금지

• 위에 준하는 귓속말 등 위반 행위가 확인될 시 퇴실을 명한다

• 과도한 폭언, 중상모략, 폭력 행위에는 페널티가 부과되며 퇴실을 명한다

• 도중에 퇴실한 경우 소속 반 대표자의 페널티가 된다

※페널티의 정도에 따라 대표자의 생명이 감소한다

"모니터 화면에는 토론 중간 결과 및 최종 결과가 뜬다."

학생들이 주목한 순간 시험관의 조작으로 모니터 화면이 전환하면서, 토론이 끝나면 어떻게 되는지 일례가 최종 결과의 패턴으로 표시되었다.

최종 결과
일반 학생4 우등생0 교사0 졸업생0 하급생0 상급생0
배신자1

토론이 종료되었으니 신속히 퇴실하여 다음 그룹과 교대해 주십시오
남은 인터벌 시간 10:00

"자기 배역의 결과가 어떻게 됐는지 등이 뜰 거야. 확인을 마치면 지시에 따라 퇴실하면 된다."
그렇게 전달한 뒤 이번에는 빠르게 교실에서 나와 대기실로 이동하라고 명령했다.
"곧 시험이 시작된다. 대기실에서 호명된 학생은 바로 이곳에 입실하기 바란다."
경황없이 설명이 끝나고, 참가자들의 대결은 천천히 흡수할 틈도 없이 막이 올라갈 지경에 이르렀다.

2

오전 10시. 참가자 전용 대기실의 모니터가 켜졌다.

제1토론

참가자
2학년 B반
소토무라 히데오 마키타 스스무 미나미 하쿠오 유키무라 테루히코 아즈마 사나 카루이자와 케이 사토 마야

2학년 D반
시바타 소우 나카니시 지로 모리야마 스스무 안도 사요 야마가타 히나 이시마루 유리코 오오누키 나기사

이름이 표시된 학생은 토론실로 가 주십시오

"내, 내가 첫 번째야…… 마야도……."
스마트폰을 제출한 바람에 따분해하며 앉아 있던 카루이자와가 허둥지둥 자리에서 일어났다.
마찬가지로 처음 나서게 된 사토도 카루이자와 쪽으로 뛰어갔다.
아직 규칙을 완전히 이해하지 못한 학생도 많은 가운데, 복도로 나가 이동하기 시작했다.

"저기, 유키무라. 우리가 어떻게 하면 될까?"

사토가 옆에서 걷고 있던 유키무라에게 조언을 구했다.

"지시에 따르기만 하면 돼. 어차피 토론이랑 반은 직접적인 관계가 없어. 우리가 맡을 배역이 일반 학생과 우등생으로 갈리면 적과 아군이 되는 거니까 말이야."

차갑게 말했지만 그게 이번 특별시험이라고 유키무라가 말을 덧붙였다.

"시험관도 말했잖아. 규칙에 따라 성실하게 임하는 게 최선이라고."

"그렇지만…… 그 최선이란 게 우린 아직 뭔지 잘 모르겠달까……."

가까이에서 그렇게 우물거리는 사토와 카루이자와를 보며 유키무라는 속으로 한숨을 내쉬었다.

자기가 느끼는 여자들 특유의 그런 사고가 못마땅했기 때문이다.

하지만 그러는 유키무라도 입학 초기에 보이던 자기만 알던 모습은 사라지고 없었다.

지금은 시간이 나면 하세베, 미야케와 어울리고, 다른 사람들과 잘 지내는 법도 익혔다.

"아마…… 긴장해서 패닉이 온 게 너희만은 아닐 거야. 상대 반도 분명 비슷한 상태일걸. 우선은 그 분위기에 적응해야 하지 않을까? 그리고 인랑 게임을 해본 적은 있을 거 아냐?"

"난 몇 번. 그럼 그 게임이랑 똑같다고 생각하면 되는 거지?"

"난 해본 적 없는데…… 요령 같은 거 있어?"

"음…… 만약에 우등생에 걸려도 다른 우등생을 괜히 막 쳐다보진 않는 게 좋아. 의외로 그런 시선이 티 나서 바로 들통나거든."

유키무라 자신도 익숙하지는 않지만 그렇게 조언하면서 마음이 좀 차분해지는 것 같았다.

이번 학년말 특별시험의 규모는 본인도 당연히 잘 이해하고 있다.

대표자에 관해서는 중간 과정조차 알려주지 않는 비밀 많은 규칙에 불만을 느꼈지만, 그래도 참가자로서 최선을 다할 수밖에 없다며 마음을 다잡았다.

"아, 뭔지 알 것 같기도 해. 역시 눈빛 같은 건 중요하지."

카루이자와는 요령을 대충 이해했는지 사토에게도 자세히 알려주었다.

그 모습을 본 유키무라도 일단은 괜찮겠다고 생각했다.

"……안심…… 해도 되려나."

혼자, 아무도 들리지 않게 중얼거렸다.

상관없는 두 여자애가 마음을 가라앉히는 데 도움을 준 것이 자신에게도 이익으로 돌아왔다.

토론장으로 향하면서 유키무라는 그런 생각을 했다.

교실 문을 열고 열네 명의 학생이 안으로 들어갔다.

카루이자와와 사토는 최대한 가까이 붙어 앉자고 눈빛 교환을 하면서, D반 시바타를 사이에 두고 자리 잡았다. 할 수 있는 게 아무것도 없더라도 적어도 근처에 앉자는 생각이었다.

다른 학생들도 저마다 자유롭게 자기 반에 지정된 자리에 앉았다.

입구에서 제일 가까운 곳을 선호하는 사람, 제일 먼 곳을 선호하는 사람. 생각은 각양각색이다.

교실에 모인 열네 명이 착석을 마치고 얼마 지나지 않아 토론이 시작된다는 알림이 나왔다.

『지금부터 학년말 특별시험을 시작합니다. 태블릿에 각 학생의 배역이 표시될 것입니다. 확인한 다음 첫 번째 토론을 시작해 주십시오.』

학생 모두 자기 책상에 놓인 태블릿으로 시선을 떨어뜨렸다.

모니터 화면이 일시적으로 바뀌고 열네 명의 배역 인원수가 떴다.

일반 학생8 우등생2 교사1 졸업생1 하급생1 상급생1

규칙 설명대로 여기 모인 학생들에게 어떠한 배역이 주어졌다.

모두 먼저 운을 떼기를 주저하는 가운데, 제일 먼저 나선 사람은 B반 유키무라 테루히코였다.

"바로 본론으로 들어가서, 나카니시가 우등생인지 아닌지 확인하고 싶어."

"뜬금없이 나? 왜 내가 우등생이라는 건데."

"미안한데 제일 처음 눈이 마주쳤어."

일반 학생이 되었기 때문에 단서를 찾고 싶은 유키무라가 그렇게 공격했다.

다른 반을 지목해 분위기가 험해질 것까지 각오하고 한 말이었다.

그때부터 점점 토론이 펼쳐지기 시작했다.

3

모니터로 5분 정도 토론을 지켜본 히라타와 하마구치.

참가자끼리 서로 떠보는 대화였는데, 참인지 거짓인지 꿰뚫어 볼 수단이 아직은 부족했다.

의심스러운 학생은 여럿 있었지만, 정말 우등생인지는 다른 문제다.

아무것도 알 수 없는 가운데 대표자가 취할 수 있는 선택지는 기본적으로 딱 두 가지.

선수 필승으로 배역을 맞혀서 상대를 단번에 궁지로 내

몰지, 아니면 리스크를 피해 좀 더 상황을 지켜볼지.

적어도 여기 앉아 있는 두 사람은 위험을 감수하고 과감하게 밀어붙이지 않았다.

『지금부터 지목하거나 패스하기 바랍니다. 제한 시간은 1분입니다.』

그런 방송이 흐른 후 잠시 침묵이 흘렀다.

이 교실에는 현재 두 사람을 제외하고 어른 한 명만 있을 뿐.

조금 전까지 같이 설명했던 2학년 담임들이 아니라 낯선 얼굴이었다.

조금도 말참견하지 않고, 그저 교실 귀퉁이에서 학생들이 나누는 대화와 동향을 지켜보기만 했다.

"어렵네, 이 시험. 천하의 히라타도 바로는 모르겠나 봐."

살짝 반신반의하는 투로 묻는 하마구치.

히라타는 신경전을 좋아하지 않는 성격이기도 했기에 솔직하게 고개를 끄덕였다.

"누가 수상한지 지켜봤는데, 전부 의심스러워. 처음부터 결단을 내리기는 쉽지 않네."

토론한 열네 명과 마찬가지로 두 선봉도 서로를 탐색하는 대화를 나누었다.

두 사람의 공통점은 상대를 괴롭게 만드는 류의 거짓말을 잘하지 못한다는 것이다.

오히려 그런 방법에 혐오를 느낀다고 해도 과언이 아니다.

"……좋아."

숨을 한 번 고른 하마구치가 망설임 없이 태블릿에서 패스를 눌렀다.

확실한 답이 없는 한에는 위험하다.

그래서 바로 그렇게 결정한 후 히라타의 판단을 기다렸다.

히라타 또한 위험을 무릅쓸 수는 없었다. 열네 명 중에서 대표자가 맞혀야 할 배역은 우등생 두 명과 교사, 졸업생, 하급생, 상급생이 각각 한 명씩. 요컨대 지목해서 성과를 얻으려면 단순히 14분의 6을 맞혀야 한다.

확률로는 대략 42.9%. 그 정도나 맞힐 기회가 있으니 나쁜 확률은 아니라고 생각하는 사람도 있을지 모른다.

하지만 실제로는 지목하는 배역이 일반 학생과 배신자를 제외하고 다섯 개로 나눠지므로, 적중률은 그보다 훨씬 낮아진다. 두 사람이 패스를 결정하면 다음 진행으로 넘어가서, 교사와 졸업생 배역이 가진 효력 그리고 우등생 배역의 지목이 이때 일어난다. 특정 배역만 태블릿을 만지면 자동으로 참가자의 범위가 좁혀지기에 특수 능력이 없는 다른 배역들도 그때까지 의심스러운 참가자가 누구인지 태블릿으로 고르는 순서가 중간에 들어 있다.

우등생이 퇴실을 명한 사람은 카루이자와였다. 너무 순식간에 퇴실이 결정되어서 억울한 감정이 들 새도 없이 조용히 교실에서 나갔다.

이제 열세 명. 확률이 조금 바뀐 가운데 시작된 두 번째 토론.

두 사람은 숨소리조차 거슬리게 느낄 정도로 숨죽여 모니터를 주시했다.

짧은 듯 긴 토론. 참가자들은 정기적으로 말문을 닫았다.

그리고 아직 대부분이 어떻게 행동해야 할지 감을 잡지 못하는 눈치였다.

모든 사람을 의심하면서 관찰했다.

사소한 몸짓, 행동, 그 모든 것들이 수상하게 보였다.

제2라운드가 끝나자 다시 대표자에게 지목 권리가 찾아왔다.

태블릿을 바라보며 생각에 잠긴 히라타를 곁눈질한 하마구치는 기대를 걸었다.

아직 히라타가 아무도 알아차리지 못했기를.

그 소원은 반쯤 이루어져서, 히라타는 제1라운드 때와 변함없이 새로운 정보를 얻지 못했다.

그런 히라타도 이내 하마구치 쪽을 보았다. 시선이 엇갈렸고, 어쩌냐면서 서로 속으로 견제했다. 그리고 제한 시간이 다 되었을 때 두 사람이 동시에 내린 결정은 또 똑같았다.

이번에도 위험을 무릅쓸 수 없다며 보류, 패스를 선택했다.

따라서 우등생이 지목해 한 사람이 퇴실했다. 그 학생의 배역은 당연히 밝혀지지 않았다.

그래도 분모는 확실히 줄어들고 있다. 그것은 막을 수 없다.

다음 라운드에 대비해 하마구치가 몸을 앞으로 내밀며 모니터에 수차례 달라붙었다.

참가자는 두 명 줄었으나, 제일 중요한 것은 대전 상대의 생명을 3 빼앗을 수 있다는 점인 우등생. 분모 자체가 줄어든 타이밍이기도 해서, 할 수만 있다면 공격하고 싶은 마음이었다.

선봉의 생명은 5밖에 없다. 우등생 한 명만 찾아내면 바로 상대를 궁지로 몰 수 있다. 그런 하마구치의 계획 아래 제3라운드가 시작되었다.

집요하게 나카니시를 몰아붙인 유키무라의 발언에 상상 이상으로 나카니시가 동요하면서, 주위로부터 집중포화를 당하고 반쯤 패닉이 오는 상황으로 발전했다.

같은 반인 하마구치는 나카니시가 과한 연기를 할 타입이 아니라는 것을 잘 알았기에, 다소의 위험을 동반하더라도 우등생으로 지목해 공격해야 할 때라고 각오했다.

한편 히라타는 생각이 달랐다.

나카니시의 말과 행동이 작위적이라고 보고, 반대로 우등생이 아니라고 판단했다.

그렇다고 해서 다른 직책을 맡았는지는 아직 판단이 서질 않았다.

같은 인물을 두고 내린 결론이 상반되었다.

하마구치는 태블릿을 재빨리 눌러 나카니시를 우등생으로 지목했다.

반면 히라타는 다시 한번 패스를 골랐다.

『결과를 발표합니다. 하마구치 군이 나카니시 군이 우등생인 사실을 맞혔으므로 히라타 군은 생명을 3 잃습니다』

하마구치의 결단과 지목이 성공해서 나카니시가 우등생이었다는 사실이 밝혀졌다.

"윽…….."

좀 더 방어적으로 나올 줄 알았던 하마구치의 공격에 히라타는 뼈아픈 타격을 입었다.

한편 선제공격이 대성공을 거둔 하마구치는 안도하면서도 한편으로는 이번이 꽤 무모한 지목이었음을 알았다. 나카니시의 초조한 모습 때문에 우등생이라고 판단했지만, 다른 배역이었을 가능성도 충분히 있었기 때문이다. 운도 따라준 결과에 일희일비하지 말자고 마음을 다잡았다.

다만 결과적으로는 히라타가 단번에 생명을 3 잃고 이제 2만 남았다.

서로를 견제하고 그리 많은 대화 없이 진행하던 상태에서 생긴 큰 변화였다.

남은 우등생은 단 한 명. 못해도 그 이외의 직책을 찾아내야만 하는 상황에 내몰린 히라타는 제4라운드가 시작되자 그 현실을 강하게 통감했다.

선수(先手)를 빼앗기는 것이 이 특별시험에서 얼마나 큰 부담으로 작용하는지를.

지금까지 세 번, 가벼운 마음으로 반복했던 패스.

하지만 더 이상은 쉽게 선택할 수 없는 지점까지 왔다.

어떻게든 토론이 잘 돼서 결정적 힌트를 얻고 싶었다.

초조한 마음으로 그렇게 빌었지만, 토론은 바라는 대로 흘러가지 않았다.

나카니시가 우등생이었다는 사실이 드러나고 대표자의 지목으로 토론장에서 나간 것이 분명해지자 남은 우등생은 더 숨죽여 잠복했다.

그렇기에 지금 기대고 싶은 것은 나머지 배역을 맡은 학생이었다.

"서로 원망은 하지 말자, 히라타."

"그래. 물론 잘 알아."

저조해도 토론은 계속 진행되고 있었다.

슬슬 새 정보가 나와도 이상하지 않을 때다.

제4라운드가 시작된 지 2분 정도 지났을 때, 마침내 유키무라가 졸업생 배역을 맡았다고 주장하고 나왔다.

유키무라는 배역을 세 번 체크했는데 앞선 두 번은 다 일반 학생이었다고 밝혔고, 아직 누가 우등생인지는 모르겠다고 했다.

그런데 이는 히라타에게 불행 중의 다행, 좋은 소식이었다.

유키무라가 주장한 배역을 지목하면 하마구치의 생명을

2 깎을 수 있다.

물론 하마구치도 똑같이 유키무라를 졸업생으로 지목하겠지만, 그러면 상쇄 처리된다.

다음 제5라운드로 승부를 미룰 수 있다.

더 물러설 곳이 없는 히라타는 토론이 종료되자마자 유키무라를 졸업생으로 지목했다.

그러나——.

『하마구치 군, 히라타 군 모두 잘못 지목하였으므로 생명을 1 잃습니다.』

유키무라를 퇴실시킨 결과, 졸업생 배역이 아니었음이 밝혀졌다.

우등생을 찾기 위해, 교착 상태에서 벗어나기 위해 유키무라가 졸업생인 척했던 것이다.

가까이에서 유키무라를 봤다면 어쩌면 알아차렸을지도 모를 거짓 배역.

히라타는 급한 마음에 침착한 판단을 하지 못하고 우등생을 알아낼 수 있는 졸업생이라고 믿어버렸다.

하마구치도 같이 낚인 건 천만다행이지만, 그래도 서로 가진 생명은 4 대 1. 더 코너에 몰리고 말았다. 토론이 시작되고 얼마 동안 히라타는 학년말 특별시험의 무게를 실감하지 못하고 어딘지 들뜬 기분이었는데, 이제야 단번에 중압감이 밀려오기 시작했다.

신중한 두 선봉부터 시작된 대표자들의 대결은 이제 서

로 상황을 지켜보는 흐름으로 바뀌었다.

유키무라가 졸업생이 아니었다는 결과에 서로를 한층 의심하게 된 참가자들은 일제히 입을 다물었고, 새로운 정보를 끌어내지 못하고 보류하는 쪽을 택했다. 그 결과 돌아온 대표자의 권리에서는 두 사람 다 패스. 남아있던 우등생이 차례차례 지목하면서 오오누키, 마키타, 아즈카가 잇달아 퇴실했다.

토론 종료 조건을 만족하지 못한 채, 어느새 참가자는 여섯 명으로 줄었다.

토론은 제8라운드로 접어들었다.

그리고——.

『히라타 군이 잘못 지목하였으므로 생명을 1 잃습니다. 이 시점에서 생명이 0이 되었으니 히라타 군은 퇴실하기를 바랍니다.』

무정하게 흐르는 방송.

참가자들의 토론에 전혀 진전이 보이지 않고 더는 물러설 데가 없어진 바람에 마음이 급해지면서 승부를 건 히라타였지만, 결과는 허탕이었다.

운 좋게 나카니시의 지목이 성공한 이후 계속 패스를 고른 하마구치가 승리를 차지했다.

4

대표자들의 대결은 대화가 일절 공개되지 않는 구조여서 토론 참가자들은 물론 중견과 대장으로서 대기한 대표자들 역시 비슷한 심정이었다.

아니, 오히려 자신의 차례가 갑자기 찾아온다는 점을 생각하면 심신의 부담이 더 크다고도 할 수 있다.

정적이 감도는 대기실.

유일하게 공개된 정보는 대결하는 대표자의 생명이 깎이는 것뿐.

뚫어지게 보고 있던 모니터의 표기에 변동이 생겼다.

그 직후 대표자 대기실에 방송이 흘러나왔다.

『하마구치 군의 승리로 히라타 군이 퇴실하였습니다. 중견을 맡은 학생은 준비하기 바랍니다.』

할 수만 있다면 아직은 맞이하고 싶지 않았던 자기 반 학생의 패배.

그 사실을 알리는 음성에 호리키타는 작게 한숨을 토했다.

"다녀올게."

호리키타는 옆에 앉은 아야노코지에게 짤막하게 한마디 던졌다.

"건투를 빈다."

어딘지 남 일처럼 하는 말 같기도 했지만, 그렇다고 화가 나지는 않았다.

아야노코지가 원래 그런 사람이라는 걸 지난 2년간 똑똑히 배웠기 때문이다.

말이 차갑게 느껴지긴 해도 아야노코지는 자기 나름대로 반에 공헌하고 있었다.

이번 특별시험 역시 그랬다.

대가를 요구했지만, 대장으로서 반을 승리로 이끄는 역할을 맡아 주었다.

그래서 호리키타는 망설임 없이 최선을 다해 대결에 임할 수 있다.

옆에 앉은 존재가 그 무엇보다도 믿음직스러웠다.

설령 자신이 대결 상대인 하마구치에게 진다 해도 아야노코지라면 그 후 이치노세까지 이겨 주지 않을까. 그런 근거 없는 느낌.

하지만 그런 느낌에 너무 의지하면 안 된다며 다시금 마음을 다잡았다.

그렇게 대기실에서 나와 시험을 치를 교실로 향했다.

가던 도중, 퇴실한 히라타를 마주쳤다.

"미안해, 호리키타…… 하나도 도움이 되지 못했어……."

"상황이 어땠는지 대충 짐작이 가. 네가 기죽을 필요는 없어."

학생에게는 저마다 적성에 맞는 일이 있기 마련이다. 히라타는 주변 친구들을 세심히 관찰할 줄 알지만, 이렇게 남을 의심해야 하는 시험에는 틀림없이 약하다. 그 점을 호리키타도 잘 알았다.

주어진 인터벌은 10분이다.

패배한 반이 교대할 때 여기서 마주친다는 것쯤은 학교 측에서도 충분히 예상했을 터.

그렇다면 시간이 허락하는 한 의견을 나눠도 괜찮다는 뜻이다.

"뭐 알게 된 건 없어?"

"음…… 토론 내용은 컨트롤할 수 없어도, 대표자의 선공 후공 타이밍, 그게 명암을 크게 가를 가능성이 크지 않을까 싶어."

히라타가 경험한 일을 이야기했고 호리키타는 그 말을 진지하게 경청했다.

"참가자에 따라 상황이 확 바뀐다는 거네."

하긴 컨트롤이 불가능한 상황 속에서 일이 진전되어 버리면 손쓸 도리가 없다.

다만 그렇다고 하더라도 대처할 방법이 전혀 없진 않을 거라고 호리키타는 생각했다.

"고마워. 넌 푹 쉬고 있어."

대기실로 돌아가는 히라타의 등을 슬쩍 지켜본 다음 호리키타는 다시 걸음을 옮겼다.

그리고 하마구치가 기다리는 교실에 도착해 문에 손을 얹었다.

"……흐흠."

가볍게 헛기침하고 손을 뗐다.

이 문을 열면 이제 돌이킬 수 없다.

심호흡해서 일단 머리를 텅 비웠다.

그런 다음 정리한 정보를 꺼내며 천천히 문을 열었다.

○카츠라기의 역습

히라타와 하마구치의 대결이 시작될 무렵, 다른 교실에서도 대표자들의 대결이 시작되려 하고 있었다.

토론장에 모습을 드러낸 참가자들을 모니터로 지켜보는 두 사람.

제1토론

참가자
2학년 A반
시미즈 나오키　마치다 코지　요시다 켄타　후쿠야마 시노부　모토도이 치카코　야노 코하루　록카쿠 모모에

2학년 C반
소노다 마사시　오다 타쿠미　야마다 알베르트　요시모토 코세츠　이소야마 나기사　야마시타 사키　키노시타 미노리

A반 대 C반, 그 선봉을 맡은 니시노 대 사나다 구도.

"잘 부탁드립니다, 니시노 씨."

교실에 둘만 남자, 사나다는 약간 긴장하면서 니시노에게 정중한 인사를 건넨 후 먼저 의자에 앉았다. 같은 학

년한테도 정중한 말투를 쓰려고 노력하는 사나다는 이겨야 할 적 앞에서도 평소와 똑같이 행동했다. 한편 니시노는 사나다와 같은 유형을 썩 좋게 보지 않았다. 자신이 덜렁대는 성격임을 스스로 인정했고 존댓말은 불편해서 기본적으로 반말을 썼다. 그래서 말투가 딱딱한 사람과는 안 맞는다는 선입견이 있었다.

그러나 그런 호불호의 문제도 지금은 어디로 사라져 버렸을까. 사소한 감정보다는 큰 무대에서 선봉을 맡아 어마어마한 긴장감을 떨쳐내지 못하고 몸이 굳어 있었다. 류엔 패거리한테도 겁먹는 법이 없는 니시노조차 이런 진지한 시험 분위기에는 전혀 적응이 되지 않았다. 선봉이라지만 반 대항전에서 하나의 중요한 역할을 맡은 것이다. 중압감을 느끼지 않을 수 없었다.

자신과는 무관할 줄 알았던 대표자. 그러나 류엔의 예고 없는 발탁. 경솔하게 받아들인 것을 니시노는 몹시 후회했다. 의자에 앉는 것도 잊고 멍하니 서 있는 니시노를 보자니 평상심을 잃은 것이 분명했다. 사나다는 도와줘야 할지 순간 망설였다.

"니시——."

이름을 부르려다가 그만두었다. 괜한 친절이 자기 목을 조를 수 있다며 생각을 고쳤다. 대전 상대가 이곳의 분위기에 압도당하고 있다면 그것을 이용해야 한다. 사나다는 죄책감을 억누르고 조용히 심호흡을 반복했다.

니시노가 겨우 의자에 앉았을 때, 기다렸다는 듯 시험이 시작되었다.

『지금부터 토론을 시작하겠습니다.』

그런 안내 방송과 함께 모니터에서 음성이 흘러나왔다.

『이제 학년말 특별시험을 시작합니다. 태블릿에 각 학생의 배역이 표시되어 있습니다. 확인한 다음 첫 번째 토론을 시작하기 바랍니다.』

단조롭게 늘어서 있는 모니터 저편에 참가자들이 앉아 있었다. 그리고 마음을 가라앉힐 여유도 없이 시작되어 버린 토론. 긴장을 전혀 풀지 못해 시야가 좁아진 니시노는 사나다의 상태를 한 번도 확인하지 않고 모니터만 계속 응시했다.

"저, 저기…… 벌써 다들 배역 확인을 끝낸 거야……?"

니시노는 직전에 있었던, 참가자들이 배역을 확인하는 모습이 기억에 없었다. 자기도 모르는 사이 토론이 시작됐다는 생각에 살짝 패닉이 왔다.

하지만 눈앞의 영상은 실시간으로 흘러가고 있고, 일시 정지와 되감기는 불가능하다.

참가자들의 정신없는 대화가 싫어도 자꾸만 들렸다. 한 귀로 듣고 다른 한 귀로 빠져나가고. 대화를 머릿속에 저장하지 못하고, 대화 내용을 이해하는 것조차 뜻대로 되지 않았다.

『지금부터 지목하거나 패스하기 바랍니다. 제한 시간은

1분입니다.』

"앗? 으앗, 벌써 5분이 지났다고……?"

영문도 모른 채 제1라운드 종료 신호가 울리고 말았다. 니시노는 조건 반사가 온 것처럼 허둥지둥 태블릿으로 시선을 떨어뜨렸다. 화면에 쭉 나열된 열네 명의 이름.

아무것도 모르겠으면 패스하는 것이 무난한 방법으로 보이지만, 니시노는 혼란스러운 와중에도 학생들의 이름을 계속 보았다. 지목에 주어진 제한 시간은 당연히 멈추지 않고 흘러만 갔다.

그리고 요시다의 이름에서 시선이 멈추었을 때 조금 전 토론을 떠올렸다.

기억은 거의 나지 않지만 왠지 수상했던 것 같았다.

모호한 기억이 유난히 선명하게 뇌리를 스쳤다.

진짜인지 아닌지 알 수 없는 요시다의 행동과 대화가 우등생이라고 말해주는 것만 같았다. 정신이 아득해지는 어질어질한 느낌에 들볶이면서 태블릿을 누르는 니시노. 제한 시간이 끝나기 전에 겨우 태블릿 조작을 마쳤으나──.

『니시노 양이 잘못 지목했으므로 생명을 1 잃습니다.』

갑자기 우등생을 지목한 무모한 행동. 그 결과 생명을 하나 잃었다. 사나다는 그런 니시노를 조용히 지켜본 후, 그녀를 따라 하지 않고 침착하게 지목을 피했다.

"우등생이 아니었네…… 하아…… 하나도 모르겠어……."

조급한 마음 때문인지 크게 말한 혼잣말이 사나다의 귀

에도 들어갔다. 우등생 지목 때는 교사가 효력을 사용해 방어에 성공했기 때문에 이번 라운드에서는 퇴실자가 한 명에 그쳤다.

참가자가 열세 명으로 줄어든 상태에서 토론은 제2라운드로 넘어갔지만, 니시노는 결국 1라운드와 거의 다르지 않은 정신 상태로 개선의 여지도 보이지 않고 하는 일 없이 시간만 흘려보냈다.

어떻게 해야 할지 갈피를 못 잡던 니시노는 여기서 처음으로 모니터와 태블릿을 번갈아 보던 행동을 멈추고 사나다를 쳐다보았다. 그 시선을 알아차린 사나다는 모른 척하면서 마치 이제부터 지목하려는 것처럼 연기하며 재차 패스를 골랐다.

사나다는 절대 연기를 잘하는 편이 아니었지만, 지금의 니시노에게는 충분히 효과가 있었다.

이를 뒷받침하듯 니시노는 또 근거 없는 지목을 강행했다.

『니시노 양이 잘못 지목하였으므로 생명을 2 잃습니다.』

또 배역을 잘못 지목하고 만 니시노. 제1라운드와 완전히 똑같은 흐름이었으나 상처가 더 깊어지는 결과가 되어버렸다. 지목당한 후쿠야마의 퇴실이 결정되었다.

이렇게 해서 니시노는 생명을 총 3개 잃었고, 우등생뿐 아니라 사나다까지 특정 배역을 지목한 시점에서 패배가 확정될 위치까지 허무하게 밀려나고 말았다.

이대로 계속 패스 위주로 나가면 되겠다고 판단한 사나다.

니시노가 자폭해서 질 가능성까지 고려한 판단이다.

그러나 제3라운드에 들어가자 니시노는 더 이상 지목할 용기가 없었다.

그래서 두 사람 다 패스를 골랐고 우등생의 지목으로 이소야마가 퇴실했다.

여기까지 참가자들의 토론을 지켜본 사나다는 모니터를 응시하는 니시노의 시선 끝이 대전 상대인 A반 참가자들에게만 가 있다는 사실을 알아차렸다.

A반 대 C반이라는 절대적 구조에 얽매여 전체적으로 보지 못하고 있었다.

하지만 사나다는 토론 참여자들이 어느 반 소속인지 분리해서 생각하는 것도 중요하다는 점을 깨닫고, 일부러 C반 학생만 주목하는 행동을 그만두었다. 니시노가 A반만 봐준다면 학생들을 잘 아는 사나다가 압도적으로 유리하기 때문이다.

그때 마침 시작된 제4라운드. 토론 도중 큰 변화가 발생했다.

자기가 졸업생이라고 주장하고 나선 시미즈가 키노시타는 우등생이 아니었다고 발언했다.

그런데 그때 또 요시모토가 자신이 진짜 졸업생이라고 주장했다. 그러면서 키노시타가 우등생이라는 것이다. 여기서 둘 중 하나, 혹은 둘 다 거짓말하고 있음이 확정되었다.

대표자에게 다시 돌아온 네 번째 지목의 시간.

사나다는 제한 시간을 거의 다 쓰고 네 번째 패스를 택했다.

지목하고 싶을 법도 하지만 아직 확신까지는 이르지 못한 것이다. 반면 더 물러설 데가 없는 니시노로서는 마침내 나온 귀중한 정보를 아깝게 버리고 싶지 않았다. 사나다가 배역을 알아차렸다면 질 가능성이 높기에, 위험하더라도 지목을 강행하는 수밖에 없었다.

가장 먼저 주장한 시미즈를 졸업생으로 단정 지으면 되겠지만, 혹시 모른다는 생각에 직책 있음으로만 선택했다.

그 결과——.

『니시노 양이 잘못 지목했으므로 생명을 2 잃습니다.』

자칭 졸업생이라던 시미즈의 정체는 우등생. 크게 자폭하고 말았다. 한편 사나다는 생명을 하나도 잃지 않고 선봉 니시노를 이기는 데 성공했다.

『이 시점에서 생명이 0이 되었으니 니시노 양은 퇴실하기 바랍니다.』

"뭐야, 왜 이렇게 된 건데……!"

시험 그리고 자기 자신을 향해 화를 드러낸 니시노는 아쉬움을 느낄 새도 없이 퇴실을 요구받았다.

"후우…… 상대가 니시노 씨여서 다행이었어……."

결국 단 한 번의 지목도 없이 패스만 써서 승리한 사나다.

"이기려면 좌우지간 침착하게 하는 게 최선이네요……."

몇 번의 토론을 지켜본 끝에, 모니터를 통해서 진실과

거짓을 가려내기란 여간 어려운 일이 아님을 깨달았다. 다음번에도 차분하게 임하자고 새로 다짐하면서 같은 방에서 이어질 대결을 기다렸다.

그런데 인터벌 시간 동안, 점점 복잡한 감정이 사나다를 엄습했다.

니시노에게 완승을 거두었다는 사실을 덮어놓고 기뻐할 수가 없었다.

이 학교에 들어온 지 2년, 그러나 아직도 이기는 것에 순순히 익숙해지지 않았다.

빛과 그림자, 이면에는 반드시 패배자가 있다.

그 현실을 직시하는 것이 사나다는 어려웠다.

"안 되죠, 이래서는…… 반을 위해서라도 힘내야 해요."

그로부터 5분 정도 더 지났을 때 류엔 반의 중견이 교실에 들어왔다.

어두운 기분을 떨쳐낸 사나다는 자리에서 일어나 웃으면서 그 인물을 맞이했다.

"카츠라기 군. 잘 부탁드립니다."

니시노를 대했을 때처럼 정중한 말투로 인사한 사나다.

"이렇게 둘이 이야기하는 건 오랜만이네요."

"그러네. 마지막으로 대화한 게 언제였는지 까마득하다."

마주 본 두 사람. 같이 A반 교실에서 공부하던 시절, 특별히 친했던 것은 아니지만 그렇다고 사이가 나쁜 편도 아니었다. 말하자면 그냥 같은 반 학생.

"이번 특별시험의 규칙을 들었을 때 카츠라기 군은 반드시 대표자가 될 줄 알았어요."

그 말을 듣고 걸음을 멈춘 카츠라기는 사나다의 표정을 보며 무슨 뜻인지 파악했다.

"니시노를 수월하게 이긴 것 같던데."

"……수월했다고 할까, 저는 특별히 뭘 한 게 없어요. 그냥 니시노 씨가 시험에 압도당한 것 같더군요. 토론 시작 전에 한 가지 묻고 싶은 게 있는데, 왜 니시노 씨가 대표자가 됐죠? 카츠라기 군의 반에는 좀 더 대표자로 적합한 학생이 있었을 텐데……. 물론 니시노 씨도 열심히 했고, 장점도 많다고 생각하지만……."

절대 니시노를 무시해서가 아니라고 못 박은 사나다였지만, 다른 적임자가 있지 않았을까 하는 의문이 아무래도 남았다. 대표자 대리였을 가능성도 염두에 뒀는데, 류엔 반에서 결석자가 한 명도 나오지 않았으니 그 선도 사라졌다.

"글쎄. 나한테 물어도 대답해 줄 길이 없네. 대표자를 뽑은 건 류엔이니까."

"그렇군요. 그럼 카츠라기 군을 이기고 나면 답을 들을 수 있겠네요."

"그렇지."

카츠라기가 다시 걸음을 떼고 자신에게 배정된 자리에 천천히 앉았다.

"하지만 쉽지 않다고 생각하는 게 좋아. 네가 류엔한테

니시노를 뽑은 이유를 묻고 싶듯이 나도 뒤에 기다리고 있는 사카야나기한테 볼일이 있어서."

사나다 그리고 뒤에 대기 중인 키토를 이기겠다는 카츠라기의 선언.

"살살 부탁드립니다."

머지않아 정적에 휩싸인 실내. 이후 두 사람은 사적인 대화를 일절 나누지 않은 채 토론 시작 신호만을 기다렸다.

제1토론

참가자

2학년 A반

사토나카 사토루　츠카사키 타이가　스기오 히로시　모리시게 타쿠로　타니하라 마오　츠카지 시호리　야마무라 미키

2학년 C반

이부키 미오　이노우에 토아　오카베 후유　스즈히라 미우 모로후지 리카　야지마 마리코　유베 요시카

『첫 번째 토론을 시작해 주세요.』

준비를 마치자 침묵을 깨듯 모니터의 음성이 연결되었고, 그런 안내 방송이 흘러나왔다.

참가자 모두를 다양한 각도에서 잡은 모니터 여러 대.

두 사람은 아무 말 없이 그 모니터를 응시하면서 열네 명의 토론에 귀를 기울였다.

지금까지 토론했던 사람들이 다 바뀌고 새 참가자들이 새롭게 토론하는 상황이었다.

요컨대 제일 처음에 했던 토론과 똑같은 상황으로, 아직 서로 탐색하느라 진행이 원활하지 않았었다.

그래서 누가 무슨 배역을 맡았는지 가늠하기 쉽지 않았다.

견제와 탐색으로 농밀한 5분. 특히 첫 번째 토론에서 얻을 수 있는 힌트는 적지만, 그럼에도 눈을 깜빡거리는 시간조차 아끼며 지켜보았다. 사나다는 앞선 니시노와의 대결에서 후반부에는 자기 반 학생만 주목했는데, 이번에는 다시 기본으로 돌아가 전체를 보는 쪽을 택했다.

긴 듯 짧은 토론 시간이 끝나고 대표자들의 시간이 찾아왔다.

『지금부터 지목하거나 패스하기 바랍니다. 제한 시간은 1분입니다.』

다가온 첫 번째 지목. 사나다는 웬만큼 노골적인 정보라도 나오지 않는 이상에는 니시노에게 완봉승을 거뒀을 때와 똑같은 전략으로 가기로 했다.

성급하게 지목했다간 니시노처럼 자멸해서 생명을 잃을 가능성이 크다.

사나다의 생명은 하나도 깎이지 않은 5개. 선봉은 중견보다 여유가 있지만, 그래도 생명을 잘 남겨두는 것이 중요한 요소다. 만에 하나 카츠라기가 우등생을 맞힌다고 해도 생명은 2개나 남아있다. 2개 남아있으면 상대에게 반격할 기회가 아직 있다.

다만 그렇다고 급하게 패스를 선택할 생각은 없다.

천천히 고민할 시간을 벌면서 지목하는 척할 것이다.

한편 이번이 첫 대결인 카츠라기는 그런 사나다를 대놓고 응시했다.

"먼저 시험을 경험한 만큼 유리——한가?"

"글쎄 어떨까요. 하지만 방금 있었던 토론에서도 얻을 수 있는 정보는 확실히 있었던 것 같은데요."

적은 힌트를 획득했다, 그런 어필을 섞었다.

하지만 어설픈 연기가 도리어 해가 됐는지, 그 말을 들은 카츠라기가 순간 눈을 가늘게 떴다.

사나다가 어떻게 나오는지, 무슨 생각이고 무슨 전략인지를 읽어냈다. 두 사람 모두 태블릿 터치 작업을 마치지 않았고, 지목할 수 있는 시간만 줄어들었다.

"지목할지 말지 고민하는 건가?"

화면 위에서 손가락이 멈춰 있는 것을 지적한 카츠라기.

"네. 마음에 걸리는 참가자도 있으니, 지금은 과감하게 지목할까 싶기도 하고요."

주어진 시간을 최대한 써가며 자신은 지목을 고려하고 있다고 계속 연기했다.

그렇게 해서 카츠라기가 혹한 마음에 성급하게 지목할 것을 기대하며.

"카츠라기 군은 어떻게 할지 정하셨나요?"

"그건 대답해 줄 수 없어. 하지만 앞서 니시노랑 붙었던 만큼 네가 나보다 사정을 더 잘 아는 건 분명하겠지. 편하게 지목해."

혹시라도 선제공격이 성공하면 힘들어지는 특별시험인데, 지목을 재촉한 카츠라기.

아직 특별시험의 본질을 이해하지 못했을까, 아니면 이해하고서 한 발언일까.

사나다는 그렇게 생각하면서도 제한 시간이 임박함과 동시에 어깨에 힘을 뺐다.

"아니, 그만두죠. 적어도 아직은 범위를 좁히기 어려운 것 같아요."

태블릿에서 패스를 누르자 잠시 후 카츠라기도 선택을 마쳤다.

당황하지 않고 제2라운드 이후를 공략하면 된다며 사나다는 속으로 자신의 판단에 고개를 끄덕였다.

그런데——.

"그래? 그럼 난 사양하지 않고 한번 가볼까."

"앗⋯⋯?"

『결과를 발표합니다. 카츠라기 군이 모리시게 군을 직책 있음으로 알아맞혔으므로, 사나다 군은 생명을 1 잃습니다.』

방어적으로 나올 줄 알았던 카츠라기였는데, 제1라운드부터 지목을 강행해 적중했다.

안내 방송이 흘러나오고, 제2라운드 전에 사나다의 생명이 1 깎였다.

"어떻게…… 알았어요?"

"오히려 왜 몰랐어? 사나다. 모리시게는 너희 반 애잖아."

모니터를 본 카츠라기가 첫 5분 동안 주목한 것은 자기 반이 아니라 오로지 사카야나기 반 학생들이었다. 사나다는 류엔 반 학생들을 거의 몰라서, 5분 정도 되는 시간으로는 학생들의 버릇을 파악하기 어려웠다.

초반에는 전체적으로 보는 게 분명 옳다고 믿었기에 시야를 너무 넓히고 말았다.

"참가자 중에도 의심스러워하는 애가 있었는데, 몰랐나 보네."

행동은 니시노와 같지만, 정밀도가 차원이 달랐다.

"……시야를 절반은 아예 버린 건가요."

"내가 고른 토론 그룹은 어느 정도 연기가 되는 애들이야. 첫 5분 동안에는 쉽게 드러내지 않을 거라고 짐작했지. 오히려 너희 쪽은 안 그렇던데. 자기가 특별한 배역을 맡았다, 그렇게 모리시게의 얼굴에 쓰여 있던 거 못 봤어?"

실제로 모리시게는 입실한 순간부터 안절부절못했다.

그렇다고 어떤 특정 인물과 눈을 마주치는 것도 아니었고, 그저 이따금 입꼬리가 씰룩거렸다.

누구의 배역을 알아맞힐지 숙고하는 모리시계의 모습을, A반 참가자에게만 주목한 카츠라기는 놓치지 않았다. 물론 확실한 보장은 없어서 어떤 배역인지까지 좁힐 수는 없었다. 하지만 카츠라기는 처음부터 생명을 깎는 중요성을 우선했기에 직책 있음으로 지목했다.

　"보기 좋게 당했네요. 하지만 다음엔 그렇게 안 될 겁니다."

　다시 정신을 바짝 차린 사나다는 제2라운드가 시작되기 전부터 모니터를 노려보았다.

　그러나 마음에 동요가 일어, 어디를 봐야 할지 아직 정하지 못했다.

　카츠라기가 한 것처럼 A반만 봐야 할까.

　아니면 정보가 부족하니 C반에 주목해야 할까.

　혹은 다시 한번 전체적으로 주의 깊게 관찰해야 할까.

　방침을 정하지 못한 상태에서, 다시 5분간의 토론이 시작되고 말았다.

　"소화하는 데 걸린 시간 그리고 네가 완봉승을 거둔 걸 봐서도 전략이 뭐였는지 대충 짐작이 가. 아마 한 번도 지목하지 않고 니시노의 자폭으로 끝났겠지?"

　날카로운 지적에 사나다는 쓴웃음을 지을 수밖에 없었고, 시작된 토론에 집중하려고 해도 자꾸만 잡념이 섞였다. 그렇게 5분이 지났다.

　『지금부터 지목하거나 패스하기 바랍니다. 제한 시간은

1분입니다.』

"난 패스."

안내 방송이 나오자마자 카츠라기가 일부러 들으라는 듯이 공언하더니, 태블릿을 순식간에 눌러 선택을 마쳤다. 그 말과 행동이 진짜인지 거짓인지 사나다는 머리를 굴렸다.

"……어려운 판단을 강요하시네요."

토론에서 새로운 정보가 명확하게 나온 것은 아니지만 조금 마음에 걸리는 학생은 있었다. 카츠라기가 그것을 놓쳤다고 생각하기는 어려웠다. 처음 했던 결단을 떠올리면, 직책 있음으로 계속 지목할 수도 있지 않을까. 요컨대 거짓일 가능성도 배제할 수 없었다.

"…………."

선공을 허용해 생명을 잃는 것이 의외로 심적 타격이 된다는 것을 아는 사나다.

그렇다면 지금은 다소의 위험을 무릅쓰더라도 자신 역시 공격적으로 나가야 할 때가 아닐까.

그런 심리가 작용했다.

지목하는 사람은 아무리 최악의 전개로 끌고 간다고 해도 생명을 한두 개밖에 잃지 않는다.

"카츠라기 군이 한발 물러섰다면—— 저는 가보죠."

거기서, 1라운드 때의 카츠라기처럼 공격하기로 마음먹고 지목을 결정했다.

열두 명으로 줄어든 참가자. 분명히 한 명은 직책자가

사라졌지만, 충분히 승산은 있다. 우등생을 노릴 것인가, 아니면 무난하게 직책 있음에서 그칠 것인가. 그것도 아니면 특정 직책을 노리고 공격할 것인가.

지금은 호각을 다투는 형세로 만들고 싶으니, 우등생을 알아맞혀서 상대의 생명 3개를 깎고 싶다.

2학년 C반 모로후지 리카, 우등생, 확인. 태블릿으로 고르고 결정 버튼을 터치한다.

보낸 후 판정이 나올 때까지 얼마간 찾아온 정적의 시간. 그리고…….

『사나다 군이 잘못 지목하였으므로 생명을 2 잃습니다.』

"윽…… 아니었나요…….."

결과는 무정하게도 헛발질. 모로후지가 아쉬워하며 퇴실했다.

특별한 배역이라는 예측은 맞아떨어졌던 만큼 아까운 결과로 끝났다.

생명이 2까지 줄어들었다.

"너답지 않은데, 사나다. 확실하지도 않은 정보를 가지고 뛰어들다니, 평소의 너답지 않아."

꼭 지금도 같은 반인 양 그렇게 말하는 카츠라기.

"모로후지 씨가 하는 행동이 좀 수상했었거든요."

"확실히 그건 그랬을지도 몰라. 하지만 모로후지에 대해 어디까지 알지? 아마 아무것도 모르는 건 아닐까? 그런 행동이 왜 나오게 됐는지 잘 생각해 보는 게 좋아. 만약 모로후지가 우등생이었다면 동료가 있다는 뜻이 돼. 우등생이 한 명인지 두 명인지에 따라 모로후지의 심경이 크게 달라졌겠지. 나라면 공격한다고 해도 직책 있음에서 그쳤을 거다."

꼭 가르치는 듯한 말을 들으면서 사나다는 흐트러지는 마음을 간신히 억눌렀다.

물론 비싸게 치른 실수지만, 그래도 사나다의 생명은 아직 끝나지 않았다.

다음 라운드에서 지목에 성공하면 상대에게 충분히 중상을 입힐 수 있다.

하지만——. 이어진 제3라운드. 여학생 이노우에나 타니하라가 아무 근거도 없는 이야기의 흐름을 타고 서로를 우등생으로 몰기 시작했다. 둘 중 누가 수상하다, 아니다 하는 입씨름만 오갈 뿐. 그리고 거기서 더욱 확장되어 가는 무관한 화제.

느닷없이 토론이 산으로 가고 말았는데, 토론장에서 상관없는 얘기를 해서는 안 된다는 규칙은 없기 때문에 규정에 걸리는 규칙 위반이라도 하지 않는 한 토론은 중단되지 않았다.

사나다는 지금은 과감하게 나가면 안 된다며, 어쩔 수 없이 제3라운드에서 패스를 선택. 한편 카츠라기는 눈에 띄는 두 사람이 아니라 굳이 츠카지를 직책 있음으로 지목했지만, 잘못 짚어 생명이 7에서 6으로 줄어들었다. 그 후 우등생의 지목으로 이노우에나 타니하라가 사라질 줄 알

앉지만, 그 둘이 아니라 사토나카가 퇴실 명령을 받았다. 제4라운드에서도 시간 대부분이 이노우에와 타니하라의 대화로 종료. 그리고 여기서도 그 둘이 아니라 오카베가 우등생의 지목으로 퇴실했다.

이제 남은 학생은 7명.

그러나 토론에 진전이 거의 없는 이상 어떻게 손쓸 방법이 없었다.

대표자가 직책 있음으로 지목한 참가자는 직책을 맡았는지 아닌지 알 수 있지만, 우등생이 퇴실시킨 학생은 일반 학생인지 아니면 다른 역할인지조차 공개되지 않는다.

요컨대 현재까지 직책자가 얼마나 남아있는지 단정 지을 수가 없다.

사나다는 여기서 승부수를 띄우고 싶었지만, 지금은 실수 하나가 부담스러운 상황으로 바뀌고 있다. 한 라운드만 더 상황을 보고 싶다. 그러면 이번에야말로 범위를 좁힐 수 있을지 모른다.

그런 감정이 지난 라운드보다 한층 강하게 밀려왔다.

분명 카츠라기도 비슷한 생각일 터. 그렇게 제멋대로 자신에게 좋은 전개를 상상했다.

자꾸만 밀려오는, 패스하고 싶은 욕구. 그 감정에 휩쓸려 화면에 뜬 패스를 눌러 선택. 최종 확인 화면의 두 가지 선택이 표시되었다.

"보니까 패스를 선택한 모양이네. 그럼 나는 공격해 볼까."

한 번 더 누르면 패스가 확정되는 순간이었는데, 카츠라기의 그 말에 손가락을 멈췄다.

사나다가 패스를 완료했다고 착각하고 너무 빨리 알려 버린 것이다.

여기서 카츠라기가 승부를 건 이상, 정답이면 사나다에게 공격 기회가 더는 돌아오지 않을지도 모른다. 사나다는 허둥지둥 확정 화면까지 갔던 과정을 취소하고, 잠정적으로 생각했던 학생의 이름 그리고 안전하게 직책 있음을 눌러 확정했다.

『사나다 군이 잘못 지목했으므로 생명을 2 잃습니다. 이 시점에서 생명이 0이 되었으니, 사나다 군은 퇴실하기를 바랍니다.』

안내 방송이 흘러나오면서, 카츠라기가 한 말과 결과의 모순을 알아차렸다.

"우등생…… 이번에도 예상이 빗나간 겁니까……. 그런데 카츠라기 군의 답은 결과가 어떻게 됐나요?"

"현명한 선택을 하는 것 같았지만, 실제로는 상황에 휘둘린 꼴이 됐구나, 사나다."

"……그게 무슨 뜻입니까?"

"난 이번에 패스를 골랐다는 말이야."

"네……?"

"아까 한 말은 거짓말이야. 나로선 내가 공격하는 것보다 네가 공격해 주는 게 더 편했을 뿐. 못 읽었나 보네."

"……그런가요. 그런 것도 몰랐네요, 저는."

힘없이 대답한 사나다. 그제야 자신의 심박수가 쭉 빨랐다는 것을 깨달았다. 처음에는 자신보다 더 긴장한 니시노가 있어서 몰랐는데, 자신도 몹시 긴장한 상태였던 것이다.

조금이라도 카츠라기의 생명을 깎아서 운 좋으면 이길 수 있다고 생각했던 사나다지만, 단단히 각오한 카츠라기의 판단은 군더더기 없이 적확했고 시작부터 승부수를 띄우는 용기도 있었다.

모든 면에서 자신을 능가한다고 느낀 사나다는 어쩔 도리 없이 카츠라기에게 패배하고 물러났다.

그렇게 교대하는 형태로 퇴실하는 사나다를 눈으로 배웅한 후, 한숨 돌리는 카츠라기.

"잃은 생명은 하나. 문제없어…… 이대로 침착하게 해나가면 돼……."

팔짱을 낀 카츠라기는 흥분을 가라앉혔다.

복수 같은 거창한 생각보다 선행되어야 하는 것은 상대방 중견을 쓰러뜨리는 일.

대장인 사카야나기를 끌어낸 다음 그때 실컷 흥분하면 된다.

1

미끄러지듯 조용히 모습을 드러낸 키토는 카츠라기를 한 번 노려본 후 자리에 앉았다.

한마디 대화도 없이 정적인 모습을 보여주나 싶던 중견들의 대결.

그러나 상황은 순식간에 움직이기 시작했다.

제1라운드가 종료된 직후, 카츠라기는 패스를 고른 반면 키토는 고민도 없이 지목을 강행. 열네 명 중 두 명이 섞여 있는 우등생을 아무 힌트도 없이 노리는 도박을 했다.

『키토 군이 잘못 지목했으므로 생명을 1 잃습니다.』

그렇게 알리는 방송. 슬쩍 혀를 찬 키토였지만 표정에 그늘은 보이지 않았다.

확률은 약 14.3%. 높은 위험을 감수하면서 생명을 빼앗으려고 한 것뿐.

실수하는 것도 감안했기에 차분함을 잃지 않았다.

"너답지만 아주 과감했다, 키토. 그런데 다음번엔 어쩔 거야."

"그야 뻔하지. 무조건 갈 거야……."

순식간에 생명을 1 잃었지만, 강하게 말한 대로 키토는 제2라운드에서도 우등생을 지목했다. 이번 확률은 약 16.7%.

『키토 군이 잘못 지목했으므로 생명을 2 잃습니다.』

이번에도 헛발질. 게다가 지목한 학생이 교사나 졸업생이었는지 생명을 2 잃었다.

무모하다고도 말할 수 있는 연타에 카츠라기도 살짝 숨

을 삼켰다.

"이제 생명이 4개 남았는데. 그래도 계속 무모하게 지목할 거냐?"

"……당연하지."

"너한테 이 특별시험의 내용은 분명 자신 있는 분야가 아니야. 반색할 일이 아니었을 테지. 취할 수 있는 선택지가 자연스레 줄어들겠다는 생각은 했는데, 이렇게 무모하게 나올 줄은 몰랐다. 사카야나기한테 허락은 받고 한 거야? 아니면 사카야나기가 지시했나?"

그 질문에 키토는 굳이 대답하지 않았다. 이 전략은 딱 한 번이라도 지목에 성공하면 감지덕지라고, 카츠라기가 정확히 지적한 대로 사카야나기가 일러준 것이기 때문이다.

자진해서 대표에 지원한 이상 아무리 서툴러도 성과를 내야 한다. 한 번 지목해서 맞힐 확률은 절대 높지 않지만, 오답이어도 잃는 생명은 한 개 아니면 두 개. 그렇다면 상대가 지목하기 전에 시행 횟수를 늘리는 것이 지금 키토가 할 수 있는 최선이다.

해야 할 일은 처음부터 정해져 있었다. 그래도 잘되지 않으면 당연히 화도 나기 마련이다.

태블릿이 놓인 책상을 힘껏 내리치며 짜증을 냈다.

카츠라기는 난폭하게 구는 옆 사람을 무시하고, 계속 추리하기 위해 모니터에만 집중했다.

한편 키토는 대화를 다 한 귀로 흘려보내고 추리 따위

하지 않았다. 그저 희로애락만 보다가 그럴듯한 반응을 보이는 학생만 찾아냈다. 제3라운드에서도 키토는 잘못 지목해 또 생명을 하나 잃었다. 이제 남은 생명은 3이 되었다. 자멸해서 생명이 계속 줄어들었다.

이어진 제4라운드. 여기서도 키토는 주눅 들지 않고 우등생만 노려 지목했다.

그러자 카츠라기는 한 번 정도는 패스도 고려해 보려다가 일단 보류했다.

지금까지 3번 지목을 틀린 키토였는데, 분모가 줄어들면서 정답을 맞힐 확률이 점점 올라가고 있었다. 이번에야말로 25%를 맞힐 가능성도 있다.

키토가 이때까지 세 번 지목한 학생들의 경향을 파악한 카츠라기는 우등생일 가능성이 있다고 범위를 좁혀 두었던 인물이 그 경향에 포함될지 생각해 보고 한 명의 후보자를 찾아냈다.

만약 키토가 그 한 명을 강행 지목한다고 해도 카츠라기역시 똑같이 지목하면 무승부로 가져갈 수 있다. 답을 틀려도 잃는 생명은 한두 개로 끝이다. 다양한 각도에서 살펴보고, 원래는 한 라운드 더 상황을 지켜보고 싶었던 카츠라기도 탐욕적으로 승리를 거머쥐기 위해 승부를 걸었다.

그 결과……

『결과를 발표합니다. 카츠라기 군이 야마와키 군이 우등생인 사실을 맞혔으므로 키토 군은 생명을 3 잃습니다. 이 시점에서 생명이 0이 되었으니 키토 군은 퇴실하기를 바랍니다.』

생명을 7 갖고 있던 중견 키토가 큰 한 방을 먹이지 못하고 4라운드에서 패배해 물러났다.

"왜…… 젠장! 왜 네놈은 맞히는데 난 못 맞히냐고!!"

그 어느 때보다도 거칠게 책상을 치며 분노하는 키토.

"아무 대책 없이 이길 수 있는 시험이 아니야. 난 모두를 잘 알기 때문에 탄탄하게 싸울 수 있지."

카츠라기의 높은 정밀도를 뒷받침해 주는 것은 사카야나기와 류엔 반 양쪽에 소속되었던 경험.

한때는 A반의 리더로서 지휘했던 만큼 반 아이들에 대해 자세히 알고 있었다.

그렇기에 참가자의 표정, 말투, 동작 그 모든 요소를 통해 꿰뚫어 볼 수 있었다.

"퇴실해야지, 키토."

노려보는 키토에게 카츠라기가 말했다.

하지만 키토는 움직이지 않았다. 여전히 앉아서 두세 번 주먹으로 책상을 때렸다.

『키토 군은 신속히 퇴실하기를 바랍니다.』

재촉하는 안내 방송이 흘러나왔는데도 키토는 일어나지 않고 계속 카츠라기만 노려보았다.

"시간 끌어 봐야 아무 의미 없어. 승패는 결정 났어."

그 말이 방아쇠를 당겼다.

키토가 화 실린 목소리를 내며 자리에서 일어나 카츠라기의 앞에 섰다.

"나가는 문은 반대쪽인데."

"카츠라기……!"

이름을 외치더니 긴 팔을 뻗어 카츠라기의 멱살을 움켜잡았다.

"그만두지 그래. 폭력 행위는 엄격하게 금지되어 있어."

당황하지 않고 차분한 말투로 키토를 타이르는 카츠라기.

그러나 키토의 팔에 실린 힘은 풀리지 않았고 놔줄 기미도 보이지 않았다.

"너의 실력은 높이 평가해. 하지만 이번 특별시험의 대표자로는 적합하지 않았어. 단지 그뿐이다."

카츠라기에게 패배한 키토가 자신의 미숙함을 실감하면서도 짜증을 참지 못한 데에는 분명한 이유가 있었다. 아니, 정확하게는 짜증을 참을 필요가 없었던 것이다.

『당장 손을 떼고 물러나세요. 계속 그렇게 나올 경우 키토 군의 행동을 폭력으로 간주하겠습니다.』

담당관의 기계적인 말이 스피커에서 들려왔다.

머리끝까지 화가 났지만 여기까지가 한계임을 깨닫고 화를 억누른 키토는 카츠라기의 멱살을 잡고 있던 떨리는 손을 내려놓았다.

"……이번엔 내가 졌다……."

씁쓸해하면서도 그렇게 중얼거린 후, 카츠라기에게서

등을 돌리더니 살짝 거칠게 문을 열어젖혔다.

"나한테 내는 화인가도 싶었는데, 너도 나 다음에 있는 류엔을 봤던 거냐? 키토."

떠나는 패자를 향해 말했지만, 키토는 문을 쾅 닫고 가 버렸다.

카츠라기는 그의 뒷모습을 지켜본 후 혼자 남은 실내에 서 한숨을 내쉬었다.

구체적으로 어떤 대화가 오갔는지 카츠라기는 모르지 만, 다른 반이라는 이유 이외에도 키토는 류엔을 무척 적 대시하는 경향이 있었다.

카츠라기를 이기고 류엔에게 직접 뜨거운 맛을 보여주 겠다, 그런 목표를 세우지 않았을까 추측했다.

"드디어 여기까지 왔군——."

이어서 저 문을 열고 들어올 사람은 A반의 대장을 맡은 사카야나기 아리스.

입학했을 때 같은 반에서 공부하고 리더 자리를 다투었 던 상대.

사나다와 키토 때처럼 되지는 않을 것이다. 그렇게 단단 히 각오했다.

그리고 마침내 카츠라기가 그토록 기다리던 시간이 찾 아왔다.

"생명을 하나만 잃고 우리 선봉과 중견을 쓰러트리다니 놀랍네요."

전혀 긴장한 것 같지 않은 사카야나기가 조용히 모습을 드러냈다.

"키토를 대표자로 고른 건 명확한 실패였어."

"류엔 군을 자기 손으로 끌어내리고 싶다는 소원 때문이었어요. 게다가 이번 특별시험은 대장만 이기면 되는 거니까요. 어떤 내용의 시험이 됐든 두 자리는 버려도 괜찮다고 판단했답니다. 그뿐이에요."

"결과적으로는 그런 자만이 패배로 이어질 수도 있어."

"후후. 일단은 당신을 칭찬해 드릴게요. 좀 다시 봤어요, 카츠라기 군."

유일하게 두 반을 경험해 본 학생이라고 해도 카츠라기가 이렇게까지 쉽게 사나다와 키토를 이길 줄은 몰랐다. 그런 결과에 보내는 칭찬이었다.

그 말을 들은 카츠라기는 자신이 해온 생각을 조용히 꺼내놓았다.

"난 이날을 위해── 원수를 갚기 위해 정말 노력했어."

"원수? 그렇군요, 제가 퇴학시킨 토츠카 야히코 군 얘기죠?"

카츠라기는 무릎 위에 얹은 주먹을 강하게 움켜쥐었다. 그것이 대답이었다.

"예전의 저라면 카츠라기 군의 마음을 헤아리기 어려웠을 거예요. 하지만 지금은 조금이나마 이해가 돼요. 좀 더 다른 방법으로 퇴학자를 골랐어야 했는지도 모르죠."

"웃기지 마. 사고방식이 바뀌었다고 말할 생각이야?"

"어떻게 받아들이든 상관없어요. 당신의 분노는 상당해 보이지만, 복수는 이루어지지 않을 거예요. 제가 나온 이상, 지금부터는 당신의 생각대로 되지 않을 거거든요."

A반에 있을 때 리더 자리에서 쫓겨난 과거를 봐서도 카츠라기 또한 못마땅하지만 사카야나기의 실력을 높이 평가했다. 이번 학년말 특별시험의 규칙이 사카야나기가 잘하는 분야임은 의심할 여지가 없다. 게다가 생명이 6 대 10으로 불리한 상황.

그래도 카츠라기는 육참골단의 각오로 이 자리에 앉아 있다.

『그럼 다음 토론을 시작──.』

안내 방송이 흘러나오자 두 사람 모두 입을 꾹 다물고 자세를 바로 했다.

카츠라기 VS 사카야나기의 대결이 지금부터 시작된다.

○속상한 눈물

인터벌로 설정된 10분의 카운트가 시작되었다.

모니터 속 디지털시계가 1초, 1초, 줄어들고 있었다.

하마구치를 무실점으로 격파한 호리키타는 의자에 앉아 중견 칸자키를 기다렸다.

그가 10분 이내에 들어왔어도 숫자가 0이 될 때까지는 실질적으로 휴식 시간이다. 그동안 호리키타는 특별시험의 규칙을 다시금 머릿속으로 정리했다.

중견에게 주어진 생명은 7. 상대가 범할 실수를 제외하고 한 번에 깎을 수 있는 생명은 3까지다.

먼저 공격하고 싶은 것은 지극히 자연스러운 생각이지만, 초반 지목에는 위험도 따른다.

그렇다고 해서 계속 패스만 했다간 주도권을 빼앗기는 것도 사실이다.

실제로 히라타는 수비를 중시하는 태도로 나가려던 것이 패인으로 이어졌다.

칸자키 류지가 어떤 유형인지를 상상해 보았다.

기본적으로는 히라타나 하마구치와 비슷해서 수비를 중시할 것 같은데…….

"하지만 흐름을 바꾸기 위해서 공세를 퍼부을 가능성도 충분히 있어……."

속으로 한 말이 자기도 모르게 입 밖으로 새어 나오고 말았다.

상대가 자신이 다칠 각오로 연속 지목을 해버리면 모든 것을 피하기는 어려워진다.

그렇게 되면 대장들의 대결은 한층 힘들어지겠지.

어떻게든 칸자키에게 완봉승을 거둘 방법이 없을지, 아이디어를 짜내려고 머리를 굴렸다.

다만 아무리 생각해도 할 수 있는 일이 제한적이다.

결국은 먼저 배역을 알아보는 눈이 최고인가.

아니면 교묘하게 유도해서 계속 패스를 누르게 할 수 있다면…….

다음 대결의 방침을 아직 정하지 못한 상태에서 교실 문이 열리고 칸자키가 등장했다.

타이머에 남은 시간은 이제 4분도 채 되지 않을 무렵이었다.

칸자키는 아무 말 없이 교실을 스윽 둘러보고는 비어 있는 자기 자리에 가서 앉아 숨을 골랐다.

"잘 부탁해."

일단 인사하려고 호리키타가 그렇게 입을 뗐는데, 칸자키는 험악한 표정으로 호리키타를 쳐다보았다.

"아야노코지를 대장 자리에 앉힌 건 누구 아이디어야."

"뜬금없는 질문이네."

"너야? 아니면 아야노코지? 아야노코지는 왜 그걸 받아들였지? 언제 결정된 건데."

잡아먹을 듯한 눈빛을 보내며 질문의 영역을 넘어서서 그렇게 따져댔다.

"누가 누구를 무슨 이유로 언제 대장으로 정하든 그건 우리 쪽 자유잖아?"

"내가 아는 아야노코지는 자기가 먼저 나서는 성격이 아니야. 누가 거기 앉힌 것 아니냐고."

"글쎄 모르겠네. 그 애도 조금씩 변하고 있는 건 아닐까?"

언급은 하지 않았지만, 호리키타는 대장으로서 나가고 싶다는 아야노코지의 희망, 제안을 받아들여 자신은 중견을 맡았다. 물론 그 배경에는 이후부터는 가만히 있고 싶다는 의사도 포함되어 있으므로, 칸자키가 아는 아야노코지의 이미지와 크게 동떨어지진 않았지만.

"이제 됐니? 시험에 집중하고 싶은데."

"……그래."

토론 시작을 알리는 안내 방송이 나오자, 호리키타는 태블릿으로 시선을 떨어뜨렸다.

그리고 구성한 그룹 중 새로운 그룹을 선택했다.

라운드가 진행됨에 따라 참가자들의 배역은 토론을 통해 드러나기 마련인데, 토론에 능숙하고 우수한 학생들일수록 자기 배역을 잘 숨기는 경향이 있었다.

반면 거짓말이 서툴거나 토론에 약한 학생은 그 반대. 간파하기 힘든 학생을 선택하거나 일부러 간파하기 쉬운 학생을 선택하거나. 대표자에 따라 취향이 갈리겠지.

일곱 개로 나뉜 그룹을 고르는 단계에서부터 승부는 이미 시작되었다.

제1토론

참가자
2학년 B반
이쥬인 와타루 스도 켄 미야케 아키토 이치하시 루리
오노데라 카야노 니시무라 류코 마츠시타 치아키

2학년 D반
와타나베 노리히토 요네즈 하루토 스미다 마코토 아라가키 이츠키 이구치 마시로 히메노 유키 니노미야 유이

호리키타가 선택한 것은 성격이 차분한 학생과 담력 있는 학생 또는 포커페이스와 같은 멤버들을 모은, 토론에 적합한 일곱 명의 대결 그룹.

모니터에는 지시에 따라 참가자 열네 명이 원탁을 둘러싸고 앉은 모습이 떠 있었다.

책상 위 태블릿에는 현재, 참가자 본인들의 배역이 표시되어 있다.

두 대표자는 모든 모니터를 살피며 행동이 수상한 학생

이나 특정 학생과 눈을 맞추려는 참가자가 없는지 등을 면밀히 확인했다.

그러나 노골적인 태도를 보이는 학생은 한 명도 없었고, 다들 진지한 얼굴로 주위를 살피며 안전하게 행동할 뿐이었다.

호리키타는 문득, 화면 속에서 침착한 표정을 유지하는 스도를 보며 기쁨을 느꼈다.

옛날 같으면 지금 같은 그룹의 후보자가 될 일도 없었으리라.

2년 동안 아주 많이 성장했다며, 순간 부모와 같은 감정에 휩싸였다. 따뜻하면서도 엄격하게 스도를 지켜보면서 5분의 카운트다운과 함께 토론을 전체적으로 계속 살폈다.

안정적인 학생이 많은지 처음 하는 토론인데도 약점을 드러내는 사람이 별로 없어서, 호리키타와 칸자키 둘 다 패스를 골랐다. 라운드 1, 라운드 2와 별반 다르지 않았다. 그래서 학생 두 명이 우등생에 의해 퇴실당했을 뿐. 그렇다고는 해도 언제까지고 방관만 할 수는 없다.

그렇게 돌입한 제3라운드. 자기가 졸업생이라는 미야케가 와타나베를 콕 집어 우등생이라고 했다. 필연적으로 부정하는 와타나베와의 설전이 오간 후 맞이한 세 번째 지목.

여기서 또 패스하면 큰 위험을 동반할 가능성이 크지만 동시에 기회이기도 했다.

자칭 졸업생이라는 미야케를 믿느냐 마느냐부터가 일단

초점이 되리라.

칸자키는 미야케가 졸업생이라고 판단하고, 와타나베를 우등생으로 지목했다.

반면 호리키타는 미야케가 우등생이고 와타나베는 다른 배역이라고 보고 미야케를 우등생으로 지목했다. 패스를 피한 두 사람의 판단이 완전히 엇갈린 형국이었다.

『결과를 발표합니다. 호리키타 양이 미야케 군이 우등생인 사실을 맞혔으므로 칸자키 군은 생명을 3 잃습니다. 또한 칸자키 군은 잘못 지목하였으므로 생명을 1 잃습니다.』

판단이 조금 달랐을 뿐인데 7 대 7이었던 생명이 7 대 3으로 확 바뀌었다.

미야케는 우등생, 와타나베는 우등생이 아니라는 결과였다. 이제 남은 우등생은 한 명. 이러한 전개에 참가자들도 어떤 사실을 알아차렸다. 이번 토론은 비슷한 다른 게임과 달리, 이런 식으로 배역을 주장하는 경우에 상황이 꼭 자기 의도대로 흘러간다고 볼 수 없다는 것을. 직책자가 스스로 주장하면 지목당할 위험밖에 없다. 또 우등생은 이기기 몹시 어려운 만큼, 다른 직책자를 대표자 혹은 자신들이 지목하면 그때마다 보수가 들어오므로 다른 전략이 생긴다. 미야케는 이번에 그 보수를 노리는 방침을 보인 것이다.

하지만 메인은 어디까지나 특별시험. 참가자들이 승리하면 따라오는 프라이빗 포인트보다도 대표자의 승리가 진짜 목적이며, 직책자가 자신을 드러내는 것은 토론의 활성화와 원활한 진행과 직결된다.

이 일련의 지목은 다음 라운드에 큰 영향을 미쳤다. 미야케가 퇴장하자 니노미야가 드러내놓고 몹시 동요한 것이다. 모두 그가 연기하는 게 아니라 다른 우등생이라고 확신할 정도여서, 호리키타와 칸자키도 실수를 두려워하지 않고 우등생으로 지목했다. 모두의 예상대로 니노미야가 우등생임이 드러났다. 이렇게 해서 이번 토론은 일반 학생의 승리로 끝나는 빠른 전개가 되었다.

"——잠깐 얘기 좀 나눠도 될까."

첫 토론에서 생명 4개를 잃고 다음 토론으로 넘어가게 된 칸자키가 입을 열었다.

"무슨 얘기?"

모니터에 뜬 10분간의 인터벌 카운트를 힐끔 쳐다보면서, 칸자키가 정신적으로 흔들려고 할지도 모른다며 마음을 다잡았다. 어딘지 묘한 얼굴인 칸자키가 의자를 밀며 일어섰다. 그러더니 호리키타 앞으로 걸어왔다.

"너한테 부탁이 있어. ……이런 부탁, 이상하다는 건 알지만 더는 체면 차리고 있을 때가 아니어서. 부탁인데 이번 학년말 특별시험의 승리를 우리 D반에 양보해 줄 수 없을까?"

무슨 말을 들든 호리키타는 냉정하게 굴 생각이었다.

그런데 칸자키의 입에서 튀어나온 말은 너무 심하게 의

외였다. 짐작조차 못 했던 부탁이었다.

"진심으로 하는 말이니? 미안한데 바로 믿기가 어려워."

진지하게 맞붙는 대결, 반 순위를 결정짓는 중요한 특별시험인데 져달라고 부탁한 것이다. 무슨 말인지는 쉽게 이해해도 당장 소화하기에는 시간이 걸린다.

받아줄 수 없다는 것을 알면서도 의도적으로 한 발언은 아닐까.

그렇게 의심하고 표정을 일그러뜨리는 호리키타.

"당연히 비상식적인 말로 들리겠지. 하지만 진심이야. 우리 D반은 더 이상 물러설 곳이 없어. 만약 이번 학년말 특별시험에서 진다면 윗반과의 차이가 결정적으로 벌어지게 될 거야. 최종 라인을 넘어선다고 봐도 되겠지."

사카야나기의 반이 이기고 이치노세 반이 질 경우, A반과의 격차는 떠올리고 싶지도 않을 만큼 절망적인 상황에 서게 된다.

한두 번 특별시험에서 극적 승리를 거둬봐야 그 차이를 메울 가능성은 적다.

"이번 특별시험, 그나마 고마운 건 패배한 반이 반 포인트를 잃지 않는다는 점이야. 즉 호리키타의 반에는 내년에도 아직 기회가 남아있어. 사카야나기가 순조롭게 이긴다고 해도 1년이면 그 차이를 충분히 메울 수 있다고."

체면 차릴 때가 아닌 칸자키는 두 사람만 아는 지금 상황까지 더해서 모든 자존심을 내버리고 사정했다. 진심임을 증명하기 위해 호리키타에게 깊이 머리를 숙였다.

"고개 숙여 부탁한다고 응 알겠어, 하면서 쉽게 양보해 줄 수 있는 문제가 아니잖아. 개인과 개인의 일이라면 백 보 양보해서 성립할 가능성도 있을지 몰라. 하지만 이건 반과 반의 대결이야. 너희가 반을 업고 싸우듯이 나도 그렇다고."

"……당연히 잘 알지."

"알면 이런 통할 리 없는 부탁 따위, 애초부터 하지 말았어야지."

"알면서도 이럴 수밖에 없었어. ……물론 공짜로 승리를 양보해달라는 건 아니야. 그에 맞는 보답을 반드시 할게. 3학년 때 있을 대결에서는 무조건 너희 반을 도울게……. 보통은 믿을 수 없는 말이겠지만, 다른 사람도 아니고 이치노세니까 충분히 신뢰할 수 있을 거야."

칸자키가 자기 반 리더의 이름을 들먹였다. 마치 그게 보증이라도 된다는 듯이.

"물론 네 말대로 이치노세는 남을 쉽게 배신할 사람이 아니야. 하지만 그건 그 애가 직접 말했을 때 효과가 있는 거지, 네가 네 마음대로 그 애의 신용을 이용해 교섭하는 건 좀 그렇지 않아? 애초에 허락은 맡았니?"

"그건——."

"칸자키가 지면 필연적으로 이치노세가 나오잖아. 이 제안은 그때 하는 게 더 잘 될 가능성이 클 텐데. 그렇게 안 했다는 건 이 이야기가 전부 칸자키 너의 독단이란 소리겠지."

명백하고도 정확한 지적에 칸자키가 목청을 가다듬었다.

"반의 리더도 아닌 네가 내년에 전면적으로 백업해 주겠다고 마음대로 보증하다니, 터무니없는 것도 정도가 있지. 그 부분은 도저히 믿을 수 없는 얘기야."

"이치노세는…… 속으로 어떻게 생각하고 있는지는 둘째 치더라도 승리를 양보해달라고 말할 수 있는 애가 아니야. 하지만 말만 못 할 뿐 나와 같은 생각일걸. 뒤에 아야노코지가 대기하고 있는 상황에서는 절대 승산이 없다고……."

승리를 추구한다면 칸자키는 무슨 수를 써서라도 호리키타를 이기고 아야노코지의 생명을 조금이라도 더 깎을 필요가 있었다.

하지만 현재까지 호리키타에게 아무 타격도 입히지 못하고 오히려 본인이 궁지에 내몰려 있었다.

"너한테 아주 높은 평가를 받고 있구나, 아야노코지는."

"……그래. 아야노코지는 벅찬 상대야. 그래서 결과가 이미 보이는 거나 다름없지."

"마음에 안 들어."

"마음에 안 든다고……? 뭐가? 난 그저 사실을 말한 건데."

"사실이 아니라고는 말하지 않았어. 하지만 마음에 안 들어."

너무 일찍 패배를 받아들인 칸자키를 보면서 호리키타는 낙담과 분노를 느꼈다.

자신 뒤에 대기하고 있는 아군이 강력한 건 사실이겠지.

게다가 두려워해 주는 것이 원래는 고마운 일인 것도 사실이리라.

그래도 호리키타는 이치노세의 입장이 되어 생각했다. 그와 같은 반의 입장이 되어 생각했다.

"넌 너희 반 리더 이치노세를 과소평가하고 있어. 난 이 특별시험의 상세한 내용이 공개된 순간부터 그 애가 누구보다도 강한 적이라고 생각할 정도였는데. 그 애의 교우관계, 통찰력은 만만치 않아. 어쩌면 사카야나기와 류엔, 아야노코지보다 더 힘든 상대일지도 몰라."

반의 참모, 그런 위치에 있는 칸자키가 누구보다도 이치노세를 신뢰하지 않고 있었다.

분명 이치노세는 칸자키를 믿고 중견을 맡겼을 텐데.

그래서 그의 태도가 마음에 들지 않았다.

"내 생각엔 아직 상황은 막상막하야."

"막상막하, 막상막하라…… 글쎄다."

그렇게 설명해도 칸자키는 태도를 조금도 바꾸려고 하지 않았다.

"……그만하자. 이대로 계속 이야기해 봐야 기분만 나빠져."

얼른 네 자리로 돌아가. 고개를 돌리며 그렇게 재촉했다.

하지만 칸자키는 걸음을 멈춘 채 움직이지 않았다.

"그럴 수는 없어……. 우리는 지면 정말 여기서 끝이란

말이야……!"

"그래서 무의미하게 계속 우는 소리를 내겠다는 거니?"

여전히 차분한 태도로 묻는 호리키타.

그러나 마음의 수면에는 잔물결이 일기 시작했다.

"나를 어떻게 생각하든 상관없어. 여기서 A반의 꿈을 놓을 수는 없으니까."

다른 반 학생이 황당해하고 화내든지 말든지 칸자키는 끈질기게 물고 늘어질 것이다.

터무니없는 부탁인 줄 뻔히 알면서도.

칸자키도 창피하고 또 창피해지더라도 물러날 수 없을 만큼 자기 반의 상황을 등에 업고 있는 것이다.

"……네 각오만큼은 확실하게 전달됐어. 원래는 이렇게 머리 숙이고 부탁하고 싶지 않았을 테지. 그래도 난 교섭할 생각 없어."

이게 얼마나 큰 용기가 필요한 일인지는 호리키타도 잘 안다.

비통한 호소. 화가 먼저 났지만, 일말의 동정도 느끼고 말았다.

다만 그렇다고 해서 칸자키를 상대로 망설이거나 타협하거나 너그럽게 받아주는 결정은 내리지 않을 것이다.

아니, 내릴 수 없다는 표현이 더 적절하다.

"참 싫어, 어떤 부탁이 됐든 거절하는 거 말이야."

"기분 상하게 하는 일인 건 알고 있었어……."

칸자키는 여전히 머리를 숙이고 있었고 미동도 하지 않았다. 개혁을 시도하고 이치노세를 무조건 따르지만은 않는 학생을 모아서 행동하기 시작했지만, 그 노력이 결실을 보려면 아직 시간이 필요하다.

그 도중에 크게 패배해 버린다면 더는 개혁의 의미조차 사라지고 말 것이다.

학년말 특별시험에서 아야노코지만 가만히 있어 주면 그래도 어떻게든 될 거라고 생각했다.

하지만 오늘 아야노코지는 대장으로서 참여하고 말았다.

"부탁한다——!"

목소리를 쥐어 짜낸 칸자키. 아무리 애원해도 칸자키의 부탁은 상대방이 도저히 들어줄 수 있는 게 아니다. 그건 본인도 처음부터 알았을 터.

그럼에도 이럴 수밖에 없다며 칸자키는 계속 사정했다.

"난 최선을 다할 거야. 칸자키 너의 실력도 높이 평가하고 있고, 이치노세도 마찬가지야. 누가 상대가 됐든 온 힘을 다해서 싸우는 게 지금 나의 역할이야."

그 누구도 기꺼이 머리를 숙이고 싶진 않은 법이다.

그래도 반을 위해 머리를 숙인 칸자키에게 호리키타는 최대한의 배려를 보여주었다.

바로 최선을 다해 싸우고 결과로 부응하는 것.

"……그렇군……."

인터벌 시간도 이제 얼마 남지 않았다. 칸자키는 축 처져서 자기 자리로 돌아갔다.

잠시 후 모니터가 뜨고 새로운 토론이 시작되려고 했다.

일단 칸자키에게서 시선을 뗀 호리키타는 다시 모니터를 보았다. 더 이상 칸자키만 신경 쓸 수는 없다. 지금 해야 할 일은 모니터 너머에서 펼쳐지는 토론을 보고 참가자의 배역을 알아맞히는 것이다. 그리고 새로운 토론이 시작되었다. 고개는 모니터를 향해 있는 칸자키였지만, 눈은 모니터를 보는 듯 보고 있지 않았다.

라운드가 끝나고 호리키타는 패스를 선택. 칸자키도 느릿느릿 패스를 골랐다.

다시 시작된 토론에서도 칸자키는 역시 진지하게 임하지 않았다.

그저 자신의 패배를 기다리는 듯했다.

"포기했니?"

모니터에서 들려오는 음성을 가르듯 호리키타가 물었다.

"……내가 여기서 어떤 성과를 내든 결과는 뻔하니까."

칸자키는 처음부터 진지하게 대결할 생각을 버렸다는 것. 어차피 중견으로서 호리키타를 쓰러트린다고 해도 교섭 상대가 그저 호리키타에서 아야노코지로 바뀔 뿐임을 안다.

그런 무기력한 모습이 참기 힘들어진 호리키타는 토론이 계속 진행되고 있는데도 자리에서 일어나 칸자키 앞으로 갔다.

"넌 반에서 뽑은 대표자잖아? 그럼 나를 그리고 아야노코지를 자기 힘으로 이기겠다는 기개를 가지고 이 특별시험에 도전해야지. 그게 너희 반 친구들에 대한 예의야."

"너야말로 이상하게 구네. 적한테 조언하지 말고…… 그냥 내버려두면 돼."

"──그러네. 네 말이 맞아."

승부는 결정 났다. 이를 기점으로 긴장감 없이 담담하게 토론, 라운드가 진행되어 갔다.

지목도 하지 않고 계속 패스하며 포기해 버린 칸자키.

호리키타는 동정하지 말자고 속으로 되뇌며, 방심하지 않고 두 번째 지목을 했다.

『호리키타 양이 미네 군이 우등생인 사실을 맞혔으므로 칸자키 군은 생명을 3 잃습니다. 이 시점에서 생명이 0이 되었으니 칸자키 군은 퇴실하기를 바랍니다.』

결과 발표 방송이 나온 뒤에도 칸자키는 바로 움직이지 않았다.

그보다 안내 방송이 들리지 않는 듯했다.

"칸자키."

이름을 부른 호리키타. 순간, 퍼뜩 정신이 든 듯 칸자키의 눈에 초점이 돌아오더니 호리키타를 쳐다보았다.

"……아아, 그래. 방금 졌지……."

남 일처럼 중얼거리더니 의자를 밀며 몸을 일으켰다.

떠나는 칸자키에게 다시 말을 걸까 망설이다가 그만두

었다.

승자와 패자. 적어도 이 자리에서 그것이 결정된 이상, 지금 호리키타가 뭐라고 하든 칸자키에게 좋은 영향을 미치지는 않을 것이다.

지금까지 호리키타는 자기 반의 승리에만 집중해왔다.

하지만 승리의 이면에는 패배가 있다.

혼자 남은 실내에서 호리키타는 모니터 너머의 이제 아무도 없는 토론실을 바라보았다.

"A반으로 올라가기. 그 목표로 싸우고 있는데……."

호리키타에게 있어서 A반으로 졸업하는 것은 큰 의미가 있다.

자신의 미래를 위해서가 아니라, 오빠에게 인정받기 위해서다.

D반을 A반으로 이끈 것을 칭찬받고 싶다, 그런 마음이 최대의 원동력이다.

그렇다면 칸자키는 무엇일까. 자신에게 유리한 진학이나 취업을 위해서?

아니면 반 아이들에게 그런 은혜를 베풀고 싶어서?

관계성이 약한 호리키타는 패자인 그가 A반에 거는 진짜 심리가 뭔지 알 수 없었다.

하지만 그도 호리키타와 똑같이 강한 목적이 있다는 사실만은 분명하다.

다음 대전 상대인 이치노세가 나타나기 전까지, 호리키

타는 계속해서 그런 생각을 했다.

1

한편, 카츠라기 대 사카야나기. 토론은 원만하게 진행되었고 별다른 일 없이 1라운드가 끝났다.

카츠라기는 두 반을 주의 깊게 지켜보았으나 결정타가 될 정보를 얻지 못했다.

"모두 열연을 펼치면서 토론하네요. 아직은 피차 배역을 좁히기가 힘들다고 할까요."

"……그럴지도."

사카야나기도 속수무책, 그런 식의 말을 들으면 보통은 안도하기 마련이다. 다행이야, 저쪽도 아직 아무것도 잡히는 게 없나 봐, 하고. 하지만 상대는 다른 사람도 아니고 사카야나기. 무엇이 진짜고 무엇이 거짓인지 판단하기 쉽지 않다. 카츠라기는 그렇게 생각하며 안도감을 떨쳐냈다.

"혹시 나를 봐주면서 살살 할 생각이면 그만두는 게 좋아."

"그렇군요. 실은 제가 이미 배역을 다 파악했다는 것도 머릿속 한구석에 있다는 말씀이네요."

"너와 나는 입장이 다르지만, 그래도 방심했다간 발목 잡힌다."

"그렇게 생각하신다면 굳이 제게 충고할 필요도 없지 않은지?"

사카야나기를 떠봐서 힌트가 될 말과 행동을 유도하려고 한 카츠라기였지만, 쉽지 않았다.

잘못해서 상대방이 깔아놓은 판에 들어가면 위험하다는 판단에, 한 발 뒤로 물러나기로 했다.

아직 카츠라기에게는 생명이 여유가 있으니, 사카야나기가 어떻게 나오는지 살핀 다음에 해도 늦지 않다.

"공교롭게도 이번 라운드에서는 얻은 힌트가 너무 적었어. 선수를 양보하지."

사고방식이 보수적인 카츠라기는 손을 떼는 타이밍도 빠르다.

"당신다워요. 어렵겠다고 판단하면 안전을 중시해서 움직이는 거. 직접 저를 쓰러트리고 싶으면서도, 세 번째 대결이라는 경험의 유리함을 바탕으로 자폭을 각오하고 승리를 노리는 게 아니라, 안전하게 생명을 깎는 쪽으로 가시네요."

"나한테는 그게 정석이야. 패기는 방심으로 이어지니까."

"정말 훌륭하시군요. 저를 상대로는 절대 패기 부리지 않겠다는 건가요?"

절대라고 강조한 것이 살짝 마음이 걸렸다. 패기가 없는 것은 아니지만, 여기서 조금이라도 그렇다고 인정해서는 안 된다고 본능적으로 생각했기 때문이다.

"절대. 너를 쓰러트리기 위해 이 자리에 있는 건 사실이지만, 그렇다고 해서 키토처럼 사심을 앞세워 싸울 생각은 없어. 이건 팀전이니까."

패기 부리지 않겠다고 단언하기. 그것이 이곳에서의 처세법이라는 듯이.

"후후후."

재미있다는 듯 웃은 사카야나기는 가느다란 팔을 천천히 들더니 손가락으로 카츠라기의 목을 가리켰다.

"뭐야……?"

"절대 패기 부리지 않겠다니 무슨 그런 농담을. 사실은 창피한 줄도 모르고 감정을 고조시켜 저를 이기는 것만 생각하고 싶다. 반 아이들 따위 상관없이 하고 싶은 대로 직접 싸우고 싶다. 그렇게 생각하고 계신 게 아닌가요?"

"네 계략에 안 넘어가, 사카야나기. 미안한데 잘못 짚었어."

"그런가요? 그럼 일단 그 엉성한 넥타이부터 다시 고쳐 매는 게 어떠세요?"

"……넥타이라니?"

카츠라기가 고개를 숙이고 턱을 당기면서 목에 한 넥타이를 내려다보았다.

그러자, 잘 매고 있는 줄 알았던 넥타이가 흉하게 풀어져 있었다.

언제 이렇게 됐지. 그렇게 생각하면서 한 번 심호흡한 카츠라기는 넥타이를 가볍게 고쳐 맸다.

"평소의 냉정하고 침착한 카츠라기 군이라면 넥타이가 흐트러진 것쯤 바로 알아차렸겠지요. 하지만 곧 입실할 숙적을 기다리며, 시선도 의식도 계속 저 출입구에 쏠려 있었던 거예요. 10분이라는 짧지 않은 인터벌 시간 동안 계속 응시했죠."

감시카메라로 상황을 다 지켜봤다.

마치 그렇게 말하기라도 하는 듯한 통찰력을 선보이며 사카야나기가 웃었다.

"그러면서 절대 패기 부릴 생각이 없다 하시니. 정말 뻔히 다 보이는 거짓말이네요."

"……네 억측에 불과해. 언제부터 넥타이가 풀어져 있었는지 네가 어떻게 알아."

주도권을 넘기지 않겠다는 듯 태연한 척 대답했다.

그러나 사카야나기는 카츠라기가 그렇게 대답할 것까지 이미 다 알고 있었다.

"아무래도 패기에 이어서 동요도 보이네요. 일단 진정하시고 차분하게 생각해 보세요. 그 넥타이가 왜 흐트러졌을까. 중견을 맡은 키토 군이 패배하고 흥분해서 당신한테 달려든 건 아닌가요?"

"류엔을 자기 손으로 쓰러트리는 것. 그게 녀석의 목표였던 모양이니까."

"그래요. 그런데 그가 단지 화나서 그런 행동을 저지른 걸까요? 아니, 사실 그게 아니었다면요? 패배가 결정된

후, 당신의 넥타이를 느슨하게 풀어 놓으라고 제가 미리 지시했다면요?"

새로운 도전자가 될 대표자는 이 방에서 일어난 대결을 알 수 없다. 따라서 앞서 싸운 대표자보다 정보전이라는 면에서 한 발 뒤처지는 시작을 강요받는다.

그것을 내다본 사카야나기는 미리 작은 함정을 파놓았다. 만약 키토가 카츠라기에게 진다면, 사각에 들기 쉬운 넥타이를 잡아서 흐트러뜨려 놓으라고.

넥타이를 흐트러뜨리는 행위 자체에 큰 의미가 있는 것은 아니다. 다만 이를 이용해서, 카츠라기의 겉과 속이 다른 모습을 파헤치는 증거로 바꿨다. 그리고 승부에 도움은 되지 않아도, 그 행동이 키토를 뽑은 의미로도 이어졌다. 사나다 같은 학생에게는 절대 대역을 맡길 수 없다.

지금까지 사나다와 키토를 상대로 차분하게 한 수 위의 모습을 보여준 카츠라기.

그 기세를 그대로 이어가 사카야나기와 대등 혹은 그 이상으로 싸우려고 했지만, 제1라운드가 끝난 단계에 정신적 여유는 이 대화를 통해 묻히고 전세가 역전되었다.

눈앞의 강적은 모든 것을 간파하고 있다, 그렇게 강제적으로 생각을 심었다.

미소 지은 채로 사카야나기는 모니터를 응시했다.

"그럼 아직 아무것도 모르는 사람들끼리 제2라운드로 넘어가 볼까요."

모니터 속에서 다시 음성이 들려오고, 참가자 열세 명이 된 토론이 시작되었다.

2

칸자키에게 무난한 승리를 거둔 호리키타. 다행히 하마구치까지 포함한 세 번의 대결 모두 위기에 내몰리는 일은 없었다. 특히 세 번째 대결에서는 칸자키가 시험에 집중하지 못한 것도 있어서 본격적인 승부까지 가지도 않았다. 5분 정도 지나 대표자 방의 문이 열리고 드디어 이치노세가 모습을 드러냈다.

"대단해, 호리키타. 생명 하나 잃지 않고 칸자키마저 쓰러트리다니."

"……어쩌다 보니."

겸손하게 나오는 호리키타를 보고 웃은 이치노세가 자기 자리에 가 앉았다. 그 모습을 전부 관찰한 호리키타는 적어도 조바심이라든지 긴장감은 감지하지 못했다. 먼저 대장으로서 나온 데 대한 불안감 등도 엿보이지 않았다.

"우리 둘 다 최선을 다하자."

"……그래."

토론을 먼저 경험한 호리키타가 오히려 더 경직되어 있었다.

여기서 호리키타는 일단 이치노세에게 칸자키의 일에 관해 자세히 물어볼지 말지 고민했다. 인터벌은 이제 몇 분밖에 남지 않았지만, 스쳐 지나갈 때 어떤 경위로 졌는지 얘기할 수는 있다. 반쯤 내팽개친 것이나 다름없는 패배를 솔직히 말했을지 어떨지도 알 수 없다. 아니, 얘기하지 않았을 가능성이 더 크겠지. 그렇다면 동요하게 만들 재료로 써먹을 수도 있다——.

"그러고 보니 요즘 들어서 호리키타, 예전이랑 이미지가 조금 바뀐 것 같아."

망설이고 있는데 대수롭지 않은 잡담이라도 나누려는 듯이 이치노세가 운을 뗐다.

"그러니? 난 잘 모르겠는데……. 만약 예전과 뭔가 바뀐 게 있다면 머리 길이 정도 아닐까?"

"아니야. 그런 외모 변화가 아니라. 뭐랄까 분위기가 부드러워졌고 다정해진 느낌이야. 전보다 훨씬 대하기 편해졌어."

"……글쎄. 그럴 생각은 전혀 없었는데."

"하지만 남학생이랑도 여학생이랑도 대화를 나누거나 어디 외출할 기회가 전보다 늘어나지 않았어?"

"——그건…… 응, 그러네. 듣고 보니 예전에 비하면 그런 것 같기도 해."

옛날의 자신이라면 상상도 못 할 일이긴 하다. 그런 식으로는 납득할 수 있었다.

"호리키타에 관한 이야기도 요즘 들어 자주 듣거든."

각자 그룹을 고른 후 또다시 새로운 토론이 시작되려 하고 있었다.

"자주 듣다니—— 대체 누구한테서?"

"응? 누구냐니—— 다들, 그러던데."

미소 지은 이치노세가 모니터를 응시했다.

"반 아이들과 거리를 좁히고 친목을 다지는 건 멋진 일이라고 봐. 나도 모두와 사이좋게 지내려고 먼저 다가가고 그랬어. 그걸 써먹고 싶다는 건 아니지만, 평소에 쌓아온 행동들이 효과를 발휘할 때도 있겠다 싶어."

정말로 대수롭지 않은 이야기다. 하지만 호리키타는 어딘지 꺼림칙한 기분이 들었다.

그때 토론이 본격적으로 시작되었기 때문에 두 사람은 더 이상 대화를 나누지 않았다.

그리고 5분간, 그저 조용히 열네 명의 토론을 지켜보았다.

여기까지는 하마구치나 칸자키 때와 전혀 다를 것 없는, 똑같은 특별시험이었다.

호리키타는 주의 깊게 관찰했지만, 당연히 아직 배역을 단정하기에는 일렀다.

물론 안전하게 패스 위주로 갈 생각이지만, 그래도 일단은 이치노세가 어떻게 나오는지 살필 것이다.

여기서 지목할 것인가 망설임 없이 패스할 것인가. 어느 쪽이 됐든 첫 라운드에서는 정보다운 정보가 나오지 않은

것도 있어서 호리키타는 오직 패스라고 판단했다.

　잠시 기다렸다가, 시간이 다 되어서 계획대로 패스를 선택한 호리키타.

　그런데——.

　『이치노세 양이 치바 군을 직책 있음으로 알아맞혔으므로 호리키타 양은 생명을 1 잃습니다.』

　어떻게 그 답에 도달했는지 모르는 채 이치노세가 벌써 지목에 성공했다.

　"역시. 치바라면 그럴 줄 알았어."

　말에 머뭇거림 없이.

　말에 막힘이라고는 없이.

　너무 당연하다는 듯 그 학생의 이름을 다시 말했다.

　지금까지 하마구치와 칸자키를 상대했던 호리키타였는데, 둘 다 1라운드 때는 지목하지 않았고, 호리키타까지 포함해 다들 패스를 선택했었다. 자세히는 몰라도, 앞서 졌던 히라타 역시 예외는 아니었으리라. D반 치바에게 퇴실을 촉구하는 안내 방송이 흘러나왔는지, 목소리는 들리지 않아도 모니터 저편의 학생들도 살짝 당황한 모습이었다.

　무엇을 근거로 지목했는지 모르기 때문이다.

　"……잘, 알아냈네."

　감탄하지 않을 수 없었던 호리키타가 무심코 그렇게 중얼거렸다.

　"난 누구보다도 다른 애들을 가까이에서 봐왔으니까. 치

바라면 직접 말을 듣지 않아도 동작을 보면 거짓인지 진짜
인지 알 수 있는 순간이 있어."

친한 친구라면 뭐든 알고 있다, 그런 식으로 받아들일
수 있는 발언이었다.

"저 애랑 특별히 친했나 보구나."

"특별히? 아니야. 다른 사람이라도 치바랑 같은 정도로
는 알 수 있달까. 토론을 지켜보니까 그 밖에도 직책을 맡
은 사람이 누구인지 좀 보이는 것 같아. 그래도 아직 확신
이 서질 않아서 좀 더 지켜보려고."

시원시원한 그 말에 호리키타는 등골이 얼어붙는 것만
같은 기분이었다.

고작 한 번 토론을 봤을 뿐인데 여러 학생의 직책을 알
아챘다고 한다.

이게 만약 사카야나기나 류엔이었다면 『허세』라고 강하
게 의심했을 것이다.

하지만 다른 사람도 아니고 이치노세가 한 발언이다.

정말 그렇지 않을까, 하는 생각이 들어 버린다.

"그렇구나. 그럼 난 벌써 궁지에 몰린 거네. 네 말이 진
짜라면, 말이지만."

상황이 한순간에 답답해지는 싫었던 호리키타가 자세를
고치고 그렇게 반발했다.

쉽사리 거짓말하지 않는 학생.

그래서 더 이 자리에서의 허세가 강한 효과를 발휘할 수

있다. 이치노세의 말이 진짜라고 믿어버리면 조급한 마음으로 지목해 버릴 수 있는데, 만약 거짓말이라면 먼저 움직이는 것만큼 어리석은 행동이 또 없다.

실제로 직책자를 찾아낸 건 훌륭했지만, 이치노세가 정말 어디까지 꿰뚫어 봤는지는 의문이 남는다. 우등생과 달리 참가자 열네 명 중 직책자에 해당할 가능성이 있는 학생이 네 명이나 되므로 확률은 그렇게까지 나쁘지 않다.

잘못 생각했는데 우연히 맞혔다거나 단순히 승부수를 띄웠는데 성공했을 가능성도 충분히 있겠지.

호리키타는 스스로 여러 가지 패턴을 상기하며 애써 마음을 진정시켰다.

당황하긴 했지만, 적중 확률은 아직 그대로다.

단지 낮은 확률로 승부를 펼치기에는 아직 위험성이 좀 크다.

상황에 휩쓸리지 않고 어떻게 대처해야 하느냐가 승리로 직결할 것이다.

잃은 생명은 하나뿐이어서 심각한 타격까진 입지 않은 것도 컸다.

일단은 침착해야 한다. 그런 다음, 이어지는 라운드에서 그토록 바라는 성과를 얻는 것이다.

그리고 시작된 제2라운드. 행동을 통해 간파할 수 있는 단서를 이치노세보다 먼저 찾고 싶다.

그리도 바랐던 5분간의 토론이었는데, 힌트는 적었고 순식간에 지나갔다.

또다시 찾아온 지목 시간. 결정타가 될 만한 정보를 얻지 못했다.

그러나 한 번 더 패스를 골라도 괜찮을지, 매번 멈춰 서서 고민해야 할 필요가 있다.

이치노세가 이어서 지목할 수 있는 어떤 요소가 조금 전 토론에 있었을까.

1라운드 끝에 했던 말은 참일까 거짓일까.

아직 공격에 나설 만큼의 재료, 구실을 못 찾았는데…….

이미 이치노세의 지목과 우등생의 지목으로 두 명이 빠졌다. 따라서 지금은 수상한 사람을 직책 있음으로 공격해 조금 더 느낌을 보기로 했다.

『결과를 발표합니다. 이치노세 양이 미나미카타 양을 직책 있음으로 알아맞혔으므로 호리키타 양은 생명을 1 잃습니다. 호리키타 양은 잘못 지목했으므로 생명을 1 잃습니다.』

결심한 대로 지목한 호리키타였지만 전개가 더 나빠졌다.

자신이 틀렸을 뿐만 아니라 이치노세가 잇달아 지목에 성공해 버렸다.

그나마 다행은 일반 학생을 지목해서 경상에 그쳤다는 것 정도다.

"정말 안 거야? 미나미카타가 직책자라는 걸."

"응. 1라운드 때 헷갈리던 몇 명 중 한 사람이었어."

남은 참가자 열두 명 가운데 망설임 없이 직책자를 알아맞힌 이치노세.

게다가 그 말투는 아직 점 찍어둔 후보자가 더 있다는 선언이기도 했다.

이 말이 진짜임을 직감한 호리키타는 살짝 현기증이 났다.

"……그럼 이 2라운드에서 지목할 수 있는 범위가 늘어났다는 거야?"

"그렇지. 아직 우등생은 완전하겐 구별하지 못하겠지만, 세 명 있어."

이치노세는 가타부타 말할 수 없게 하는 올곧은 눈빛을 호리키타에게 보냈다.

이건 거짓말이 아니다. 틀림없이 지금부터 이치노세는 아무렇지 않게 지목을 이어갈 것이다.

잘못하면 다음에는 우등생도 찾아낼지 모른다.

그렇다면 호리키타에게 남은 라운드는 짧으면 다음 한 번밖에 없을 것이다.

현기증 나지 않는 것이 애초에 무리인 이야기다.

이 자리에 다른 누가 앉아 있든 절대 못 이길 상대가 아닐까.

이치노세의 경이로운 통찰력에 두려움마저 느끼지 않을 수 없었다.

유력한 힌트를 하나도 얻지 못하겠다고 생각한 총 10분간의 토론.

자기가 놓친 부분은 없는지 돌이켜보았는데, 이치노세

가 알아맞힌 두 명으로만 좁혀 생각해 보아도 걸리는 부분이 없었다.

"운이 좋았던 거야. 맞힌 두 사람이 우리 반이라서."

그 말에 호리키타는 침착함을 조금 되찾았다. 유일한 차이점이라면 그것이다.

빈말이라도 호리키타는 이치노세 반의 학생에 대해 잘 안다고 할 수 없다.

반면 이치노세는 다른 누구보다도 자기 반을 잘 이해하고 있다.

그래도 이제 남은 유예 시간이 얼마 없다.

그렇기에 호리키타는 앞으로도 계속 강하게 나가기로 마음먹었다.

단순 정공법으로 싸운들 상대방의 독무대가 계속될 거라고 여겼기 때문이다.

교우 관계 그리고 그와 연관된 관찰안에서 밀린다면 상대방을 흔들고 현혹할 수밖에 없다.

"보기 좋게 당했네. 그래도 이번 특별시험, 먼저 싸우면서 느낀 점이 있어. 공평성이라는 관점에서 봤을 때 두 반에 직책자를 거의 균등하게 넣지 않았을까 싶어. 그렇다면 남은 직책자는 우리 반에 두 명 더 많을 가능성이 커. 남은 직책자를 맞히는 건 아무리 너라도 힘들지 몰라."

일부러 이치노세의 시선을 자신의 반 학생에게로 끌어오려는 노림수.

이렇게 해서 조금이라도 시야를 좁힐 수만 있다면…….

"호리키타. 만약 그 이야기가 정말이라면 나에게 힌트를 주는 게 돼. 먼저 특별시험을 경험해서 얻은 소중한 정보를 왜 그렇게 쉽게 알려주는 거야?"

그 이야기가 진짜인지 거짓인지 의심하는 게 아니라 단지 친절을 베푸는 이유를 궁금해했다.

"네가 두 번 연속으로 맞힌 건 직책자가 너희 반인 덕이야. 하지만 다음번에는 쉽지 않으리라는 걸 알려주고 싶었을 뿐이야."

물론 뻔한 거짓말이다.

아무리 봐도 괴로워하던 끝에 내뱉은 말로만 들리겠지만, 그래도 상관없다.

99% 거짓이라고 생각해도 1%의 가능성을 느낀다면 그것으로 됐다.

실제로 학교 측이 어떤 기준으로 직책자를 선정했는지는 모르지만, 노골적으로 불공평하게 만들지는 않았으리라는 억측은 틀리지 않았다. 한 토론에서 극단적인 편향이 발생하더라도 모든 토론을 전체적으로 보면 1:1에 가깝게 배분했을 테니까.

"그럼 기합을 넣고 열심히 해야겠어."

응, 하고 한 번 고개를 끄덕인 이치노세는 처음부터 끝까지 변함없는 미소를 유지한 채 모니터로 시선을 옮겼다.

흔들려고 시도했던 3라운드도 순식간에 끝나고 지목의

시간이 찾아왔다.

『호리키타 양이 하츠토리 군을 직책 있음으로 알아맞혔으므로 생명을 1 얻습니다.』

지금까지 두 번 연속 맞힌 이치노세는 패스를 선택했다.

그 점에 안심하면서 호리키타는 직책자도 알아맞혔다. 다만 결과가 하급생이어서 이치노세에게 이렇다 할 타격을 주지는 못했다.

현재까지 알아낸 사실은 우등생이 아직 두 명 남아있다는 것과 직책자는 대표자에 의해 세 명 지목되었고, 나머지 한 명은 우등생의 손에 이미 퇴실당했을 가능성이 있다는 것이다.

분모는 착착 줄어드는데 다음 토론까지 끌고 갈 수 있을지 의심스러웠다.

지금 호리키타가 쓸 방법은 오직 한 가지.

앞뒤 가릴 상황이 아니라면 그 화제를 꺼낼 수밖에 없다.

"아까 칸자키랑 대결했을 때는 나의 완승이었어. 그건 내 실력이었다기보다 칸자키가 스스로 져줬기 때문이야. 보고는 받았니?"

"아니. 칸자키한테 아무 말도 못 들었어."

"그렇구나. 그럼 내 말의 뜻을 알려나."

궁금해할 만한 정보를 슬쩍 보여주면서 흥미를 끌려고 했다.

하지만 이치노세는 여전히 표정 변화 하나 없이 대답했다.

"알아. 칸자키는 네 다음에 기다리고 있는 아야노코지라는 존재 때문에 일찍부터 절망했거든. 분명 못 이긴다고——. 중견으로서 어떻게든 애써보려고 했지만 너한테 선수를 빼앗기면서 그 희망도 점점 희미해졌지. 그래서 전의를 상실해버렸어."

너무나도 적확한 지적에 오히려 놀라면서도 그 말을 차분히 처리했다.

"너도 애가 나쁘네. 실은 칸자키한테 보고 받은 거지?"

그렇지 않고서야 이 정도까지 아는 것이 도저히 설명이 안 된다.

"아무 말도 못 들었어. 나도 아야노코지가 나온다는 사실을 알고 우리 반의 승패가 어떻게 될지 불안하긴 했으니까. 그래서 칸자키의 심정을 잘 알아."

거짓말이 아니라고 다시 말한 후 추리의 근거를 설명했다.

의심하려던 호리키타는 그쪽으로는 무너뜨릴 수 없겠다는 생각에 경로를 수정했다.

"그럼 너도 그 애를 못 이긴다고 생각한다는 거구나."

"맞아. 솔직히 힘들지도 모른다고 생각은 했달까. 하지만 이렇게 대표자가 되어 시험을 시작해 보니 확신이 생겼어. 이번 특별시험은 괜찮겠다고."

"아야노코지한테도 안 질 거라고……?"

20분도 채 지나지 않았는데 호리키타와 이치노세의 입장이 완전히 결판났다.

물 만난 물고기. 이번 특별시험은 이치노세가 압도적으로 우위에 서 있다고 확신했다.

"난 아야노코지를 이길 거야."

승리의 자신감이 엿보이는 이치노세.

호리키타는 그녀를 흔들려고 했으나 도리어 카운터를 맞았다.

빨라지는 심장 박동을 들키지 않으려고 태연한 얼굴을 유지하느라 필사적이었다. 아야노코지가 있다는 안심감에서 이치노세라면 정말로 아야노코지를 이길지도 모른다는 불안감으로 바뀌고 있었다.

만약 이다음에 우등생을 알아맞힌다면 호리키타의 생명은 2까지 줄어들고 만다.

지금 여기서 호리키타가 기대하는 것은 우등생을 맞힐 결정적 증거를 찾아내는 일. 못해도 무승부로 끌고가 새로운 그룹으로 다시 시작하는 것. 기도하는 마음으로 모니터를 응시하는 호리키타였는데, 소리도 내지 않는 이치노세가 신경 쓰여 순간 시선을 옆으로 돌렸다.

"엇……."

이치노세와 눈이 마주쳤다.

마치 호리키타가 자신을 살필 것을 알았다는 듯 기다리고 있었다.

그리고 부드럽게 웃으면서 시선을 회피하지 않았다. 중요한 국면인 만큼 당연히 눈을 크게 뜨고 모니터를 보지 않으면 이상한 시간이다.

"어쩔…… 생각인 거니…….."

홀린 듯이 눈을 피하지 못하게 된 호리키타가 물었다.

"뭐가?"

"왜 모니터를 안 보고 있어……? 우등생을…… 안 찾아도 돼?"

"아아—— 응, 괜찮아."

괜찮아? 괜찮다니 무슨 말이야.

그렇게 되물으려던 호리키타였지만 말을 이을 수 없었다.

그다음 말을 듣고 싶지 않다는 생각이 본능적으로 들어버렸기 때문이다.

그러나 무정하게도 이치노세는 그다음 말을 자연스레 이었다.

"이미 누가 우등생인지, 다 알아버렸거든."

한기와 공포심을 넘어선 호리키타는 그저 감각이 흐릿해져 가는 것을 느꼈다.

지금도 전혀 거짓말이 아니라는, 확신에 찬 말.

모니터가 어떻고 남은 토론 시간이 어떻고 그런 것들은 이제 무의미했다.

자신의 패배가 반쯤 운명처럼 확정되어 있다는 것을 알았다.

그래도——.

호리키타는 이치노세에게서 시선을 떼고 자기 뺨을 찰싹 때렸다.

더는 우스운 꼴로 당할 수 없다.

설령 패배의 색이 짙더라도 끝까지 포기해서는 안 된다.

포기하지 않으면 기회는 있다.

무승부로 끌고 갈 가능성도 아직 충분히 있다.

다음 차례가 될 아야노코지를 위해서라도 조금이나마 상대의 생명을 깎아야 한다.

호리키타는 무거운 눈을 크게 부릅뜨고 모니터를 다시 응시했다.

상대는 기계가 아니다. 이치노세도 실수는 할 것이다, 그렇게 스스로 되뇌었다.

3

사카야나기와 카츠라기의 대결은 첫 번째 토론이 끝나고 두 번째 토론으로 돌입했다.

카츠라기의 직책 있음 지목으로 사카야나기의 생명이 9가 되었지만, 그 후부터는 일방적으로 당해 어느새 카츠라기는 남은 생명이 하나뿐이었다.

"……후우……."

심호흡을 한 번 한 후 선택의 기로에 섰다. 패스하고 다음 라운드에 걸지, 모 아니면 도의 승부수를 띄워 카운터를 노릴지. 토론을 통해 얻은 정보는 별로 없기에 지켜보는 것이 정석이다.

그러나 옆에 앉아 있는 사람은 숙적이자 최대의 위협인 사카야나기.

만약 직책자나 우등생을 지목한다면 그 시점에서 패배를 피할 수 없다.

카츠라기가 확실하게 다음 라운드로 끌고 가려면 적어도 무승부 이상이어야 한다.

지금 아는 정보는 우등생이 한 명 남아있다는 것뿐.

분모가 줄어들고 있는 지금, 과감하게 나갈 거라면 이 타이밍이 아닐까…….

한방 먹이기 위한 일격을 검토하는 카츠라기.

"오래 고민하시네요."

"……찾았으면 빨리 지목이나 해."

태블릿을 무릎에 둔 사카야나기의 손가락이 움직이지 않는 것을 계속 확인하고 있는 카츠라기.

"저는 아직 대표자로서 대결에 뛰어든 지 얼마 되지 않았지만, 알아낸 것이 있답니다."

"알아낸 것?"

어떤 단서든 상관없는 카츠라기는 일부러 사카야나기의 말에 대꾸했다.

"지목할 때 기본적으로 학생 이름, 이어서 직책 있음이나 선택 가능한 배역을 터치한 다음 최종 결정 확인으로『네』『아니오』까지 총 세 번 눌러야 하잖아요. 패스할 때도 똑같이 패스 버튼, 확인, 최종 확인까지 세 번 터치해야 하고요."

"곁눈질해서 대전 상대가 지목과 패스 중에 뭘 고르는지 못 알아보게 하기 위한 대책이잖아."

만약 지목은 세 번, 패스는 두 번으로 터치 횟수가 다르다면 화면이 보이지 않아도 세 번 만에 끝낸 학생은 지목 쪽을 택했다는 것이 드러나고 만다.

"누구를 골랐는지, 패스를 선택했는지 아닌지. 들키지 않게 학교 측에서 배려해 준 건 맞겠죠. 훔쳐보기 방지용 필름이 붙어 있는 것도 그 때문이고요."

"다 알아. 그게 왜."

"부정행위는 확실하게 방지되고 있지만, 사실은 상대가 어느 쪽을 선택했는지 미리 확실하게 알 방법이 있다는 거 눈치채셨나요?"

"……뭐라고?"

바로는 믿고 싶지 않은 이야기지만 정말이라면 그냥 넘길 수 없다.

카츠라기는 입안에 침이 퍼지는 것을 느끼며 사카야나기를 응시했다.

"알려드리죠. 그 방법은 정말 단순명쾌하답니다."

그렇게 대답한 사카야나기는 화면을 탁탁 두 번 터치한

후 태블릿 양 끝을 잡고 카츠라기에게 내밀었다.

"이게——."

정면으로 보인 화면이 선명했는데, 거기에 사와다의 이름과 우등생이라는 표기가 있었다.

"자, 이렇게 하면 상대의 선택이 다 보이죠?"

그렇게 말하고 화면을 여전히 카츠라기 쪽으로 둔 채 『네』버튼을 눌러 선택을 확정했다.

그리고 더는 태블릿에 볼일 없다는 듯 책상 위에 내려놓았다.

"무슨 생각이야."

"무슨 생각은요, 그냥 카츠라기 군은 누가 우등생인지 모르셨던 것 같은데. 모처럼 여기까지 살아남았으니, 승부를 좀 더 즐기고 싶잖아요?"

만약 사카야나기의 선택이 정답이라면 이번 라운드에서 카츠라기가 살아남기 위해서는 최소한 같은 사람을 우등생으로 지목해야 한다. 사카야나기의 답이 맞는다면 그것 말고 다른 선택은 패배를 의미하니까.

하지만 이게 만약 거짓이라면 두 사람 다 잘못 선택한 것이 되어 생명을 1 이상 잃는다.

"제 답이 보였잖아요. 충분히 수월해지지 않으셨나요?"

이 행동이 상대에게 어떤 정신 상태를 불러올지, 당연히 사카야나기는 잘 안다.

"나를 꾀어내기 위한 거짓말인가."

지금 사카야나기가 피하고 싶은 것은 모 아니면 도 식의 지목으로 카츠라기가 우등생을 알아맞히는 상황.

그 결과 생명을 세 개 이상 잃게 될 바에는 거짓 지목으로 몰고 가 카츠라기를 쓰러트리는 것이 베스트라고 생각했다. 그게 맞는다면 이 일련의 흐름도 이해가 간다고 카츠라기가 결론을 내렸다.

"거짓말이라니요? 그 말 뜻밖이네요. 남이 베푸는 친절은 순순히 받아들여야지요."

"미안한데 난 놀아나지 않아."

망설일 뻔하다가 잘 참아낸 카츠라기는 패스를 골랐다. 상대가 자폭한다면 다음 라운드에서 큰 타격을 줄 수 있을지도 모른다.

태블릿을 세 번 눌러 패스를 확정 지었다.

상대의 책략을 걷어차 버린 카츠라기는 단단히 지키는 쪽으로 결단을 내렸다.

『사카야나기 양이 사와다 양이 우등생인 사실을 맞혔으므로 카츠라기 군은 생명을 3 잃습니다. 이 시점에서 생명이 0이 되었으니 카츠라기 군은 퇴실하기를 바랍니다.』

무자비한 안내 방송이 흘러나왔다.

"……말도 안 돼. 정답을 알려줬다고……? 너한테 무슨 이익이 있어서?!"

"이익은 있어요. 당신은 제가 생명이 줄어들더라도 빨리 이기고 싶어 한다고 추측하신 모양인데 거기서부터 틀렸답니다. 제가 카츠라기 군의 손에 하나라도 여분의 생명을 깎여도 좋다고 생각했겠어요? 제가 답을 보여준 이유는 오히려 제가 다치지 않기 위해서였답니다. 똑같은 답을 내놓아 무승부가 되면 다음 대결까지 가잖아요?"

"그렇게 하면 왜 네가 유리해지는데……."

"당신은 정공법으로 전략을 짜요. 분모가 줄어들면 줄어들수록, 패배를 각오한 돌격으로 전환하겠죠. 그런 시시한 방법으로 생명을 깎는 건 재미없으니까요."

상대를 관찰하는 데 자신 있는 사카야나기라지만 그렇다고 전지전능한 것은 아니다.

분모가 계속 줄어드는 이 토론을 오래 끌면 카츠라기가 자살특공대처럼 나올 것도 충분히 예상할 수 있다.

반면 여기서 우등생이 0이 되어 무승부가 되면 새로운 토론으로 넘어가고 라운드는 다시 1이 된다.

참가자들의 정보가 다 나올 때까지 2, 3라운드는 상황을 지켜볼 가능성이 크다.

처음부터 끝까지 카츠라기의 생각을 다 꿰뚫어 본 전략.

더 쓸 방법이 없는 카츠라기는 힘없이 의자에 기댔다.

"당신치고는 잘 싸웠다고 말해도 되겠죠. 중견인데 제 생명을 하나라도 깎았으니."

선봉과 중견을 생명 하나만 잃고 격파한 카츠라기.

사카야나기의 생명을 하나 깎는 데도 성공했으나, 그 후 사카야나기에게 연속으로 생명을 빼앗기고 패배했다.

복수 계획은 어이없이 무산되고 말았다.

이를 단순히 운이 나빴다고 여길까, 아니면 실력 차이가 컸다고 여길까.

아쉬움을 드러내는 카츠라기는 적어도 후자였다는 것을 강하게 통감했다.

『카츠라기 군은 신속하게 퇴실하기를 바랍니다.』

안내 방송이 흐르자, 카츠라기가 천천히 몸을 일으켰다.

"……좀 더 네 생명을 줄이고 싶었는데, 상황에 휘말린 내 실수야."

"패인을 냉정하게 분석할 줄 아서서 다행이에요."

입술을 깨물며 퇴실하려고 걸음을 떼려는데 사카야나기가 말을 걸었다.

"같은 반이었을 때에 비해 꽤 활기 있어 보이네요. 저도 류엔 군도 똑같은 공격형이고 당신과 그는 기본적으로 성향이 잘 맞지 않을 텐데요."

"그 말투는 마치 내가 류엔이랑 성향이 잘 맞는 것 같다는 소리로 들리네. 정정해 주면 좋겠다."

"하지만 그렇게 보이는데 어쩌겠어요."

인정 못 해. 카츠라기는 그 말을 남기고 패자로서 교실을 떠났다.

A반과 C반은 마침내 대장들의 대결이 성사되었다.

4

대기실의 모니터 화면이 전환되었다.

호리키타와 이치노세의 대결이 벌써 끝난 모양이었다.

결과

2학년 B반 중견 대표자 이름　호리키타 스즈네　남은 생명 0

2학년 D반 대장 대표자 이름　이치노세 호나미　남은 생명 10

2학년 B반 대장 대표자 이름　아야노코지 키요타카　는 신속히 이동할 것

인터벌 남은 시간 10:00

호리키타가 이치노세에게 졌나.

오래 끌고 갈 가능성도 있었는데, 결과와 소요 시간을 봐도 알 수 있듯 완패한 모양이다.

옆에 앉아 상황을 지켜보던 요스케가 깊게 한숨을 내쉬었다.

"내가 조금이라도 더 잘 싸웠으면……."

"아니야, 그건 거의 상관없어. 호리키타가 완패한 건 단

순한 우연이 아닐 거야. 이번 특별시험에 운의 요소가 전혀 없는 건 아니지만, 지목에는 무승부랑 상쇄 개념이 있잖아. 이런 결과는 순수하게 호리키타가 이치노세한테 많이 못 미쳤다는 것을 증명하기도 해."

만약 요스케가 하마구치와 칸자키를 이겼더라도 결과는 비슷했으리라.

"그만큼 이치노세가 강적이라는 말이네."

"그래. 틀림없이 이번 특별시험에서 최대의 난적이야."

"……그래. 승산은 있는 것 같아?"

"글쎄. 일단 시간은 낭비하고 싶지 않으니까, 호리키타 마중 나갈게."

"그래. ……힘내."

대기실에서 나오니, 내 뒤를 쫓아 류엔도 곧바로 복도에 나왔다.

"화장실은 반대쪽인데."

"그 녀석도 아주 어이없이 졌구만. 대장을 안 맡긴 건 정답이었다."

내 말을 무시한 류엔이 우리 반의 대결 결과를 돌이켜 보았다.

"굳이 그 말 하려고 쫓아 나온 건가?"

"아니? 뭐, 충분히 열심히는 했겠지. 지는 것도 무리는 아니라고 봐서. 지금의 이치노세는 정말 만만치 않아 보이니까."

충고한 대로 됐다, 아무래도 그렇게 말하고 싶은 눈치였다.

"예상대로 탈탈 털린 거지. 딱 궁지에 몰린 쥐가 고양이를 문 격이야. 이대로 너도 똑같이 먹혀도 놀랍지 않을 거다."

"그래서 걱정돼서 말 걸어 준 건가?"

"풉."

짧게 웃은 류엔이 가까이 다가왔다.

"이치노세가 지금 어떤 식으로 싸우는지 직접 구경 못 하는 게 아쉽다."

"남한테 관심 두지 말고 네 걱정이나 하는 게 좋아."

그렇게 충고하자 류엔은 다시 한번 웃더니 대기실로 돌아갔다.

류엔도 지금 나를 오래 상대하고 있을 때가 아닐 테니까.

카츠라기가 기세로 밀어붙여 선봉과 중견을 쓰러트리긴 했으나, 역시 사카야나기를 상대로 어디까지 선전할 수 있을지는 모를 일이다. 류엔이 나설 차례가 틀림없이 곧 찾아오리라.

다시 걸음을 재촉하니 복도 끝에서 힘없이 걸어오는 호리키타가 보였다.

그러나 나를 알아차리지 못하고 그대로 지나가려고 했다.

"꽤 이른 귀환이군. 대장의 목까지 들고 돌아올지도 모른다고 생각했는데."

불러세운 김에 그렇게 말하자 푹 숙이고 있던 고개가 올라왔다.

"미안해."

호리키타는 기분 나빠 하지도 않고 짧게 대답했다.

아니, 그 대답도 간신히 했을 것이다.

"네가 비웃어도 어쩔 수 없을 만큼, 처참하게 졌어."

"하지만 선봉이랑 중견은 이겼잖아."

"그건 둘 다 손 안 대고 코 푼 승리였어. 자랑할 만한 일이 아니야."

보니까 상당히 자신감을 잃은 듯했다. 이렇게 약한 모습을 보이면 동료들의 사기를 떨어뜨릴 수 있다는 것조차 생각이 미치지 못할 정도겠지.

"만만치 않은 상대였나 보네, 이치노세."

"……맞아. 내가 예상했던 것 이상으로…… 아니, 그 애는 완전히 차원이 다른 것 같기도 해."

최고의 찬사를 보낸 호리키타가 이렇게 말을 이었다.

"이번 특별시험의 규칙상 그 애는 무적이야. 절대 이길 수 없는 넓은 시야와 통찰력을 가지고 있어. 상대가 사카야나기라도 류엔이라고 해도 허무하게 질 것 같았어."

입술을 질끈 깨물며 자신의 무력함을 한탄했다.

지금까지 압박감과 싸우면서도 반을 잘 이끌어 온 호리키타였는데, 완패라는 결과에 단순한 패배 이상의 심적 타격을 받았을까.

정신력도 요구되는 이 대결에서 대패를 경험한 것은 틀

림없으리라.

특별시험의 승패는 대장인 내가 어떻게 하느냐에 달려 있는데, 잘못하면 호리키타가 입은 타격이 앞으로 꽤 오래 갈지도 모르겠다.

"미안해…… 정말로. 최소한 그 애의 생명을 조금이라도 깎았더라면──."

"물론 너는 이치노세를 이기진 못했어. 그렇지만 선봉과 중견을 쓰러트려서 막상막하의 결과까지 다시 되돌려놨잖아. 그것만으로도 충분히 잘 싸웠다고 생각해."

"……하지만── 그걸로는 안 됐는데."

자기 힘으로 이기고 싶었다는, 차마 내뱉지 못한 목소리가 들려왔다.

리더로서, 반을 이끄는 존재로서 더 높은 곳을 지향하려고 했다.

"이겼어야…… 반을 위해 이겼어야 했는데……."

후회스러운 감정에 짓눌리면서도 호리키타는 이렇게 말을 이었다.

"반을 위해서만이 아니야. 난 이겨서 너한테 인정받고 싶었어. 이치노세를 쓰러트리고 잘했다고 칭찬받고 싶었어……."

이 특별시험에 담았던 마음을, 진심을 호리키타가 털어놓았다.

어중간한 결과를 내고 받은 칭찬이 도리어 마음에 더 큰 상처가 된 것일까.

"네가 짊어져야 했을 부담이 얼마나 컸는지 잘 알아. 네 말처럼 직접 대결한 결과는 패배였을지 몰라도 가진 생명에 차이가 났고 배신자를 쓸 수 없는 제약도 있었잖아."

"그만해…… 그런 위로 다 덧없어."

"미안하지만 사실인걸. 그리고 이번 패배는 좋은 경험이 됐어. 크게 성장할 계기도 됐다고 생각해. 만약 똑같은 시험이 또 있다면 다음번엔 더 좋은 성과를 낼 게 틀림없어."

이건 거짓말이 아니다.

큰 장애물에 부딪히면 괴롭지만, 극복하려면 꼭 필요한 과정이다.

"……하지만……."

"다행히 지금 여기에는 아무도 없어. 허세 부릴 필요도 없어. 자세한 상황은 모르지만 널 보고 있으면 확실하게 알 수 있어. 정말 잘 싸웠어."

나는 진심으로 격려하고 호리키타를 다정하게 안아주었다.

"으앗……?!"

혼자서 씩씩하게 굴고 계속해서 맞설 필요는 전혀 없다.

약한 사람은 누군가에게 기대고 의지하면 된다.

"아, 아야노코지, 뭐, 뭐 하는……!"

힘없이 몸을 떼려고 하는 호리키타의 등을 나는 껴안은 채 놓아주지 않았다.

"지금까지 2년 동안 아마도 난 다른 그 누구보다도 가까이에서 널 봤을 거야. 약점도 강점도 전부, 다 안다고 생각해."

뭐라고 반박하려는 호리키타였지만, 말로 나오지 않았다.

간신히 참고 있는 듯한, 그런 느낌이 체온과 함께 몸으로 전달되었다.

"너한테는 너의 편이 있어. 그걸 잊지 마."

"내 편——."

"그래. 앞으로도 비슷한 일들을 경험하겠지. 그때는 혼자 다 품고 가려고 하지 말고 반드시 반 애들을 의지해. 분명 큰 힘이 되어줄 테니."

나는 그렇게 말하고 조심스럽게 호리키타를 놓아준 후 걸음을 뗐다.

"……아야노코지…… 이치노세는——."

승부의 행방이 불안한 호리키타를 지금 제일 안심시킬 수 있는 말은 하나뿐이리라.

"뒷일은 나한테 맡겨. 이번 특별시험에서 너의 반이 질 일은 없을 거다."

특별시험에 내가 뛰어들기로 정한 시점부터 결과는 이미 정해져 있었다.

호리키타 반이 승리하고, 이치노세 반은 패배한다.

그런 생각 아래, 나는 여기에 서서 저 앞을 향해 걸어가는 것이다.

이치노세가 기다리는 대결의 장에 도착했다.

이 문 뒤에서 기다리고 있을 이치노세는 과연 어떤 모습일까.

분명 그녀는 약간 긴장하면서도, 분명——.

문을 열었다.

그리고 이내 시야에 들어온 것은 예상했던 대로 이치노세의 미소였다.

○아야노코지의 책략

교실 안으로 들어가니 이치노세가 앉은 자세로 다정하게 손을 살짝 흔들며 나를 맞이했다.

"호리키타를 상대로 완봉승을 거둘 줄은 몰랐다. 완벽했나 보군."

"운이 좋았을 뿐이야. 내 입장에선 그냥 너무 지나치게 잘 풀린 거야."

겸손한 모습을 곁눈질하며 나는 자리에 가서 앉았다.

"쉬는 시간이 이제 4분 정도 남았나. 잠시 잡담 좀 나눠도 될까?"

"그래, 물론 좋아. 나도 아야노코지랑 수다 떨고 싶거든."

앞으로 있을 대결에 대한 부담은 일절 느껴지지 않는다.

상대가 누구든 상관없이 자기가 할 수 있는 일을 한다, 그런 마음가짐이 되어 있다는 증거다.

"우선 거짓말한 거 사과할게. 시험에 안 나오겠다고 해놓고 결국 대장으로 참가하게 된 거."

"그건 처음부터 신경 안 썼어. 우리는 적이니까 전부 진실만 말할 수는 없는 거잖아."

바로 용서하고 이해해 준 이치노세.

"그렇게 말해주니 고맙다."

"그렇지만 하나만 물어봐도 될까? 아야노코지는 지금,

어떤 심경이야?"

"그냥 강적을 앞에 두고 어떻게 대결해야 할지 갈피를 못 잡고 있지. 여기 오는 길에 호리키타랑도 가볍게 얘기 나눴는데, 애가 정말 초췌해져 있더라고."

"그건 진짜, 지나치게 잘 풀렸을 뿐이야. 또 똑같이 잘 될지는 전혀 모르겠어."

"그럼 다행이지만."

"아야노코지는…… 부담감이랄까 긴장감이랄까, 그런 게 아예 없는 느낌이야."

"그러는 너도 차분한데? 피차 마찬가지지."

"난…… 긴장했어, 어마어마하게. 아야노코지랑 같이 있기만 해도 저절로 그렇게 되어버려."

누가 들으면 뒤집어질 발언이다.

실제로 진지한 얼굴로 딱딱하게 서 있는 시험관도 순간 의아한 표정을 지었다.

"하지만 동시에 많이 안심도 돼. 대결 상대인데도 마치 뒤에서 든든히 받쳐주는 것만 같은, 그런 느낌이 들거든. 참 이상하지, 모순적이야."

지금은 나라는 존재가 방해되는 게 아니라 오히려 도움이 된다는 말인가.

이제 3분 남은 인터벌. 제한된 시간을 효과적으로 활용할 필요가 있다.

"내 상상인데, 지금 이치노세는 누굴 상대해도 지지 않는다고 생각하지?"

"글쎄. 하지만 자신이 없는 건 아니, 랄까."

"그렇겠지. 그런데 동시에 딱 하나 불안 요소가 있는 것도 알아. 아무리 우위에 설 자신이 있다고 해도 이번 특별 시험은 한 방에 역전할 가능성도 있으니까."

내가 무슨 말을 하려는 것인지는 쉽게 알리라.

"맞아. 배신자라는 존재만큼은 어디로 굴러갈지 예상할 수 없겠다고 생각했어."

이 배신자 시스템은 어디까지나 학교 측이 한 방 역전의 가능성을 남겨놓기 위해, 어떻게 하면 균형을 깨지 않고 집어넣을 수 있을지를 전제로 도입한 것이다. 배신자는 자신과 반을 위해, 할 수만 있다면 거짓말하고 싶어 한다는 전제가 깔려 있다. 다만 그렇다고 해서 퇴학의 위험이 올라가는 것은 아니다. 뻔뻔한 사람이 퇴학 위험을 부담하면서 계속 거짓말한다고 해도 대표자가 쉽게 단정 지을 수 있을까? 라고 묻는다면 대답은 노다.

거짓 고백을 한 배신자를 맞혔다간, 그 학생은 퇴학당하는 것이다. 요컨대 반에서 강제로 한 명이 빠지는 셈이다. 그걸 환영할 리더는 별로 없겠지.

배신자가 받는 보수란 보여주기식에 불과한 것으로, 어디까지나 대표자들의 대결에 있어 불리한 쪽에도 어느 정도의 기회를 준다는 불확정 연출을 위한 역할이라고 보면 된다.

예리한 관찰안을 가졌을 이치노세라면 배신자의 존재를 바로 눈치챘을지 모르지만, 그래도 학생의 퇴학이라는 전개로 발전하지 않는다는 확실한 보장은 어디에도 없다.

99% 괜찮다고 해도 100%는 아니다. 그것이 배신자 시스템이다. 그래서 경계하는 것이다.

"대결을 앞두고 서로를 위해 한 가지 제안이 있어."

"제안? 그게 뭐니?"

"바로 방금 말한 배신자에 관해서야. 이제 시간도 없으니까 확실하게 해두고 싶은데, 이번 특별시험에서 배신자를 맡은 학생은 유일하게 퇴학의 위험이 있지. 그야 그만큼 큰 보상도 있으니 무리도 아니겠지만."

"그렇지."

"이런 점을 봐서도 배신자한테 괜히 쓸데없는 부담이 미치고 있어. 고백할 생각으로 있었어도 반 포인트라는 보수를 위해 열심히 해야 하는 골치 아픈 규칙이야. 그리고 난 솔직히 이 규칙은 이번 대결에 쓸모없는 장치라고 생각해."

"그건 나도 같은 생각이야. 배신자 시스템에 현혹되는 것도 무섭고, 모두에게 민폐 끼치는 전개가 펼쳐지는 것도 피하고 싶어."

"하지만 양측이 강력한 무기라고 인식하고 있는 이상, 상황이 불리해지면 써먹겠지. 혹시 이치노세만 괜찮다면, 서로 배신자를 알려주고 대화 때 다 써버리는 건 어떨까? 그럼 괜히 신경 날카롭게 굴 필요도 없어지는데. 그러니까 첫 토론 때는 싸우지 말고 모든 지목을 버리고 배신자를 다 배제하고 싶다는 거지."

"나쁘지 않은 제안, 이네. 하지만…… 배신자 권리는 중요하기도 해. 아야노코지는 그걸 포기해도 괜찮아? 역전하려면 꼭 필요한 권리이기도 한데."

자기가 불리하다고 생각하는 측한테는 기사회생의 장치이기도 하다.

그걸 버리겠다는 나를 의심하는 것도 당연하다.

"그리고 서로 배신자를 알려주는 게 규칙상 인정될까?"

"물론 문제없을 거야. 태블릿을 상대방한테 보여서 배신자를 알려줘도 규칙 위반은 아니죠?"

교실 구석에서 우리를 지켜보고 있는 시험관에게 물었다.

"어, 그래. 규칙에 걸리진 않을 것 같은데……."

그런 식으로 이 규칙을 활용하려는 사람이 나올 줄 몰랐을까, 아니면 말을 걸 줄 몰랐을까. 살짝 당황하면서도 담당관이 고개를 끄덕였다.

"혹시 모르니 한번 확인해 주세요. 십중팔구 문제는 없겠지만요."

내가 재촉하자 시험관이 귀에 낀 무전기를 통해 상세하게 확인했다.

"문제없다고 한다."

"둘 다 배신자의 권리를 포기하자니. 그런 걸 제안할 줄은 몰랐어."

보통은 이치노세가 환영할 만한 전개.

"내가 이 시스템을 버리고 싶은 이유는 딱 하나야. 만에 하나라도 우리 반 그리고 너희 반에서 퇴학자가 나오지 않기 위해서야."

"응. 정말 배신자가 없으면 그럴 걱정은 없지……."

과연 이치노세가 내놓을 답은 무엇일까. 이제 30초 남았다.

"만약 조건을 조금 더 붙이고 싶다면? 네 말대로 배신자 권리는 필요 없다고 나도 생각해. 하지만 배신자를 남겨둔 채 토론을 끝내면 확실한 보수를 받을 수 있잖아. 그러니까 포기하는 게 아니라 놓친 것으로 할 순 없을까? 나도 아야노코지네 반도 50포인트를 가져가면 더 좋은 방향이 될 듯한데."

담합이 전제라면 배신자를 남겨둔 채 토론을 마치는 편이 이상적이다. 보수는 프라이빗 포인트와 반 포인트 중에 한쪽을 고르면 되는데, 반드시 반 포인트를 선택해 줄 안전하고 확실한 학생을 뽑기만 하면 된다. 일부러 언급하지 않았는데, 당연히 알아차렸나.

정공법으로 싸우면 지지 않는다고 생각하는 이치노세의 입장에서 배신자는 유일한 불안 요소.

서로 납득이 가는 식으로 써버릴 수 있다면 이상적인 전개겠지.

『지금부터 토론을 시작합니다.』

안내 방송이 흘러나왔다. 하지만 나는 개의치 않고 이야기를 계속했다.

"알았어, 그 조건을 받아들여도 괜찮아. 다만 다른 애들한테는 우리가 말을 맞췄다는 사실을 알리고 싶지 않아. 배신자 권리를 없애기 위해 담합해서 중요한 역전 수단을 써버렸는데, 그 결과 졌다고 하면 웃음이 안 나올 테니까. 난 배신자를 알아보지 못했다, 라는 과정을 남기고 싶지 않아."

"그래서 대화 때 찾아내 파기하는 형태로 하고 싶었던 거구나?"

"맞아. 그래서 난 토론 도중에 배신자를 대화에 불러낼 계획이야."

반 포인트보다 우선해야 하는 게 있다고 알려주고 교섭 성립을 꾀하는 것이다.

"목표 지점은 다르지만 서로의 이해관계가 일치한 후에 권리를 행사한다. 이렇게 하면 되겠어?"

"응. 그런데 나한테 이런 제안을 하면서까지 배신자 권리를 무효로 하고 싶은 거야?"

상대가 반 포인트를 50점 가져가는 것에 저항감을 드러내지 않아서인지 그렇게 물었다.

"결속력 강한 이치노세의 반과 달리 호리키타 반에는 아직 허술한 구석이 있어. 분명 이치노세도 후보에 넣었겠지만, 예를 들어 코엔지가 배신자가 되면 눈 하나 깜빡 안 하고 배신할지도 몰라. 자기 이익을 위해서 말이야. 그리고 코엔지를 상대로 일대일 대화를 하면 교섭이 힘겨울 가능성이 커. 또 이케나 혼도 같은 애는 달콤한 유혹에 넘어가 자기도 모르게 순간 나쁜 마음을 먹을지 모르고. 진검승부 도중에 그런 전개가 펼쳐진다면 최악의 경우 무거운 결단도 내려야 할 수 있어."

동료를 지키기 위해 더욱 배신자 시스템을 무효로 만들고 싶다.

상상해 본 이치노세는 아플 만큼 상황이 잘 이해됐는지 고개를 힘차게 끄덕였다.

"이번 토론에서는 서로 싸우지 않는다는 약속을 지켜준다고 믿어도 되겠지?"

"물론이야. 태블릿 조작도 보이는 데서 모든 과정을 보여줄게."

"알았어, 좋아. 배신자 권리를 여기서 없앨까."

그룹을 정할 시간이 되었기 때문에 나는 태블릿을 들고 자리에서 일어나 이치노세의 옆으로 가서 태블릿을 보여주었다. 우리 쪽의 총 다섯 그룹을 보여주고 물었다.

"첫 토론은 배신자 시스템을 배제하기 위해 다 버리자. 그러니까 원하는 학생을 배신자로 고르면 돼. 대화도 원활하게 진행될 것 같으니까."

"그럼, 그래. 마코로 할까."

요청에 따라, 보이는 곳에서 배신자 권리를 행사해 아미

쿠라 마코를 배신자로 설정하고 확정 지었다.

"이렇게 해서 이치노세는 배신자가 누구인지 100% 알게 됐어."

"응. 이제 나는 어떻게 하면 돼?"

그렇게 말하고 태블릿을 보여주는 이치노세에게 내가 원하는 학생을 지정하고 확정하게 했다. 이제 우리는 서로 배신자가 누구인지 아는 상태로 토론에 임하게 되었다.

자리로 돌아온 나는 의자 등받이를 잡고 들어 올렸다. 그리고 이치노세 앞으로 가져가서 앉았다. 내 등 뒤에 모니터가 있기 때문에 나는 토론 화면이 보이지 않는 위치로 이동한 셈이다. 이치노세의 시점에서 내 위치는 모니터를 보는 데 방해되리라.

"당장 원래 위치로 돌아가. 방해 행위다."

"방해로 여길지 말지는 상대에게 달렸습니다. 들으셨겠지만, 이번 토론은 배신자를 배제하기 위해 버릴 생각입니다. 만에 하나라도 제가 배신하지 않는다는 걸 증명하기 위해 토론을 보지 않는 모습을 보여줘야 할 것 같아서 자리를 옮긴 거예요. 문제 있을까? 이치노세."

"아니야, 전혀 없어. 나도 이번 토론에서 아무것도 안 할 거야. 그럼 공평하잖아."

누구나 빨려 들어갈 듯 보기 마련인 모니터를 오히려 등지고 앉은 학생.

그리고 제안을 받아들여 모니터가 아니라 나만 보는 학생.

시험관에게 이런 전개는 상상 밖이리라.

대표자의 지정이 없는 참가자들만의 토론이 시작되었다.

"묵인하기로 했어도 몇 번 정도 적당히 대화 권리를 행사해 두는 게 좋아. 배신자를 배제하려고 움직이는 건 대표자로서 부자연스러운 일이 아니니까 말이야."

"아야노코지는?"

"난 3라운드쯤 됐을 때 진짜 배신자를 불러낼 생각이야. 배신자를 찾느라 꽤 고생 중이라는 설정으로, 1라운드랑 2라운드는 아무 상관 없는 학생과 대화할 거고."

배신자가 아닌 사람을 불러내는 것 정도라면 페널티를 받고 생명을 잃을 위험도 없다.

"그럼 형평성을 위해 내가 알아낸 정보는 끝까지 공유할게."

"그렇게까지 안 해도 믿어."

"아니야, 내가 받아들일 수 없어."

이렇게 해서 5분간의 토론이 끝나고 나와 이치노세는 태블릿을 같이 보면서 패스를 골랐다. 대화에서 나는 아무 상관 없는 오키야를, 이치노세도 전혀 무관한 학생을 호출했다.

그리고 각자 일단 교실에서 나가 다른 교실로 이동. 오늘 처음 보는 남자 시험관이 합류해 나와 함께 입실했다. 대화를 위한 감시자일까.

교실에는 마주 보게 놓인 의자 두 개만이 있을 뿐, 나머지는 일반 교실과 똑같이 교탁이 있는 단출한 곳이었다. 호출한 오키야가 그곳으로 들어왔다. 그 후에는 별다른 일이 하나도 없었다. 배신자로 의심해서 불러냈다고 하니, 오키야는 당연히 아니라고 부정했고 당연히 정체를 알고 있어서 배신자가 아니라고 판단했다.

『이치노세 양, 아야노코지 군이 배신자를 찾아내지 못했으므로 배신자는 여전히 두 반에 다 남아있습니다.』

승부의 장으로 돌아오자 그런 안내 방송이 흘러나왔다.

토론 참가자들도, 대기실에서 기다리고 있는 다른 대표자들도, 우리가 생각지도 못한 행동을 하는 줄은 꿈에도 모를 것이다.

"아…… 이런 식으로 알려주는구나. 여기, 태블릿에 떴어."

그렇게 말한 이치노세가 내게 배신자의 효력에 따라 통지된, 미타라이가 일반 학생이었음을 알리는 메시지를 보여주었다. 나도 똑같이 태블릿을 보여주었다.

다음 제2라운드도 비슷하게 흘러갔다.

우리는 무관한 학생을 불러내 대화했고, 또 아무 상관 없는 것을 물었다.

그리고 자신은 결백하다고 호소하자, 아무 상관 없는 사람이라는 판단을 내렸고, 안내 방송을 들은 후 돌아왔다.

"어서 와, 아야노코지. 기다리는 동안 안내 방송이 나왔어."

먼저 와 있던 이치노세가 그렇게 알려주었다.

"다른 방에도 안내 방송이 나오는가 보네."

그리고 두 번째 배역을 이치노세에게 듣고 제3라운드로 넘어갔다.

음성밖에 들리지 않지만, 토론은 좋은 상태로 열기를 띠고 있는 것 같았다.

그래도 배신자가 계속 남아있으면 B반 학생들의 마음이 불안하겠지.

5분간의 토론이 끝나고 둘이 같이 패스를 고른 후 자리에서 일어났다.

"이제 배신자 권리를 정리하고 올게."

"응. 기다릴게."

이 제3라운드에서 내가 배신자를 찾아내고 토론을 끝까지 지켜보면 그때부터 본 게임이다. 하지만 그 전에 마쳐야 할 일이 있다.

세 번째로 교실을 이동해 대화 전용 교실로 들어갔다.

먼저 와서 기다리고 있던 내 눈앞에 배신자 마에조노가 모습을 드러냈다.

"이번엔 내 차례인 거야?"

"미안. 배신자가 누구인지 영 감이 안 와서 우왕좌왕하는 중이야."

마에조노는 어딘지 불안한 모습으로 자신에게 마련된 의자에 가서 앉았다.

"물어보고 싶은 것도 이래저래 많겠지만, 지금은 대화에 집중하자. 그게 여기서 할 역할이야."

"그건 괜찮은데……. 우리 참가자들은 상황을 아예 모르니까 불안 속에서 토론하고 있다는 걸 잊지 말아줘. 그리고 나도 배신자 아니야. 나를 배신자로 단정하면 절대 안 된다?"

배신자는 자신의 존재가 대표자한테 어느 정도까지 방해되는지 자세히 모른다.

하지만 대화에서 거짓말했다가 배신자로 지목될 경우 퇴학이라는 위험성만은 잘 이해하고 있다.

"알아. 처음부터 마에조노는 의심하지 않았고 단정하지도 않을 거야. 그냥 힌트가 너무 없어서 임기응변 같은 느낌으로 반 애들을 불러낸 것뿐이야. 그 부분은 용서해 주라. 앞에 대화했던 혼도가 마에조노가 의심스럽다고 해서."

"뭐? 혼도가? 뭐야, 완전 열받네."

"그런 말을 들을 만한, 뭔가 짚이는 구석은 없고?"

"……음…… 어쩌면, 말인데…… 아냐, 미안해, 나도 모르겠어."

"그렇구나. 앞으로 네 명, 끈기 있게 찾아내 볼게."

"그러는 게 좋다고 봐. 뭐, 배신자를 못 찾고 끝나면 반 포인트도 들어오니까, 대결에서 지지 않는다면 그냥 남겨두는 게 좋을지도 몰라."

"그렇지. 그럼 진행을 위해서 형식적으로 확인할게. 참가자가 고백하지 않으면 대화가 안 끝나니까. 마에조노 너는 배신자가 아니라는 거지?"

조금 전까지 오키야와 혼도에게도 했던 대사를 똑같이 되풀이했다.

"……근데 있지, 만약 내가 배신자인데 지금 거짓말하는 거면 아야노코지는 어떻게 되는 거야? 그래도 지진 않겠지?"

"다소 불리해지긴 해도 크게 지장 없고 책임도 일절 없어. 아니, 오히려 배신자는 가능하다면 거짓말하는 게 일이 더 잘 풀릴지도 몰라."

"그 말은, 그 반 포인──."

"그래. 그렇지만 입 밖으로 꺼내지 않는 게 좋아. 대화의 규칙상 특별시험에 관한 규칙을 자세히 파고드는 이야기를 나누는 건 금지잖아."

"……그랬지."

"아무튼 마에조노는 결백하니까. 망설이지 말고 생각한 대로 말하면 돼."

내 의사를 확인했는지 학교 측의 안내 방송이 나왔다.

『마에조노 양은 고백하기 바랍니다.』

"응. 난 배신자가 아니야. 그러니까 아야노코지는 대표자로서 힘내길 바라."

이렇게 해서 참가자 측의 발언이 끝났다.

마에조노는 숨을 고른 후 자리에서 일어나 내게서 등을 돌렸다. 동시에 시험관도 퇴실 준비에 들어갔다.

나는 앉은 채 이제는 아무도 없는 의자를 응시하면서 숨을 한 번 골랐다.

"마에조노가 반의 배신자라고 확신하고, 단정합니다."

그렇게 대답했다.

순간 찾아온 정적.

"뭐……?"

당연히 넘어갈 줄 알았던 마에조노가 이해가 안 된다는 얼굴로 돌아보았다.

"앗, 뭐라고……? 방금 뭐라고 했어?"

"안 들렸어? 네가 배신자라고 말했는데."

"잠깐, 뭐……? 아니, 그러니까 내가 아니라고 했잖아…… 그런데 왜……? 나 수상한 행동 한 적 없…… 그게 아니라, 분명 배신자로 단정하면 퇴학당한다고 했지? 앗? 하? 아니지? 방금 그거, 그렇게 되는 거 아니지?"

마에조노가 동요하는 것도 무리는 아니다.

배신자가 정체를 숨겼는데 대표자가 단정하면 무거운 처벌인 퇴학이 기다리고 있다.

그래서 원래는 가벼운 마음으로 거짓말하기란 불가능하다.

대표자도 자기 반 학생을 지키기 위해, 수상한 학생일수록 절대 쉽게 단정할 수 없다.

하지만 이건 약간 모순이기도 하다.

배신자에게는 매력적인 보수가 준비되어 있으니, 거짓말하고 싶은 감정이 있기 마련이다.

그러니까 절대 단정하지 못할 것을 안다면 거짓말하는 게 이득이다.

이는 성선설을 전제로 했다고도 볼 수 있는 『큰 결함』이 내포된 규칙이다.

악용하려고 마음먹으면 얼마든지 비정하고 흉악한 수단이 될 수도 있다.

"괜찮아, 확신하니까. 넌 이제 퇴학이 확정됐어."

걸음을 멈추고 뒤돌아본 마에조노는 순간 감정을 주체하지 못했다.

"뭐, 뭐래?! 진짜 영문을 모르겠네! 난 네가 의심 안 한다고 해서, 우리 반을 위해 거짓말했을 뿐인데?! 애당초 단정하지 않겠다고 그랬잖아!"

"참가자는 자기가 배신자인지 아닌지 고백할 권리가 먼저 주어지고 결정하지. 다음으로 대표자는 배신자라고 단정할지 결백하다고 판단할지 선택하고. 이게 대화의 규칙이야."

마에조노가 고백하기 전에 내가 무슨 말을 하든 상관없다.

"하? 어? 어? 뭐야, 헉? 아, 알았어. 그럼 자백할게!"

"이제 와서 자백해도 아무 의미 없어. 시험관, 마에조노를 퇴실시켜 주시겠어요?"

아무것도 하지 않고 어안이 벙벙해하던 시험관에게 재

촉했는데, 뜻밖의 말이 돌아왔다.

　"……정말 그래도 되겠어? 이대로 가면 너희 반 학생이 퇴학당한다는 걸 정말 알고 있어? 애초에 이번 특별시험은 그렇게 안 되도록 급거──."

　원래 참견이 허용되지 않을 시험관이 무슨 말을 하려다가 말았다.

　애처럼 평정심을 잃었다가 입을 틀어막아 이어질 말을 필사적으로 참은 듯 보였다.

　시험관은 설치된 카메라를 슬쩍 본 다음 실례했다는 듯 고개를 숙였다.

　당황한 모습을 봐도 역시 이런 방식은 예상 못 한 것이리라.

　얼빠진 듯한 말투를 봤을 때 학년말 특별시험에 뭔가 특수한 사정이 있는 게 아닐까. 시험이 임박할 때까지도 학생들에게 규칙을 제대로 공개하지 않았던 것이나 대표자와 참가자를 완전히 격리해서 정보를 공유 못 하게 한 것. 그리고 무엇보다도 규정대로만 하면 퇴학자가 한 명도 나올 일이 없는, 과하게 관대한 조치도 마음에 걸린다.

　뭐, 일단 그 문제는 제쳐두자. 바로 앞에 있는 일부터 처리해야 한다.

　『……다시 한번 아야노코지 군에게 확인하겠습니다. 마에조노 양의 고백부터 재시작하지 않아도 괜찮습니까?』

　의외로 번복할 기회를 줄 건가 보다. 참으로 친절하기도

하다.

"아하. 그럼 마에조노, 한 번 더 자리로 돌아가 줄 수 있어? 다시 고백의 권리를 줄지 말지 내가 정해도 되나 봐. 그럼 번복을 다시 고려해도 괜찮아."

마에조노는 화내면서도 서둘러 의자로 돌아가 앉았다.

어쩔 셈이야. 그렇게 상대를 죽여버릴 듯 분노가 담긴 눈빛을 보냈다.

깊이 생각하지 않고 거짓말을 선택한 자기 자신에게 화난 건 아닌 듯하다. 만약 앞에 앉은 사람이 내가 아니라 류엔이나 사카야나기였다면 누가 뭐라고 했든 고백했겠지.

"실은 내가 마에조노를 퇴학시키려고 마음먹은 데엔 이유가 있어. 이번 특별시험, 대장으로서 대표자에 합류한다는 사실을 반 애들한테 미리 말했는데, 그때 외부로 절대 새어 나가지 않게 조심해달라고 부탁했었지. 그런데 비밀이어야 할 그 정보가 어느새 이치노세 반에 흘러 들어갔더라. 어떻게 된 일 같아?"

"그, 그건……."

"누군가가 정보를 유출했기 때문이지. 그리고 정보를 유출한 사람은 마에조노 너지?"

여기서 거짓말해서 얻을 이익은 하나도 없다.

내 기분을 상하게 했다간 다시 고백할 권리가 오지 않을 게 뻔하다.

"내가, 그게…… 유, 유출한…… 것 같기도 해. 하, 하지만 이치노세 반에까지 퍼질 줄은 몰랐어! 정말이야!"

"누구한테 말했는데."

"……그건——!"

"내가 먼저 누군지 이름을 말해볼까? 2학년 A반——."

반이 이미 특정된 것을 알고는 단념한 듯 마에조노가 소리쳤다.

"마, 마사요시! 마사요시한테 말했어!"

"그래. 하시모토지. 네가 누구랑 사귀든 그런 건 상관없어. 하지만 다른 반인 이상 넘어서면 안 되는 선이 있어. 아무리 남자친구가 부탁했다고 해도 말이야. 내 말이 틀렸어?"

"아, 알아…… 아는데, 아는데 이번엔 별로 중요한 정보도 아니었잖아! 마사요시가 왜 정보를 흘렸는지조차 이해가 안 될 정도야!"

하시모토의 입장에서 호리키타 반의 승리와 패배 중 어느 쪽이 더 좋은 일인가 하면 당연히 『패배』를 바라겠지. 만에 하나라도 A반으로 치고 나간다면 사카야나기를 끌어내리기도 전에 또 새로운 장애물이 남고, 내가 반을 이적할 확률도 낮아진다고 판단했어도 이상하지 않다. 내가 대표자가 된다는 사실을 당일에 알고 동요하지 않게, 미리 D반 학생과 접촉해서 귀띔해 줬으리라. 그 정도는 해둬도 손해 볼 것 없으니까.

"중요한지 아닌지, 그 정보의 가치를 정하는 사람은 네가 아니야. 적어도 호리키타는 무척 중요한 정보라고 말했

을 텐데."

"미안, 미안하다니까! 앞으로 안 그럴 테니까! 딱 한 번이야! 정말 몰랐어!"

"초범이라는 말이라도 하는 건가? 일부러 일부 애들만 모아서 나에 관한 나쁜 정보를 퍼트려 반 애들한테 혼란을 주고, 거기서 얻은 정보를 하시모토한테 전달한 건? 그런 사실이 없다는 거야?"

"아──."

연말에 있었던 사건이라지만, 하시모토의 부탁으로 실행했던 일을 기억 못 할 리 없다.

"그건…… 어디서 들었어……?"

"어디서 들었는지가 지금 중요한가?"

"알았어, 알았다니까, 진짜! 앞으로는 그런 짓도 절대 안 한다고!"

"앞으로 또 하시모토가 같이 있기 위해 배신하라고 하면 넌 고민도 하지 않고 배신할 거잖아?"

"그런 짓 안 해! 할 리가 없잖아!"

"미안한데 못 믿겠어."

그렇게 대답한 나였지만, 마에조노도 이번에 크게 당하면서 배운 게 있을 것이다.

자기 반을 생각해, 앞으로 조금은 얌전히 굴겠지.

"안 한다고! 솔직히 말했으니까 이제 그만 용서해줘도 되잖아!"

"그래. 하긴 더 이상은 시간 낭비인가."

마무리 짓기로 결정한 나는 카메라 쪽으로 고개를 돌렸다.

"제 판단은 바뀌지 않아요. 고백을 다시 할 필요도 없습니다. 마에조노는 배신자입니다."

판정을 바꿀 필요가 전혀 없다는 뜻을 다시금 전달했다.

"비겁해! 너 대체 뭐야! 무슨 권리로 이런 비겁한 짓을 해?!"

"참가자가 고백하고, 대표자가 참인지 거짓인지 판단했어. 그 이상도 그 이하도 아니야."

다시 한번 이 대화의 규칙을 가르쳐 주었다.

『……마에조노 양은 퇴실하기를 바랍니다.』

유예를 줘버린 학교 측에서 더는 시간을 끌 수 없다며 개입했다. 마에조노는 여기서 처리해 두는 것이 올바른 판단이다. 하지만 마에조노는 당연히 완강한 태도로 움직이지 않았다.

『아야노코지 군이 사실을 부정한 배신자를 알아맞혔으므로, 마에조노 양은 퇴실 및 퇴학 처분을 받습니다.』

그렇게 결정하는 안내 방송이 흐르자 마에조노가 소리를 질렀다.

"싫어! 취소할 때까지 안 나가!"

"네가 할 수 있는 일은 이번 특별시험에서 하시모토가 퇴학당하길 기도하는 거야. 그럼 여기서 나가도 함께할 수 있는 길이 남아있을지도 모르니까."

단지 개인적 의견을 말해주자면 그런 미래가 올 가망은 희박하다. 하시모토가 퇴학당할지 어떨지와 상관없이, 분명 하시모토는 마에조노를 연애 대상으로 보고 있지 않을 테니까. 자기가 A반으로 졸업하는 데 유리해지기 위해 접근했을 뿐. 정보를 얻어낼 수 없으면 가치가 사라지고, 관계를 계속 유지할 의미가 없다.

가치를 다한 사람은 버림받는다.

"취소해! 지금 당장 취소하라고!"

마에조노를 퇴학까지 시킬 필요가 있는지 많은 사람이 의문을 느끼겠지.

하시모토에게 이용당한 거라고 설득하면 세뇌에서 벗어나기란 그리 어렵지 않다.

정보를 유출한 행동은 비난받아 마땅하지만, 퇴학까지 당할 정도는 아니다.

다만 나에게는 여러 가지로 좋은 기회였을 뿐.

어쩌다 가까이에 있던 마에조노라는 도구를 효과적으로 활용한 것에 불과하다.

단지 그것뿐이다.

"너 절대 용서 안 해!"

계속 악다구니를 쓰는 마에조노를 내버려두고 나는 먼저 전부 정리한 후 돌아가기로 했다.

쫓아오려는 마에조노를 시험관이 말리는 모습이, 문을 닫기 직전에 보였다.

아까도 그랬듯 대화 결과는 안내 방송을 통해 이치노세의 귀에도 들어갔으리라.

그 답은 표정을 보면 일목요연하다.

줄곧 보여주던 부드러운 표정이 마치 다른 사람인 양 썩어 있었다.

"아야노코지…… 어째서…… 마에조노가, 퇴학당해?"

무슨 일이 일어났는지는 대표자로서 잘 알고 있을 것이다.

다만 그 과정이 머릿속에 하나도 그려지지 않겠지.

"그 애는 고백하지 않았어. 그래서 배신자라고 판단했어. 그 결과 그렇게 처리됐고."

"하, 하지만, 알고 있었잖아? 그런데 왜, 그런 행동을 한 거야……?"

"왜──냐고? 내가 이 배신자 시스템을 무효로 하자고 말한 건, 애초에 그걸 이용해서 마에조노를 퇴학으로 내몰기 위해서였어. 그게 전부야."

담합하지 않으면 이치노세가 마에조노를 배신자로 고를 확률은 현저히 낮다. 그래서 같이 입을 맞춰 권리를 버리자고 제안했다. 배신자를 누구로 할지도 정하게 했다. 그렇게 하면 이치노세도 따를 수밖에 없다. 상대방이 그렇게 했으니, 형평성을 기하려면 똑같이 해야 하는 것이다.

"배신자의 권리를 써서 없애자고 너랑 한 약속은 분명 지켰어. 이치노세도 배신자를 고르지 않고 끝내 반 포인트를 50이나 받았잖아. 그러니 우리 사이에는 아무런 문제도 없어. 당연히 앞으로 치를 진검승부에도 지장 없는 거야."

설명하지 않은 부분은 있지만, 이치노세의 반이 불리해진 것은 하나도 없다. 오히려 유리해졌다고 해도 과언이 아니다.

그러나 나와 이치노세의 승패의 행방은 크게 움직였다.

다른 반에서 퇴학자가 나왔으니 기뻐하면 될 일인데 이치노세는 그러지 않는다.

자신도 마에조노의 퇴학에 알게 모르게 가담해 버렸다며 후회하고 있겠지.

게다가 자신은 반 포인트까지 받아 버렸으니.

다만 이번 배신자 사건은 전략의 시작에 불과하다.

내가 이기기 위해 쓰는 전략은 지금부터가 진짜다.

"협력해 줘서 고맙다, 이치노세. 덕분에 편하게 불량품을 처리할 수 있었어."

너무해. 그런 말을 하고 싶겠지만 입 밖으로 꺼내지 못했다.

틀림없이 내게 진짜 호감을 품고 있기에 심한 말을 할 수 없는 것이다.

우리의 대화와 상관없이 토론이 재개되었다.

그러나 이번 토론은 완전히 버렸으므로 지금은 자유 시간이나 마찬가지다.

"다음 토론까지 시간이 좀 걸릴 것 같은데 내가 얘기를 좀 할까."

"얘기……?"

마에조노의 일이 머리에서 떠나지 않는 이치노세겠지만, 지금은 앞으로 나아가야 한다.

이런 일로 좌절하진 않겠지.

지금의 이치노세는 그만큼 만만치 않은 존재가 되어 있었다.

특별시험, 승리를 위해 필요한 능력은 한 가지가 아니다.

호리키타 반, 이치노세 반의 대표자들이 지금까지 어떻게 싸워왔는지 상상해 보기란 어렵지 않다. 모니터 너머에 있는 학생들의 토론을 보면서 아군과 적의 말 한마디 한마디, 일거수일투족을 놓치지 않겠다는 듯 눈을 크게 부릅떴겠지.

특히 자기 반 아이들의 세세한 표정 변화는 대표자에게 유력한 힌트가 될 수 있다.

물론 그렇지 않으면 아무것도 시작되지 않는다.

그렇기에 호리키타는 학생들을 꿰뚫어 보는 압도적 안목을 지닌 이치노세를 강적으로 인식했다.

그리고 맞붙어서 패배해 물러났다. 이는 사카야나기와 류엔의 반도 기본적으로 동일하다.

하지만 그렇게 대결하는 것이 승리의 전부가 아니다.

규칙에는 우등생을 포함한 직책자를 알아맞히는 것만 있지 않다.

전혀 상관없는 사람을 지목하게 만들거나 자멸하게 유

도할 수도 있다.

그러니 그중에는 정신적으로 흔드는 대표자도 어느 정도 있지 않을까.

정말로 그 학생을 지목해도 되겠어?

저 학생이 좀 수상하지 않아?

그런 말로 현혹하는 것이다.

두 가지로 좁힌 선택지를 세 가지로 늘리면 그만큼 실수할 확률도 올라간다.

큰 무대에 익숙하지 않은 학생이라면 그런 말도 다소 효과가 있겠지.

하지만 류엔과 사카야나기, 이치노세와 같은 인물에게는 거의 통하지 않는다.

오히려 평소보다 더 신중해져서, 원래라면 알아보지 못했을 부분까지 알아차려 버릴지도 모른다.

그럼 어떻게 해야 그런 리더 격의 학생의 마음을 흔들고 정상적인 판단 능력을 빼앗을 수 있을까.

머릿속이 온통 특별시험으로 가득하다면, 그 바깥쪽에 답이 있다.

전혀 상관없는 이야기를 해서 또렷한 사고를 무너뜨리는 것이 핵심이다.

몸통을 노린다는 것을 미리 알면 누구나 그곳을 방어할 것이다.

하지만 예상치 못한 곳에서 갑자기 다리를 노린다면 당

연히 대처하기 어렵다.

"기억해? 작년에 우리 학년에서 약간의 사건이 일어났던 것 말이야. 어떤 반의 리더 여자애가 과거에 도둑질을 저지른 적 있었는데, 그게 드러났던."

"나, 말하는구나."

아직 상황을 이해하지 못하는 이치노세를, 다리부터 단숨에 어둠 속으로 끌고 들어갔다.

"그 사건은 의심할 줄 모르는 네가, 마음을 허락한 사카야나기한테 이야기를 털어놓은 게 원인 중 하나였지. 그런데 애당초 학교 전체에 퍼트린 게 정말 사카야나기의 짓이었을까?"

"……무슨 말이야?"

"기숙사 우편함에서 발견된 고발문. 그걸 넣은 사람이 정말 사카야나기였을까. 그런 의문을 단 한 번도 품어본 적 없어?"

"…………."

그때 일을 떠올렸는지 이치노세가 입을 닫았다.

"그 폭로 이전에 소문이 조금 돌았잖아. 이치노세에 대한 심각한 소문 말이야. 폭력, 원조교제, 절도 과거가 있다는 내용이었고. 분명 그걸 유포한 사람이 사카야나기라고 생각했겠지만, 그때까지는 단순한 소문이었고 사실은 거짓말도 많이 섞여 있었어. 그래서 이치노세도 참고 그냥 넘어갔고."

이치노세가 눈을 내리깔았지만, 나는 망설임 없이 계속 말을 이었다.

"그때 내가 좀 더 밀어붙이려고 뒤에서 움직였다면? 그 편지를 우편함에 넣어서 정신적으로 궁지에 몰아넣고 자백하도록 부추긴 사람이 나였다면?"

"무슨, 말을 하는 거야……?"

알아듣기 쉽게 설명해도 이치노세는 이해가 안 되는 눈치였다. 그것도 무리는 아니다.

이치노세뿐 아니라 다른 학생들도 다 사카야나기가 한 짓이라고 믿고 있다. 키리야마를 움직여 호리키타 반을 비롯해 A반 이외의 반에 노골적으로 소문을 퍼트린 것도 영향을 미쳤을 테니까.

"나쁜 농담이라고 생각하겠지. 하지만 절대 아니라고 단언할 수 있어?"

나는 다리를 꼬면서, 지금까지 견고하게 수비해 오던 이치노세에게 물었다.

지난 몇 개월 동안 이치노세는 정신적으로 특이한 변화가 이어져 왔다.

그것이 일종의 여유를 낳았고, 이번 시험에서 강자의 길을 걷게 했다.

그러나 그 바탕에는 나라는 존재가 한몫하고 있다.

만약 그 존재가, 실은 상상했던 것보다도 훨씬 용납하기 힘든 사람이었다면.

아무 주저 없이 배신하고, 마에조노를 퇴학으로 몰아붙인 인간임을 알았다면?

"하지만…… 아야노코지는…… 그런 짓을 해서 얻는 이익이 아무것도 없잖아……."

"그렇지 않아. 사카야나기는 그 단계에서는 경고로 그치고 나중에 협박 재료로 써먹을 생각이었을지도 몰라. 그런데 내가 그 순간 강제로 관여해 그 재료를 가로챘어. 그리고 이치노세를 도우면 필연적으로 나에 대한 신뢰도가 올라가지. 아무리 생각해도 이익은 충분해."

"……믿을 수 없어……."

"믿기 싫은 마음도 알겠지만 그게 진실이야. 뭣하면 시험이 끝난 다음에 사카야나기한테 물어봐도 돼. 그 편지를 우편함에 넣은 게 너야? 하고. 나한테 들은 말을 전하면 솔직하게 대답해 줄지도 모르지."

이제 확실하게 마무리 지으면 끝이다.

"내가 이치노세한테 관여한 지금까지의 모든 일, 전부 다른 의도가 있어서야. 무인도 시험 때도 수학여행의 그날 밤도, 난 오직 나를 위해서만 행동했어. 넌 그냥 나한테 이용당했을 뿐이야. 그리고 1년 전에 했던 약속도——."

직전에 벤치에서 확인했던 그 말마저 이제는 뭐가 진실인지 이치노세는 알 수 없을 것이다.

약속은 분명히 존재하는데도 더는 믿을 수 있는 요소가 없다.

첫 토론이 끝나고 다음 토론을 위한 인터벌에 들어갔다.

『……대표자는 새로운 그룹을 선택하기 바랍니다.』

조심스러운 안내 방송에 따라 나는 적당한 그룹을 골랐다.

이치노세도 뒤늦게 태블릿을 만지고는 있었지만, 표정을 보니 얼이 나가 있었다.

어쩔 수 없다. 이 특별시험 따위, 이제는 머릿속 한구석으로 밀려나 버렸을 테니까.

끌려 들어간 어둠이 참 깊다.

마에조노의 퇴학 사건조차도 지금은 아득한 옛날 일. 희미해졌다고 말해도 될 것이다.

눈앞에 있는 남자는 자기 편이 아니었다. 이해해 주는 사람이 아니었다.

정상적인 사고를 하는 사람일수록 구제할 길 없을 정도로 어둠에 깊이 끌려 들어가는 법이다.

나는 의자를 끌고 원래 있던 자리로 돌아갔다.

옆에서 모니터를 보는 이치노세의 눈에 조금 전까지 깃들었던 빛과 활력은 이제 없다.

모니터를 보고 있지만 머릿속에는 방금 한 대화가 찰싹 달라붙어 있다.

진짜와 가짜. 참과 거짓. 생각하기 싫어도 자꾸 생각해 버리고 만다.

사람은 말로 하지 않아도, 머리를 텅 비우려고 해도 쉽게 되지 않는 생물이다.

시험에 집중해야만 한다고 머리를 굴릴수록 오히려 잡념이 커진다.

종종 머릿속이 새하얘지는 감각이 이치노세를 엄습하고 있으리라.

눈은 확실히 모니터를 보고 있고, 청각도 분명히 작용하고 있다.

그런데도 정보가 정상적으로 뇌까지 도달하지 않는다.

이건 마술도 뭣도 아니다.

인간의 신체 구조, 조직.

심박수와 혈압이 올라가고 말초혈관은 수축한다.

동공이 열림으로써 시야가 좁아진다.

그리고 상대적으로 이성적 기능을 관장하는 전두전야의 작용이 저하한다.

지금 이 상태에서 회복되기란 쉽지 않다.

그러면 이후로는 간단하다.

나는 유유자적 토론을 지켜보고 추리하고 우등생들을 찾아내면 된다.

상대방한테는 더는 배신자를 보낼 비장의 카드도 없다.

아무 일 없이 토론은 이어진다.

시간을 많이 들이지 않아도 이윽고 그때가 찾아온다.

『아야노코지 군이 우등생을 알아맞혔으므로 이치노세 양은 생명을 3 잃습니다. 이 시점에서 생명이 0이 되었으니 이치노세 양의 패배입니다…… 퇴실하기를 바랍니다.』

　힘든 싸움을 조금도 강요받지 않고 호리키타 반은 대승
을 손아귀에 넣었다.

○손꼽아 기다려온 상대

고작 하나에 불과하지만, 카츠라기의 손에 의해 생명이 9로 줄어든 사카야나기.

그런 사카야나기가 있는 교실로, 쉬는 시간이 5분 정도 남았을 무렵 류엔이 살짝 거칠게 문을 열어젖히고 들어왔다.

"오셨네요. 어서 앉으세요."

그를 맞이한 사카야나기는 앉은 채 정중하게 빈 의자를 가리켰다.

류엔은 사카야나기를 흘깃 본 후 한마디 말도 없이 그 의자에 앉아 다리를 꼬았다.

"오늘은 당신이 새롭게 출발하는 날. 부디 여한 없는 시간을 보내시길 바라요."

"너나 그래라, 사카야나기. 이기는 건 나니까."

일단은 견제. 서로의 감정을 가볍게 밀어붙였다.

"설사 저를 이긴대도 당신이 아야노코지 군의 상대가 될지 모르겠네요."

"나 말고 적임자는 없지. 놈을 쓰러트리려면 망설이지 않고 구린 짓을 할 필요가 있어."

"그렇군요. 당신은 자신이 다크 히어로라고 착각하고 계신 것 같아요."

"뭐?"

이야기 속에서 영웅 같은 활약을 하는 캐릭터는 『히어로』.

히어로는 기본적으로 높은 윤리관에 따르는 도덕적 존재이며, 약자를 구하고 악당을 처단하는 선과 정의를 체현한다.

그러나 그런 히어로 중에는 정반대로 악의 성질을 겸비한 자도 있다.

악인의 목숨을 가차 없이 빼앗고, 재물을 노리고 거침없이 날뛰기도 하고, 상식과 윤리의 틀에 갇히지 않는 히어로를 다크 히어로로 정의한다.

"악인이면 응징하면 끝이지만 다크 히어로에게는 히어로의 역할도 주어져요. 그러니까 바꿔 말하자면 그 역시 주인공인 거죠."

사카야나기가 류엔에게 살짝 에둘러 말했다.

"하지만 당신은 주인공으로 적합하지 않아요. 그 사실을 지금부터 가르쳐 드릴게요."

"너야말로 네가 히로인이라도 된다고 착각하고 있는 것 아니야?"

"안심하세요. 저는 히로인이 아니라 주역이랍니다."

아이 같은 유치한 말다툼. 그러나 이 정도는 귀여운 수준으로, 인사의 연장전 같은 느낌이다.

"당신한테 이번 특별시험은 불운이었나요? 아니면 행운이었나요? 시험 내용이 공개되지 않았으니 미리 저속한 전략도 짤 수 없었고, 동시에 스파이와 배신자로 부려먹어야 할 하시모토 군은 제대로 기능도 못 하게 됐고. 그래도 지식과 학력이 요구되는 불리한 장르는 피했고── 다행이었네요."

그렇게 말하고 웃는 사카야나기를 보며, 류엔은 문득 떠올렸다.

"아야노코지와는 소꿉친구 비슷한 관계라고 했었지."

"네, 그게 왜요?"

"난 놈의 꼬마 시절이 도무지 상상이 안 돼. 그놈은 어떤 꼬마였어?"

말하기 전부터 수차례 상상해 보았으나 이미지조차 떠올릴 수 없었던 류엔.

끝을 알 수 없는 엄청난 싸움 실력뿐 아니라 영리한 머리도 일반인과는 비교할 수 없다.

그러면서 아무렇지 않게 한계를 뛰어넘고, 남들은 주저할 행동을 서슴없이 실행에 옮긴다.

"궁금해하는 것도 무리는 아니죠. 아야노코지 군은 특별한 사람이니까."

자기가 칭찬받았을 때보다 더 기쁜지 사카야나기가 웃었다.

"하지만 알려드릴 수 없어요. 저만의 소중한 비밀이라서요."

좋아하며 대답을 거부한 사카야나기를 류엔이 살짝 노려보았다.

"그에 비해 당신의 어린 시절은 상상하기 어렵지 않아요. 주위에 반항하고 마치 자기가 이 세계의 중심이라고 착각하고 폭력으로 모두를 지배해왔겠죠. 지성과 이성 같은 건 무의미한 약점이라며 버렸고요. 수백 번을 져도 마지막에 이기면 그만이라는——."

"그게 나인데."

"후후, 나쁘다는 말은 아니에요. 그런 사람이니까 아야노코지 군에게 다시 도전하려고 하는 거고요. 쉽게 좌절해 버리는 평범한 사람은 그럴 의욕조차 나오지 않는 법이잖아요. 다만 저한테는 그런 패배자 근성 같은 게 없지만요."

"그럼 넌 아야노코지한테 이길 수 있냐? 미안한데 그렇게는 안 보여."

"의외네요. 이래 봬도 전 그보다 뛰어나다고 생각하는걸요. 그걸 증명하기 위해, 걸리적거리는 당신은 사라져 줘야 하고요."

어디까지나 위에서, 높은 위치에서 아야노코지를 맞이하려 하는 사카야나기.

반면, 아래에서부터 기어 올라가 아야노코지를 끌어내리려 하는 류엔.

두 사람이 서 있는 위치는 완전히 정반대였다.

인터벌의 카운트가 0이 되고 두 사람에게 그룹 선택의 시간이 왔다.

태블릿 상의 다섯 개로 나눠진 그룹 일람을 본 사카야나

기는 우선 한 그룹을 제외했다.

바로 하시모토 마사요시가 속한 그룹이었다. 선봉과 중견한테도 넣지 말라고 신신당부해 두었었다. 배신할 게 확실한 하시모토지만 선택하지 않으면 배신할 방법이 없다. 그런 관점에서 보면 이번 특별시험의 규칙은 사카야나기에게 유리하다고 할 수 있다.

"저는 배신자 권리를 행사하겠어요."

대장전. 첫 토론부터 사카야나기가 공격적으로 나섰다.

사카야나기의 생명은 9, 류엔의 생명은 10인 수치만 놓고 봤을 때 약간 류엔의 우세로 시작하는 것이 괜스레 싫었을까. 아니면 다른 의도가 있을까. 좌우지간 아직 류엔이 이 특별시험의 사정을 모르는 상황까지 이용한 선제공격이었다.

"크큭, 첫판부터 그렇게 나오시겠다? 의욕이 넘치는군."

"시간 길게 끌 생각 없답니다. 첫 토론에서 승부를 보려고요."

"그거 아냐? 그런 비장의 카드는 먼저 쓰는 쪽이 진다는 이론이 있다는 거."

"그럼 그 이론을 뒤집어 보일까요?"

사카야나기는 과감한 눈빛을 이제부터 토론이 시작될 모니터 너머로 보냈다.

1

제1토론

참가자
2학년 A반
야나기바시 모토후미 이시다 유스케 시마자키 잇케이
토바 시게루 타미야 에미 모리시타 아이 타카나시 코우

2학년 C반
이시자키 다이치 카네다 사토루 코미야 쿄고 나카이
즈미 쇼헤이 스미노쿠라 마미 타카라지마 미코 하타테
카오루

　중요한 대장전의 막이 올라가고 첫 토론. 심지어 곧바로
행사한 배신자 권리까지.
　이때 류엔의 C반에 배신자가 한 명 섞였다.
　다들 먼저 입을 열기 꺼리는 상황 속에서 제일 먼저 나
선 사람은 A반 모리시타 아이였다.
　"이시자키 다이치. 우선 본인이 우등생이 아니라는 걸
확실하게 증명해 주겠어요?"
　"앗, 으앗, 나, 나 말이야?! 왜 갑자기 나야?!"
　"제일 의심스러운 사람부터 물어보는 건 형사도 탐정도

다 똑같이 하는 행동이에요."

섞여 있는 배신자도 신경 쓰일 텐데 그 부분은 조금도 언급할 기색이 없었다.

흐름에 따르듯 모리시타를 비롯한 모두의 시선이 이시자키에게 쏠렸다.

"말도 안 돼…… 아니, 나는 우등생이 아니야!"

"그러니까 증명하라고요."

"그걸 어떻게 해! 어떻게 증명하면 되는데!"

"만약 우등생이면 나중에 혀 깨물고 죽겠다고 약속하는 건 어때요?"

"뭐, 뭐야?! 대체 뭔 소리를 하는 거야!"

계속해서 추궁하는 모리시타 때문에 당황한 이시자키였는데, 카네다가 곧바로 끼어들었다.

"잠깐만요, 모리시타 씨. 이시자키 씨, 대답할 필요 없어요. 그런 무지막지한 방식은 인정할 수 없으니까요. 어디까지나 이 토론에서 완결되는 이야기를 하죠. 형사나 탐정이 초기에 정석대로 쓰는 방법을 예로 들겠다면 제일 먼저 목소리를 낸 인물을 의심해야 합니다. 당신이 우등생이 아니라는 확실한 증명을 부탁하고 싶네요."

그렇게 말하고 안경을 고쳐 쓴 카네다는 이시자키에게 쏠렸던 시선을 모리시타에게로 돌렸다.

"이 토론의 규칙으로는 확실하게 증명할 방법이 없는데요?"

불과 조금 전까지 이시자키에게 확실한 증명을 요구하고서 황당하게도 그런 대답을 내놓는 모리시타.

"그럼 그런 난제를 이시자키 씨에게 다짜고짜 들이밀었다고요?"

"다 들통날 것 같은 얼빠진 얼굴이길래요."

"누가 얼빠진 얼굴이라는 거야?!"

"진정하세요. 사카야나기 씨를 이기려면 그에 맞는 수단을 써야 합니다. 반대로 류엔 씨를 이기기도 똑같이 어렵고요. 모리시타 씨는 자기 반 리더를 이기게 하려고 당신을 도발하고 있는 겁니다. 카메라 너머에서 대결하고 있을 류엔 씨의 승리를 원한다면 지금은 차분해져야 해요. 그녀의 언동에 휘둘리면 그녀가 바라는 대로 되는 거예요."

카네다는 분통을 터뜨리는 이시자키를 달래서 진정시키는 데 성공했다.

"나, 계속 다른 사람들이 토론하는 걸 보고 깨달았는데 말이야, 우등생끼리 눈이 마주치는 인상이 있어. 코미야랑 타카나시, 토론 시작하기 직전에 서로 쳐다봤지?"

A반의 타미야가 두 사람에게 노골적으로 의심의 눈길을 보냈다.

"아, 그러고 보니. 나도 그거 좀 수상하게 느꼈어."

보조를 맞추듯 나카이즈미도 연신 고개를 끄덕이며 말했다. A반과 C반으로 적대 관계인데도 그런 느낌이 들지 않는 맞장구였다.

"저기 말이야. 이시자키한테 주목이 모였을 때, 특히 코미야가 안도하는 것 같지 않았어?"

좌우지간 우등생은 그 두 사람 같다고 주위에 자꾸 어필하는 타미야.

그게 진심일까, 아니면 자신이 주의에서 벗어나기 위해서일까.

토론에는 처음 참여하는 건데도 지금까지는 방관자로서 토론 방식을 배웠다.

우수한 학생들은 그 경험으로 기른 스킬을 구사해 토론을 진행했다.

배신자라는 존재는 대표자들의 대결에서는 불리한 요소지만, 배신자와 그 반 아이들에게는 큰 혜택이 있다. 그렇기에 두 반 참가자 모두 억지로 추궁하지는 않았다.

2

모리시타의 기습으로 시작된 토론은 5분이 지나 대표자들의 지목으로 이어졌다.

"시작부터 아주 거친 토론이었군."

"그러네요."

둘 다 우선은 가만히 지켜보면서 느낀 소감을 나누었다.

"자── 어떻게 할 거예요, 류엔 군. 그럴듯한 힌트는 몇 가지 있었는데요."

먼저 배신자 권리를 행사했듯 이번에도 사카야나기가 먼저 움직였다.

조금 전 토론에서는 몇 가지 단서가 될 법한 정보가 벌써 튀어나왔다.

타미야의 증언처럼 눈빛 교환을 했던 코미야와 타카나시. 그리고 그 시선을 지적한 타미야와 나카이즈미. 이 둘 중 하나는 우등생 콤비일 가능성이 충분히 있으리라.

다만 절대라는 보장은 당연히 없다. 그 이상도 그 이하도 아닌 힌트만 주어진 상황에서, 제1라운드부터 공격적으로 나가는 것은 상당히 위험하다.

그러나 류엔이 여기서 패스를 선택하면 라운드 종료 후 사카야나기는 배신자의 효력에 따라 참가자 한 명의 정보를 자동으로 얻을 수 있다. 그것을 막으려면 대화를 써서 배신자를 제외해야 한다. 또 류엔은 지목을 강행한다고 해도 배신자는 반드시 피해야 할 필요가 있다. 잘못해서 지목해버리면 생명을 두 개 잃는 데다 사카야나기의 배신자 권리가 부활하고 말기 때문이다.

그렇게 되면 자기 반 학생은 필연적으로 지목하기 힘들어진다.

류엔은 한마디도 하지 않고 침착하게 조금 전의 토론을 회상했다.

누가 거짓말을 했고 누가 진실을 말했는지.

일시적으로 리더의 자리에서 물러난 적은 있지만, 지금까지 2년 동안 어쨌든 반의 왕으로 군림해왔다.

지금 그 진가를 발휘할 때다.

가진 시간을 다 써서 지목을 마치고 드디어 답을 대조할 시간이 찾아왔다.

『류엔 군이 잘못 지목하였으므로 생명을 1 잃습니다.』

패스를 고른 사카야나기와 달리 지목을 고른 류엔은 위험한 줄 알면서도 타미야가 우등생이라고 판단했다. 그래도 손해라고 여기지 않고 필요 경비로 결론지었다.

상대가 배신자 권리를 써서 공격한 이상, 앞으로 나가야만 한다.

"유감이네요. 틀리고 말았어요."

"별일 아니야. 그런데 잘난 척하더니 너도 나중으로 미뤘네?"

"후후, 그럴지도 모르죠. 급할수록 돌아가라고 했으니까요."

부정하지 않고 순순히 고개를 끄덕이는 사카야나기였는데, 그녀 입장에서는 급하게 굴 필요가 하나도 없다.

오히려 직책자를 너무 일찍 맞히기 아깝다는 생각마저 했다.

그런 의미에서 토론이 빠르게 진행되는 것을 원하지 않았다.

그런데 제1라운드에서 예상치 못하게 우등생일 가능성

이 있는 페어가 둘이나 나와버린 것이다. 만약 이 시점에서 우등생을 한 명 맞혀 버린다면 필연적으로 다음 라운드에서 나머지 한 명이 표적이 될 것이다. 그렇게 되면 무승부가 될 확률이 높다. 배신자 권리가 사라져 버리는 것을 생각하면, 조기 지목은 균형이 맞지 않는다고 판단했다.

한편 류엔으로서는 빨리 토론을 끝내 리셋하거나 배신자를 찾아내고 싶을 터.

그리고 대화 권리를 누구에게 어떻게 행사할지도 아주 중요했다.

생각할 기회를 늘려 괴롭게 만드는 노림수도 있어서 사카야나기가 보류를 고르는 것은 당연했다.

『지금부터 대화를 위해 류엔 군은 일시적으로 퇴실하기를 바랍니다.』

지체 없이 대화를 고른 류엔은 배신자를 색출하기 위해 바로 움직였다.

"부디 무운을 빌어요."

이렇게 했는데 류엔이 잘못 판단한다면 생명을 더 잃을 위험도 있다.

그런 사카야나기가 배신자로 고른 사람은 타카라지마 미코. 그리고 류엔이 대화 상대로 고른 사람은 나카이즈미였다. 요컨대 이 시점에서, 이번 라운드의 배신자 찾기는 어디로 굴러가든 성공하지 못함을 의미했다. 자리에서 일어나 교실에서 나간 지 불과 2분 정도 만에 류엔이 돌아왔다.

딱 한 마디 『네가 배신자냐?』 그렇게 물은 것만으로 답이 나왔기 때문이다.

류엔에게 거짓말하면 즉시 퇴학에 내몰릴 위험성이 있다.

위험을 무릅쓰면서까지 지켜야 할 프라이빗 포인트와 반 포인트란 없다.

배신자가 아니라고 판단했기에 생명은 잃지 않고 9 그대로. 우등생의 지목으로 한 사람이 퇴실해야 하지만, 교사가 방어에 성공했다며 퇴실자는 없다는 소식이 들어왔다. 그 후 배신자가 여전히 토론에 남아있는 사카야나기는 한 사람의 배역 정보를 얻었다.

사카야나기의 태블릿에 뜬 것은 모리시타 아이가 졸업생이라는 사실. 토론은 진전 양상을 보이고 있는데, 이 정체가 밝혀진 것은 호재였다. 유능한 모리시타가 섣불리 그 능력을 계속 가지고 있으면 토론의 전개가 빨라질 우려가 있기에 지목이 시급했다.

제2라운드가 시작되자 또 모리시타의 추궁이 시작되었다. 누구의 정체를 알아봤는지는 모니터 너머로는 알 수 없다고 해도, 새로운 배역 찾기에 돌입했다는 것이 드러나고 있었다.

대표자의 지목 시간이 되자 사카야나기는 망설임 없이 모리시타를 졸업생으로 지목. 이번 턴에서 배제가 결정되었다. 한편 류엔 역시 모리시타를 지목했다. 다만 여기서는 우등생이 아니라고만 판단해 쓸데없는 리스크는 피했다.

『모리시타 양을 류엔 군은 직책 있음으로, 사카야나기 양은 졸업생으로 알아맞혔으므로 류엔군은 생명을 1 잃습니다.』

둘 다 맞히긴 했으나 배역까지는 좁히지 못한 류엔의 생명이 8로 점점 줄어들었다.

배신자가 숨어 있는 C반에 손을 대지 않는 사카야나기와 손을 댈 수 없는 류엔.

이번에는 카네다를 대화에 호출했고 또 같은 시간에 돌아왔다. 배제할 수 없는 배신자의 효력에 따라 이번에는 시마자키가 하급생이라는 정보가 사카야나기에게 들어왔다.

여기서 사카야나기는 싸움 방식을 한 번 정리했다. 유익한 정보를 가져다주는 배신자이지만, 우등생이나 일반 학생이 전원 배제되어 버리기 전에 류엔이 찾아냈으면 했다. 배신자의 생환을 허용하면 막대한 프라이빗 포인트, 또는 무시할 수 없는 반 포인트를 획득해 버리기 때문이다.

현재까지 확실하게 퇴실한 것은 류엔이 지목에 실패한 타미야 그리고 졸업생 모리시타 두 사람. 남은 사람은 열두 명. 다음 제3라운드에서도 틀림없이 류엔은 지목하겠지.

그 예상은 맞아떨어져서, A반의 시마자키를 직책 있음으로 지목했다. 사카야나기도 시마자키를 하급생으로 지목. 같은 학생을 지목함으로써 우등생이 새로 한 명을 내보내지 않도록 한 전략이 먹혔다.

『시마자키 군을 류엔 군이 직책 있음으로, 사카야나기

양이 하급생으로 알아맞혔기 때문에 사카야나기 양의 생명이 1 늘어납니다.』

하급생임을 맞혔으니 원래 사카야나기의 생명은 두 개 회복되어야 하지만, 류엔도 직책 있음으로 지목에 성공했기 때문에 그만큼 상쇄해 생명이 하나만 늘었다. 그 결과 10개로 회복했고 시마자키의 퇴실이 결정되었다.

그 후 류엔은 다음 대화 상대로 스미노쿠라를 지목. 또 빗나간 선택이었다.

여기서 사카야나기에게 새롭게 알려진 다음 정체는, 상급생인 카네다였다.

이어지는 제4라운드. 사카야나기는 지금이 하나의 판단 포인트라고 여기고 카네다를 상급생으로 지목. 한편 류엔은 또 승부를 걸었다. 초반부터 의심스러웠던 타카나시를 우등생으로 지목한 것이다.

『류엔 군이 타카나시 양이 우등생인 사실을 알아맞혔으므로 사카야나기 양은 생명을 2 잃습니다. 사카야나기 양은 카네다 군이 상급생인 사실을 알아맞혔습니다. 또 사카야나기 양에게 새로 두 명의 배역을 랜덤 공개합니다.』

사카야나기는 생명이 8까지 줄었지만, 곧바로 태블릿에 두 명의 정보가 떴다.

코미야와 토바가 일반 학생임이 드러났다. 이렇게 해서 생명은 8 대 8.

네 번째 대화에서 마침내 류엔은 타카라지마를 불러내

배신자의 정체를 알아보는 데 성공.

남은 참가자들로 우등생이 좁혀진 사카야나기는 제5라운드에서 야나기바시를 우등생으로 지목했고 류엔은 이시다를 직책 있음으로 선택한 결과, 우등생이 0명이 되면서 토론이 종료되었다.

사카야나기의 선제공격은 그럭저럭 성과를 거뒀다고 말해도 좋을 것이다.

이제 류엔에게 남겨진 생명은 6. 사카야나기는 8.

시작했을 때를 떠올리면 역전해서 리드하고 있는 셈이다.

토론 도중에는 거의 대화도 없이 조용히 지목 대결만 펼친 두 사람.

"다음 토론 때는 배신자 권리를 꼭 사용하셔야겠네요. 구슬이 서 말이라도 꿰어야 보배랬는데 너무 아깝잖아요."

"글쎄다."

물론 배신자는 사용하는 대표자를 우위에 서게 만들기 위한 시스템이지만, 류엔은 쓰고 싶어도 쓸 수 없는 사정이 있다. 비장의 카드로 쥐고 있는 게 아니라, 어떤 이유 때문에 스스로 족쇄를 채우고 봉인하는 쪽을 택했다.

배신자의 권리가 소멸하는 다음 토론에서는 최소 대등하게 겨뤄야 한다.

제2토론

참가자

2학년 A반

시미즈 나오키 마치다 코지 요시다 켄타 후쿠야마 시
노부 모토도이 치카코 야노 코하루 록카쿠 모모에

2학년 C반

콘도 레온 스즈키 히데토시 토키토 히로야 노무라 유
지 아사가야 마이 시이나 히요리 후지사키 린나

일부러 대표자로 뽑지 않아서 토론을 우위로 가져가려
고 생각한 시이나의 그룹을 골랐다.

불리한 상황을 바꾸는 전개를 만들어달라는 발원도 다
소 담겨 있었다.

그 기대와 달리, 사카야나기는 C반의 멤버 구성을 보고
미소 지었다.

어떻게 될지는 몰라도, 장치한 폭탄을 터트릴 기회가 왔
기 때문이다.

3

두 번째 토론이 시작되었다. 처음 1분 동안은 다른 토론
과 비슷한 양상을 띠었지만, A반 시미즈의 한 발언을 계기

로 분위기가 급변했다.

"우리가 하는 토론이 대표자들의 대결에 어떤 영향을 미치는지 몰라. 그러니까 할 수 있는 것을 하는 게 우리 참가자들의 대결인 거지. 하나 생각난 걸 말해볼게. 앞선 토론에서 배신자 권리를 사카야나기가 행사했나 보던데, 난 이번 토론에 쓸 줄 알았거든. 류엔을 죽을 만큼 싫어한다는 소문의 토키토가 있으니까 말이야."

"내가 류엔을 싫어하는데, 그게 뭐? 그거랑 지금 토론이랑 무슨 상관이야?"

"꼭 있다고는 말 안 했는데. 그냥 배신자로 잘 어울린다고, 그렇게 생각했을 뿐이지."

참가자들의 토론에는 A반도 C반도 없다. 자기가 맡은 배역을 완수하는 게 전부다.

그런데 시미즈는 토론과 상관있는 듯 없는, 존재하지 않는 배신자 이야기를 꺼냈다.

"그거 지금은 상관없는 얘기잖아, 시미즈."

토론에 두 번 참가한 그룹인 만큼 처음 하는 C반보다 차분한 태도로 후쿠야마가 지적했다.

"갑자기 생각났는데 어떡해. 토키토의 입장에서는 류엔이 이겨도 달갑지 않은 것 아닌가? 아니면 그 녀석이 무서워서 계속 고분고분 따르는 것뿐이야?"

틀림없는 값싼 도발. 막말은 쓰지 않으면서도 토키토를 깎아내리는 말이 섞였다.

"······시끄러워, 시미즈. 입 다물어."

"미안하지만 못 다물겠는데. 토론에서 발언은 자유니까. 참가자들의 배역을 추리하기 위해 필요한 일이라는 게 내 나름의 판단이야. 아무리 봐도 여러 가지로 수상하잖아. 너 말이야."

토론장이 조금씩 어수선해졌다.

시미즈의 도발에 토키토가 덤벼들면서 금방이라도 주먹다짐이 일어날 것 같았기 때문이다.

두 사람과 제일 가까이에 있는 A반 모토도이가 말리려고 허둥지둥 일어나려고 했는데, 그런 그를 마치다가 붙잡았다. 지금은 그냥 내버려두는 게 상책이라는 표정으로 어필했다.

"내 어디가 수상하다는 거야?"

노골적으로 불쾌함, 아니 불쾌함을 넘어 분노를 드러내며 토키토가 노려보았다. 그래도 시미즈는 토키토에 대한 발언 수위를 낮추려고 하지 않았다.

"말 안 해도 알겠지. 평소에 류엔이랑도 자주 다퉜고."

"영문을 모르겠네. 그 자식이랑 다툰 게 뭐가 어쨌다는 건데."

아무리 생각해도 이 토론과 상관없다고 지적했다. 그러나 시미즈는 물러나지 않았다. 왜냐하면 처음부터 상관없는 걸 알면서 토키토를 노린 것이기 때문이다.

"너, 류엔을 끌어내리려고 다른 반 애랑 손잡았다는 소문도 돌아."

"헉…… 정말? 토키토, 이 말 진짜야?"

지금까지 가만히 듣고만 있던 후지사키가 자기도 모르게 묻고 말았다.

"……시미즈의 거짓말이지, 당연히."

"정말로 거짓말 맞아? 너네, 너희 반 애를 조심하는 게 좋을걸. 토키토는 반드시 배신하니까."

"시끄러워. 아까부터 자꾸 뭐라는 거야!"

점점 흥분한 토키토가 언성을 높였다. 걸려들었다고 생각한 시미즈는 토키토를 더욱 부추길 화제를 꺼냈다.

이때부터는 의미 없는 비난에 가까운 대화가 두 사람 사이에서 계속 반복되었다.

학생 대부분이 말리지도 못하고 난감한 얼굴로 지켜보기만 했다.

누가 우등생이고 누가 직책자인지, 그런 말은 5분 동안 단 한 번도 나오지 않았다.

4

어수선한 분위기 속에서 끝난 첫 토론을 지켜본 사카야나기가 미소를 지었다.

"자. 어때요, 류엔 군. 제2라운드, 첫 토론이 끝났는데요.

바로 지목할 생각은 없으신 건가요? 아니면 지목할 만한 재료를 못 찾은 건가요?"

상대방의 반응을 보고 싶다는 듯 시미즈, 토키토의 험악한 분위기는 굳이 언급하지 않고 놀리듯이 말했다.

"넌 어때, 사카야나기. 나는 신경 쓰지 말고 지목해. 간단하잖아."

"그럴 수는 없지요. 지목해버리면 바로 퇴실자가 늘어나요. 그럼 재미가 없잖아요. 아니면 신경 쓰이는 인물을 일찌감치 처리해 버려요? 다행히 저는 배신자 권리를 이미 다 써버렸으니."

"시미즈는 네가 작업한 건가."

"그에게만 한 게 아니랍니다. 저는 특별시험 전부터 여러 학생과 얘기할 기회가 있어서, 토키토 군이 약점이 될 가능성이 있다고 귀띔해 뒀거든요."

조금이라도 사카야나기와 반에 도움이 되고 싶어 하는 시미즈가 토키토에게 벌인 집요한 공격.

"유감스럽게도 이번 규칙으로는 효과적인 의미를 지닐 수 없게 됐지만, 솔직히 제 조언을 들은 뒤에 한 그의 순종적인 행동은 높이 평가하고 싶네요."

음성이야 지금은 끊겨 있지만, 토키토는 분명 초조해하고 있었다.

"우리의 승부에 그의 폭주는 큰 영향을 미치지 못하겠죠. 하지만 토론에 참가한 C반 분들과 토론을 지켜보는 반 학생들은 어떨까요. 토키토 군이 어떻게 나오느냐에 따라 장차 원한을 남길 수도 있답니다."

이 제1라운드에서는 그런 토키토를 공격하는 시미즈한테서 의심스러운 구석을 찾아볼 수 없었고, 현재까지는 양쪽 모두 직책자라고 판단하기 어려웠다. 하지만 성가신 문제를 처리하려는 감정이 강하게 작용할 가능성도 있다.

"다만—— 토키토 군을 지목하면 류엔 군이 굉장히 싫어할 거라는 건 눈치챘지만요."

태블릿 조작을 마친 사카야나기가 결정을 망설이는 류엔을 바라보았다.

시미즈인가 토키토인가, 아니면 무난하게 패스인가. 또는 그 이외의 누군가인가.

류엔이 내린 결론은……. 조작을 마치고 태블릿을 책상에 슬쩍 내던졌다.

"혹시 패스했어요? 지금 저 두 사람을 지목하는 건 당신의 자존심이 허락하지 않죠?"

"네 값싼 도발에 응할 생각 없어."

"그럼 둘 중 한 명을 지목했다고요?"

그 직후 나온 안내 방송에 따라 두 사람이 선택한 답이 드러났다.

『사카야나기 양, 류엔 군, 두 사람 모두 아사가야 양을 직책 있음으로 지목했습니다. 따라서 이번 지목은 무승부입니다.』

"아무래도 놓치지 않았나 봐요. 조금 전 토론에서는 시미즈 군과 토키토 군 둘 다 유난히 튀어서 이목을 끌었는데, 그 뒤에서 아사가야 씨가 노골적으로 좀 들떠 했었잖아요. 자신의 존재감이 희미해지니 고마웠겠죠."

토키토의 소동을 무시할 수 없는 류엔이었지만, 꼼꼼하게 넓은 범위를 살폈던 것이다. 사카야나기가 패스할 분위기도 풍겼지만, 넘어가지 않고 결단을 내렸다.

"하지만 소란을 부린 두 사람이 남으면 다음 라운드 이후에도 계속 문제가 될 거예요."

"글쎄다. 난——."

뭐라고 말하려던 류엔에게 되묻는 사카야나기였지만, 류엔은 입꼬리를 올린 채 모니터로 시선을 돌렸다. 그 대답은 화면 너머에 있다, 라고 말하고 싶은 듯이.

5

제2라운드는 다시 토키토를 노린 시미즈의 발언으로 시작되었다.

"역시 토키토가 수상하다 싶은데, 나는. 네가 우등생 맞지?"

"아니라니까……."

쉬는 시간이 있었던 만큼 조금 안정을 되찾은 토키토가

부인했다.

그러나 시미즈는 집요하게 토키토만 계속 도발했다.

다른 학생이 말하려고 해도 막고 토키토, 토키토, 오직 토키토에게만 이야기했다. A반이 하나로 똘똘 뭉쳐 똑같이 행동하면 문제가 되겠지만, 어디까지나 시미즈 혼자.

"좀 적당히 해, 시미즈!"

"뭐, 뭐야, 무섭게. 난 그냥 토론하고 있는 것뿐이잖아, 네가 수상하다고."

"그럼 이유를 대!"

"이유? 이유 말인가. 그야 아무렇지 않게 반을 배신하는 점이라든지? 만장일치 특별시험 때는 류엔을 퇴학으로 몰고 가려고 했던 모양이고. 아무리 마음에 안 들어도 그렇지, 반의 리더한테 할 짓은 아니지 않나?"

"누구한테 들었어, 그거."

그렇게 물은 사람은 마치다였다. 정말로 소문의 출처를 알고 싶어한다기보다, 이미 알고 있다는 것이 전제에 깔린 말투가 분명했다.

"그건 말 못 하지. 류엔 반에는 입 싼 놈이 많으니까. 그나저나 하극상에 실패하고도 잘도 학교에 나오네. 나 같으면 창피해서 등교 못 할 지도 모르——."

"작작 해라."

어떻게든 참으려 했던 토키토가 결국 허용 한계를 넘어섰는지 자리를 박차고 일어섰다. 자기 의자가 넘어져도 아랑곳하지 않고, 떨어진 곳에서 전혀 입을 닫으려고 하지 않는 시미즈에게 바짝 다가섰다.

"……이건 토론이야, 토키토. 난 그냥 규칙 내에서 배역을 찾고 싶어서 말하고 있는 것뿐이고. 그걸 막을 권리는 너한테 없어."

토키토의 박력에 기가 눌리면서도 시미즈는 물러서지 않았다.

오히려 폭력을 쓰게 만들 수 있다면 확실하게 자기 반에 도움이 된다. 그런 의미에서는 계속 부추기는 데 의미도 있다며 끝까지 도발하기로 마음먹었다.

"어차피 다음에 잘릴 사람은 너야. 그러니까 차라리 그 전에 류엔을 배신해라."

말로 안 되면, 하고 힘을 실어 들어 올린 주먹.

이 주먹을 시미즈에게 휘두르면 입을 다물게 할 수 있다. 류엔은 페널티를 받겠지만, 싫은 사람이 난처해져 봐야——.

"토키토 군. 주먹 내려 주시겠어요?"

아무도 토키토의 편이 아니다.

그런 분위기 속에서, 소리 없이 옆으로 다가간 시이나가 그의 부들거리는 손을 조심스레 붙잡았다.

"시미즈의 말에 화가 나지만, 절반은 사실이긴 해. 난 류엔 놈이 마음에 안 들어. 내친김에 이딴 시험, 다 엉망진창으로 만들어 버려도 돼."

자포자기하듯이 말한 후, 비키라면서 시이나를 노려보

았다.

"그럼 저를 힘으로 떨쳐내면 되지 않나요?"

"……그러길 원해?"

"토키토 군이 그럴 수 있다면요."

"그렇다면……!"

주먹에 힘을 꽉 주었지만, 시이나는 조금도 겁먹지 않았다.

정말로 주먹을 휘두를지도 모른다고 느끼게 하려던 토키토의 의도는 통하지 않았다.

"토키토 군은 그런 사람이 아니니까요."

"그걸 네가 어떻게 알아……."

"류엔 군이 그랬어요. 토키토 군은 여자한테 난폭한 짓은 절대 안 한다고."

"뭐라고? 류엔 녀석이……?"

"저와 토키토 군이 같은 그룹이 된 건 분명 우연이 아니에요."

"……그게 무슨 말이야."

"류엔 군은 이런 일이 일어났을 때를 대비해 저를 이 그룹에 넣었다고 생각해요."

"그 녀석이……?!"

순간 놀랐지만, 그 이유를 헤아리고는 바로 납득했다.

"처음부터 날 믿을 리가 없으니까. 시이나한테 감시시키기 위해서인가?"

"정말로 믿지 않아서 그럴까요? 토키토 군이 곤경에 빠졌을 때 도와주기 위한 배려라는 생각은 안 드세요? 만약 싫었다면 이렇게 중요한 특별시험의 토론에서 이 그룹을 지목할 필요는 없죠."

"그건——."

실제로 다른 그룹이 호명될 때 토키토는 생각했다.

자기 그룹을 써야 할 의무가 없다면 시험에 나갈 일은 없겠다고.

"당신이 필요한 거예요, 토키토 군. 여기서 페널티를 받을 행동을 하면 류엔 군의 신뢰를 잃을 뿐만 아니라 반에 토키토 군의 자리가 없어질 거예요."

"……어차피 내 자리 따위……."

"있어요. 지금까지도 그랬고 앞으로도."

시미즈를 때리려고 꽉 쥐었던 주먹이 점점 풀렸다.

분위기상 다시 토키토에게 쏘아대기 힘들어진 시미즈.

그래도 어떻게든 다시 한번 화나게 하려고 생각했고, C반 학생이 책임을 물으려고 하면 바로 반격할 태세를 갖추었다.

"그럼 시미즈한테 사과 정도는 받자고."

그런 말을 들을 이유가 없었다며 콘도가 불만을 드러냈다.

"부추긴 시미즈 군에게 문제가 없다는 건 아니에요. 하지만 뒤에 사카야나기 씨의 그림자가 있어서 그랬겠죠. 그를 탓하는 건 좀 아닌 듯한 느낌이 들어요."

시이나는 그래야만 했던 시미즈의 사정까지 배려하며, 비난하려고 하지 않았다.

이 한마디에 토키토와 콘도 그리고 시미즈까지도 반전 공세를 펼치기 어려워졌다.

"자, 아직 시간도 좀 있어요. 토론을 계속 이어가 볼까요?"

얼어붙었던 공기도 다 어디로 가고, 점점 분위기가 나아지는 실내. 토키토는 말없이 시이나를 향해 고개 숙여 사과한 다음 자기가 넘어뜨린 의자를 일으켜 도로 앉았다.

6

일촉즉발. 폭력 사태 및 페널티의 위험까지 갔던 제2라운드는 시이나의 헌신적 노력으로 무사히 넘어갈 수 있었다.

이게 단순히 우연이 불러일으킨 기적이 아님을 사카야나기는 바로 알았다.

"──그렇군요. 토키토 군이 반에 불만이 있다는 거. 그 사실을 제가 이용할 걸 예측했다는. 그래서 시이나 씨를 토키토 군과 같은 그룹에 배치했나요?"

"토키토가 폭주해버리면 막기 쉽지 않거든. 보다시피 다른 놈들은 불에 기름만 부을 뿐이야. 누굴 들이밀어도 기본적으로는 비슷하지."

"그런데 왜 시이나 씨는 말릴 수 있다는 거죠?"

"크큭. 저놈은 너한테 뽕 갔던 것처럼 여자한테 약하거든. 치켜든 주먹을 여자한테 휘두를 만큼 간이 크지 않다고."

"반란 분자를 미리 처분할 생각이 아니었나요?"

"토키토의 폭주 따위는 반란도 아니지, 그냥 불장난이야."

"그에게 성장할 자리를 마련해 준 거라니──. 보기와 다르게 아주 친절하시네요."

"어디 있는 누가 그런 걸 좋아하는 것 같더라고."

환경에 있는 것을 활용해 남을 성장하게 만든다. 아야노코지가 잘 쓰는 수법이다.

비슷한 듯 전혀 다른 사람인데, 류엔에게서 아주 조금 아야노코지의 기운을 느낀 사카야나기.

그런 류엔을 상대하고 있는 자신이 생각했던 것보다 훨씬 즐거워하고 있다는 걸 알았다.

"하지만 똑같은 건 생일뿐이면 좋겠어요."

예상하지 못한 지적에 류엔이 웃었다.

"핫, 그딴 건 내 알 바 아니지. 그건 그놈이 따라 한 거잖아."

대표자에서 제외한 시이나를 잘 활용하고 토키토의 현재 입장을 A반이 이용하는 것까지 계산에 넣었다는 점. 사카야나기는 류엔의 전략에 순수하게 감탄했다.

물론 위태로운 면이 없는 것은 아니지만 그 또한 이 남자다운 구석일까.

이 특별시험의 구체적 승패에 좌우할지 아닐지와는 별

개로, 적어도 A반과 C반이라는 관점에서는 류엔 쪽이 상승 기류를 탄 모양새다.

『두 사람 모두 패스를 골랐으므로 우등생의 지목으로 넘어가겠습니다.』

이번 라운드에서는 둘 다 패스를 선택. 시이나가 타깃이 되어 사라지게 되었다. 그리고 다음 제3라운드에서 시미즈가 다시 토키토를 물고 늘어졌지만, 토키토는 더 이상 화내지 않았다. 시이나의 기대를 배신할 수 없다, 그런 결의가 화면 너머로 느껴졌다.

『류엔 군, 사카야나기 양 모두 마치다 군이 우등생인 사실을 알아맞혔으므로 무승부입니다.』

패스를 한 번 넣어 또 비긴 두 사람. 토키토를 도왔던 시이나가 바로 나가면서 정체되어 있던 토론에 속도가 붙었다.

"이러면 시미즈 군의 지목도 피할 수 없겠네요."

"나도 같은 생각을 하던 중이야."

서로 한마디씩 주고받았다.

그리고 다음 라운드에서의 지목.

『사카야나기 양, 류엔 군 모두 록카쿠 양이 우등생인 사실을 알아맞혔으므로 이번에도 무승부입니다.』

두 사람의 선언과는 달리, 눈에 띄는 시미즈가 아니라 록카쿠를 우등생으로 본 예상이 적중했다.

이렇게 두 번째 토론도 종료되고 모두 생명이 그대로인 보기 드문 전개가 되었다.

세 번째 토론에 들어가서도 상황은 크게 바뀌지 않고 교착 상태를 보였다.

1, 2라운드 때는 둘 다 패스만 하나 싶더니 3라운드부터는 동시에 공격으로 전환해 라운드 연속으로 직책 있음으로 지목했고 계속 비겼다. 이어지는 5라운드에서는 류엔이 하급생을 직책 있음으로 지목해 생명이 7로 회복. 다음 6라운드에서는 또 둘 다 패스를 골라 비겼다.

"이 정도로 끈기 있을 줄은 몰랐네요."

"나도 잘못 짚었네. 입만 산 게 아니었군."

상상 이상의 장기전에 서로의 노력을 칭찬했다. 사카야 나기는 위험한 다리를 건너지 않고 이번 토론에서는 아직 한 번도 배역명까지는 지목하지 않았다. 수상하게 느껴도 바로 공격하지는 않는 자세를 보였다.

그 결과 라운드가 많이 꼬이면서, 일반 학생이 모두 퇴실하고 남은 우등생이 승리하는 독특한 패턴이 나왔다.

"물 정도는 줘야 하지 않나?"

인터벌에 들어가고 류엔이 그렇게 요청하자 시험관이 허둥지둥 페트병을 가져왔다. 그걸 거칠게 낚아채서는 뚜껑을 열고 단숨에 반쯤 벌컥벌컥 들이마셨다.

"수분 보급은 중요하죠. 평소에 잘 쓰지 않는 머리를 써서 생각보다 더 체력이 많이 소모됐나 보네요."

자신은 필요 없다며, 기분 나쁘라고 한 말이었지만, 류엔은 신경도 쓰지 않았다.

"그렇게까지 아야노코지 군과 다시 싸우고 싶으신 건가요? 당신은 못 이겨요."

"지금은 그렇겠지. 하지만 집요하게 계속 덤비다 보면 그 자식도 언젠가 빈틈을 보이지 않겠어?"

"그럼 다행이겠지만요. 아야노코지 군은 그렇게 허술한 상대가 아니어서요."

자세히 말해줄 생각은 없다면서 자기가 더 잘 안다고 어필했다.

"끝까지 기분 나쁜 여자군."

"고마워요."

점점 다가오는 네 번째 토론 시간. 둘 다 상대방을 진심으로 이기려고 나섰다.

새 토론에서는 사카야나기가 직책 있음으로 알아맞힘과 동시에 류엔이 지목 실수를 해 생명 2개를 잃고 말았다. 그렇게 흐름이 사카야나기 쪽으로 가나 싶었지만, 4라운드와 5라운드에서는 직책 있음과 우등생을 또 둘 다 맞히면서 연속으로 비기며 알 수 없는 전개가 되었다. 제6라운드에서는 둘 다 패스했고 제7라운드에서는 또 둘 다 우등생을 맞히고 승부를 마쳤다.

대장의 대결이 시작된 지 벌써 세 시간이 훌쩍 넘었다.

토론은 다섯 번째로 돌입하려 하고 있었다.

"둘 다 좀처럼 결정타를 못 때리네요."

"그러니까 말이야."

류엔의 생명은 5, 사카야나기의 생명은 8.

오랫동안 지목을 반복했고 둘 다 한 발도 양보하지 않았다.

하지만 그럼에도 조금씩 차이는 벌어지고 있었다.

다섯 번째 토론의 2라운드에서 류엔이 잘못 지목해 생명이 4까지 줄어들었다.

지금까지 침착하게 임했고 토키토의 기세를 받아 싸운 류엔이었으나, 정작 중요한 사카야나기에게는 한 발 못 미치는 답답한 시간을 계속 강요받아야 했다.

그러다 보면 싫어도 느껴지는 게 있다.

자신의 통찰력은 사카야나기를 능가할 수 없다는 현실을.

실제로 사카야나기는 결정적 실수를 단 한 번도 범하지 않았다.

단 한 차례의 지목 실수도 없는 반면, 류엔은 사소한 실수 때문에 생명을 잃어갔다.

조금씩 조금씩 벼랑 끝으로 내몰리는 감각.

"너한텐 뭔가 보이냐, 사카야나기."

"류엔 군이 알아차리는 것은 저도 알아차리는데, 제가 알아차리는 건 류엔 군이 알아차리지 못하는 것도 있죠. 그게 전부 아니겠어요? 그래도 류엔 군 역시 인내심이 참 강하네요. 이제 그만 배신자 권리를 행사해 흐름을 바꿔야 할 때가 아닐까요?"

조금씩 생명을 빼앗기고 있는 이상, 불리한 상황이라고 말할 수밖에 없다.

흐름을 바꾸려면 류엔에게만 남은 권리를 쓰는 게 제일 빠르다. 사카야나기는 좀 더 이른 단계에 배신자 권리를 행사하리라고 짐작했었기 때문에, 그 부분에 의아함을 느꼈다.

생명이 절반 넘게 줄어들었으니 잘못하면 다음 토론 때 류엔이 패배할 수도 있다. 그렇게 되면 써보지도 못하고 지는 것이다.

그것만은 절대 피하고 싶은 게 당연한 심리다.

그렇기에 다섯 번째 토론 때부터 다음 토론에 대비한 포석을 깔았다.

써야 한다고 제안해 오히려 쓰지 않게 할 작정이었다.

4라운드에서 류엔은 승부수를 띄웠다.

남은 참가자 중에 제일 우등생 같은 인물은 누구인가.

눈으로 보고 귀로 듣고, 자기 머리로 내린 답을 믿고 공격에 나섰다.

『류엔 군이 니시 양이 우등생인 사실을 알아맞혔으므로 사카야나기 양은 생명을 3 잃습니다.』

사카야나기보다 먼저 치고 나가 첫 번째 우등생을 찾아내는 데 성공했다.

"……겨우 차이를 좁혔네."

조금 빨라진 심장 박동을 따뜻하게 받아들이듯이 류엔이 히죽 웃었다.

"그러네요. 희박한 확률인데 맞히셨군요."

토론에서는 말을 아끼는 학생이 많아 두 사람 다 결정적 단서를 찾지 못했다.

"아니, 그렇게 단순한 게 아니네요. 적어도 이번 지목만큼은 당신의 통찰력이 저를 앞섰겠죠."

상대방을 인정할 때는 인정해야 한다. 류엔은 그럴 가치가 있는 학생이다.

이번 일격은 틀림없이 컸지만, 다음 라운드에서는 반대 현상이 일어났다.

『사카야나기 양이 호아시 양이 우등생인 사실을 알아맞혔으므로 류엔 군은 생명을 3 잃습니다.』

사카야나기는 앞선 류엔의 지목에 따라 밝혀진 우등생을 힌트 삼아 나머지 우등생을 알아냈다.

"너……."

"당신 덕분에 나머지 우등생을 찾아낼 수 있었어요. 감사드려요."

니시가 우등생임을 모르면 도달하지 못했을 답을 사카야나기가 찾아냈다.

찰나의 기쁨도 다 어디론가 날아가고, 이제 남은 생명은 류엔 1, 사카야나기 5. 둘 다 우등생 지목에 성공하긴 했으나, 무승부와 달리 지목이 엇갈리면서 상황이 급물살을 탔다. 이번 토론이 끝나고 인터벌이 시작되었다.

"이렇게 해서 당신은 마침내 실수 하나도 허용되지 않는 상황이 되었네요."

사카야나기는 다음 토론에서 승산이 보이자 오히려 더 방심하지 않고 임하기로 결심했다.

한편 류엔은 눈을 감은 채 고개를 위로 들었다.

사카야나기가 방금 쓴 수는 반드시 막아야만 했었다.

그런데 자신이 우등생 지목에 성공하면서 살짝 방심하고 만 것이다.

조금 더 상황을 지켜보자, 그렇게 지목을 미룬 게 화근이었다.

하지만 이제는 돌이킬 수 없다. 어렴풋이 보이던 역전의 조짐이 흐릿해져 갔다.

여기까지인가……? 여기까지인 건가?

아야노코지에게 자신의 실력을 보여주기 위해, 사카야나기에게 정면으로 도전했다.

생각할 수 있는 지략을 다 쓰고 전부 쏟아부었다.

그런데도 한 발짝 못 미쳤고 차이가 줄어들지 않았다.

다음 토론이 틀림없이 최후의 결전이 될 것이다.

기회만 되면 사카야나기는 위험을 무릅쓰고 지목해 생명을 깎으려 하겠지.

배신자 권리를 남겨두지 않고 사용했다면 좀 더 팽팽한 승부를 펼칠 수 있었을까?

순간 그런 생각이 들었지만, 그것만으로는 대등하게도 못 싸웠으리라는 것 또한 깨달았다.

지금까지의 행동을 봐도 사카야나기는 배신자를 재빨리

배제했겠지.

쓸 방법이 더는 없었다.

이제는 그저 14분의 2의 확률로 숨어 있는 우등생을 지목하고 기적을 믿는 수밖에.

만에 하나 그 기적이 한 번 이루어진다고 하더라도 두 번은 안 통하겠지. 그래도 하는 수밖에 없다.

다만 최종적으로 운에 맡기는 결착은 차치하고, 실력에서 쭉 밀렸다는 사실은 틀림없다.

지면 어떤 감정이 들지도 상상해 보았는데, 오히려 조금 후련했다.

류엔도 이쯤 되면 인정할 수밖에 없었기 때문이다.

앞에 있는 작은 동급생은 겉모습과 달리 틀림없는 실력자라고.

특별시험 그 너머를 보는 통찰력, 넓은 시야, 무엇보다도 실수 없는 철벽 수비를 구축하고 있다.

류엔이 허세, 허풍, 위협 등에 따른 위압을 주로 쓴다면 사카야나기는 자기 안의 확신을 무기로 싸운다. 정정당당하게 붙었을 때 자신은 아직 사카야나기에게 미치지 못하는 부분이 많다는 것을 자각했다.

"──젠장, 일이 이렇게 되다니."

류엔의 남은 생명은 1, 사카야나기의 남은 생명은 5.

몇 번이고 모니터를 확인한들 지금의 생명이 바뀔 일은 없다.

"쓸 방법이 이제 별로 없잖아요? 일단은 권리를 행사하세요."

여기서 역전 가능성을 남기려면 계속 아껴두었던 『배신자』를 섞어야 한다.

그렇게 조언하는 사카야나기였지만, 거짓말임을 류엔은 간파했다.

"내가 여기서 배신자를 써 봐야 역전은 못 해. 오히려 승률만 더 떨어지지. 지금까지 너랑 붙었는데 그런 전황도 못 볼 정도로 내가 바닥을 친 기억은 없거든?"

아무리 비장의 카드라 해도 이미 늦었다고 할 수 있다.

배신자를 행사하면 패스해서 라운드를 계속 이어가고 싶은 욕구가 생긴다.

어려운 확률로 우등생을 찾아내지 않아도 어떻게 되리라는 안이한 생각 쪽으로 마음이 움직이고 만다.

요컨대 배신자 권리를 행사해 봐야 얻을 수 있는 혜택을 실감하기까지는 시간이 걸린다. 한두 명쯤의 정보가 공개되어도 결국에는 눈을 감고 두 번 연속으로 우등생을 맞혀야 할 필요가 있다. 그 도박에 성공해도 분명 사카야나기는 최소 한 번은 방어할 것이다.

그리고 토론 중에 직책자를 찾아내고 먼저 이기겠지.

뻔히 보이는 결말이다.

"그렇군요. 그 정도를 내다볼 지혜는 아직 남아있나 보네요."

그렇다면 차라리 배신자 권리도 쓰지 않고 화려하게 산화하는 편이 류엔답지 않은가.

"너는 강——."

어중간한 말을 할 뻔했다고 속으로 반성했다.

"이 승부는⋯⋯ 내가 졌다."

자신의 속마음을 꺼내 보인, 한발 빠른 패배 선언.

자기 입으로 말하는 데 저항감은 있었지만, 막상 끄집어내니 속이 후련한 느낌도 들었다.

틀림없이 사카야나기가 한 수 위라고 느꼈다는 증거다.

"보아하니 당신도 이번 대결의 체크메이트가 보였나 보네요."

"그래. 인정한다."

"당신도 잘 싸웠어요. 칭찬할 가치가 있는 실력자였다는 걸 솔직히 인정해요."

실제로 사카야나기는 이 승부가 끝나는 것이 아쉽기도 했다.

좀 더 류엔이 어떻게 싸우는지 보고 싶다는, 부모 마음에 가까운 감정을 품고 있었다.

그런 상대방의 패배 선언을 듣고도 사카야나기는 방심이나 자만심을 갖지 않았다.

가짜 죽음, 그러니까 죽은 척하면서 역전을 노릴지도 모른다고 생각했기 때문이다.

예리한 눈빛을 곁눈질한 류엔이 무심코 웃음을 터트렸다.

"경계심을 풀지 않는 부분도 정말 허투루 볼 수 없는 여자라니까."

"당연하죠. 학교 측의 결과가 나오기 전까지 저는 절대 방심 안 해요."

마지막이 될 다음 토론까지 앞으로 3분 정도 남았다. 생명 1 그리고 남아있는 배신자 권리.

"쳇……."

갑자기 혀를 찼다.

"무엇 때문에 그러시죠?"

"아니, 딱히. ……그 녀석은 내가 이런 식으로 질 걸 다 내다봤을지도 모르겠군."

오늘 일을 돌이켜 본 류엔이 자기도 모르게 혀를 찬 것이다.

"아야노코지 군을 말씀하시는 건가요?"

"그래. 아침에 그 녀석은 특별시험 설명을 듣고 나서 나를 불러냈었지."

"아야노코지 군이 류엔 군에게 눈짓한 걸 알아요. 그리고 화장실에 가신다고 했죠. 얘기가 다소 오갔을 거란 건 예상했어요."

당연히 그 부분을 파악한 사카야나기가 기억을 떠올리며 고개를 끄덕였다.

"그때 녀석이 그랬어. 내가 지면 사카야나기한테 말 좀 전해달라고."

"그렇군요. 그래서 다 내다봤다고 말씀하신 거네요."

아야노코지의 짐작대로 류엔은 패배를 앞두고 있었다.

"들어보죠. 그가 저에게 어떤 전언을 남기셨나요?"

그 이야기가 진짜인지 거짓인지는 내용을 들어보면 판단할 수 있다.

그렇기에 사카야나기는 흥미를 가졌다. 그런데 류엔에게서 의외의 말이 돌아왔다.

"글쎄 모르겠다. 내가 아는 분명한 사실은 그 전언을 맡은 사람이 하시모토란 것뿐이야."

"하시모토 군이요……?"

"게다가 이번 특별시험에서만 알 수 있는 전언이라던데. 진짜인지는 나도 모르겠지만."

그런 말을 들으니 사카야나기는 궁금해하지 않을 수 없었다.

"만약 네가 마지막 토론에서 하시모토의 그룹을 고른다면 배신자 권리를 행사해 줄게."

이 대결이 시작될 때 사카야나기가 제일 먼저 배제했던 하시모토 그룹을 고르라는 것이다.

승부가 결착되려는 이때, 아야노코지의 전언 때문에 바로 그 하시모토를 골라야 하는 전개.

수상쩍은 느낌이 들지 않을 수 없겠지.

"아직 승부를 포기하지 않은 거예요?"

"그런 생각이 들면 네 마음대로 하고."

사카야나기의 본능은 『이 제안을 받아들이지 마』였다.

이길 확률이 한없이 100%에 가까운 지금 상황에서, 아주 조금이나마 확률을 떨어뜨릴 행동은 어리석은 짓.

그러나 류엔이 거짓말하는 것 같지는 않았다.

정말로 아야노코지의 전언이란 느낌이 들어서 자기도 모르게 경계심이 높아진 것이다.

하지만 동시에 아야노코지의 전언이 뭔지 알고 싶은 욕구도 일었다.

"당신이 배신자 권리를 쓰지 않고 남겨뒀던 이유가 지금을 위해서였던 거라면 당신은 저를 상대로 핸디캡을 안고 싸웠다는 얘기가 돼요. 그게 좀 마음에 안 드네요."

"완전한 실패였다고. 그냥 빨리 써버렸어야 했는데."

배신자를 쓰지 않고 이길 생각으로 임한 건 분명하지만, 완전히 밀리기 전에 쓰려면 쓸 수 있었다. 그런데도 아야노코지의 전언이 신경 쓰여서 권리를 쓰지 않았다.

사카야나기가 하시모토를 고를 일은 없을 것이다.

그래서 진심으로 후회했다. 류엔은 자조하듯 웃으며 손목을 흔들었다.

"그런데 하시모토 군을 통한 전언이라니, 대체 무슨 생각이신지."

"나도 모르지. 하지만 나 혼자 추측해 보자면, 준비한 것

아니겠냐. 배신자는 유일하게 퇴학의 위험이 있잖아. 하시
모토 놈이 오리발 내밀면 퇴학당할 수 있으니까."

류엔이 하시모토를 배신자로 선택하고 사카야나기가 대
화에 불러낸다.

그렇게 해서 하시모토를 놓칠 경우, 하시모토는 거금을
손에 넣는다.

반대로 정체가 드러나면 사카야나기는 망설임 없이 판
단을 내릴 것이고 하시모토를 퇴학시킬 수 있다.

"그 녀석은 자기가 배신자로 뽑힐 리 없다고 대수롭지
않게 생각하겠지. 네가 흔들어도 끝까지 모르쇠로 나올지
몰라."

"물론 그가 그런 수단을 쓴다면 퇴학의 위험은 있지만
그건 어렵겠죠."

배신자라는 배역은 몹시 불리하다.

정체가 들켰나 싶으면 지목당한 단계에서 높은 확률로
고백할 것이다.

물론 지목한 학생이 배신자가 아니면 대표자는 페널티
를 받지만, 생명을 하나만 잃을 뿐 큰 불이익이 없다.

하시모토는 자신이 배신자로 뽑힐 가능성이 크지 않다
고 생각하고 있겠지만, 류엔이 배신자 권리를 행사하면 의
표를 찔러 뽑을 수도 있다. 이 이야기가 없었더라도 사카
야나기가 수상해하는 대상이라는 점은 다르지 않기에, 적
어도 대화에 부르기는 하겠지.

"제가 그를 불러낸 단계에서 틀림없이 고백할 거예요. 저는 선택을 고민할 필요가 없으니까, 배신자임을 인정하지 않는 건 곧 그의 퇴학을 의미하잖아요."

만약 사카야나기의 생명이 하나만 남아 물러설 데가 없다면 이야기도 달라질지 모른다. 하지만 생명이 5나 있으니, 진짜인지 아닌지와 상관없이 하시모토를 단정하는 것 말고 다른 선택지란 존재하지 않는다.

"옅은 기대를 품고 있다면 소용없답니다. 하시모토 군이 배신자이든 아니든, 저는 단정할 거야."

"그건 나도 알아. 그럼 너의 그 잘난 실력을 보여줘 봐. 하시모토를 살살 꼬드겨서 단정하지 않을 거란 생각이 들게 만들면 놈은 나랑 같이 추락할지도 모르지."

이럴 때, 만약을 생각해 볼 수 있다.

만약, 류엔이 미리 하시모토와 짰다면 어떻게 될까, 라는.

이게 류엔이 미리 설치해 둔 덫이라면?

하지만 이번 특별시험의 상세한 내용이 공개된 것은 오늘 아침. 그때 대표자와 참가자는 완전히 격리되어 있었고, 소통할 틈이 1분도 없었다.

배신자로 계속 거짓말하다가 혹시라도 퇴학당하게 된다면 구제해 주겠다는 약속, 그런 계약을 맺을 방법이 없었다는 것.

아니다——. 사카야나기는 머리에서 그 가능성을 굳이 지우지 않고 정말로, 만약을 생각해 본다.

만약, 특별시험의 규칙을 미리 다 알았다고 치고.

류엔이 하시모토에게 그런 계약을 과연 제시했을까.

아니, 그건 100% 말이 안 된다.

하시모토가 고백하든 말든 상관없이, 사카야나기는 그냥 배신자라고 고르기만 하면 그만이다.

아무것도 생각하지 않고 그렇게 선택하기만 하면 역전은 없다.

역시 이 일은 류엔이 아니라 아야노코지가 벌인 것일까.

"정말로 아야노코지 군의 전언이 있는지, 확인해 보기로 할까요."

사카야나기는 토론에서 하시모토의 그룹을 골랐다.

류엔도 적당한 그룹을 고르고 배신자 권리를 행사했다.

이는 둘 다 일체의 거짓 없이 아야노코지의 전언에 따른 행동이었다.

토론이 시작되었다.

류엔은 눈을 꼭 감은 채, 토론이 진행 중인 모니터에는 눈길도 주지 않았다.

"다른 꿍꿍이가 없다는 걸 일부러 몸소 보여주시다니 정말 친절하시네요."

"난 발버둥 치는 건 싫어하지 않지만, 아야노코지의 감언이설에 넘어간 나 자신이 용서가 안 돼."

류엔은 이번만큼은 실력으로 사카야나기를 누르겠다고, 아야노코지에게 직접 선언했었다.

그것을 이루지 못했으니 이 승부는 이미 끝난 것이다.

사카야나기는 혹시 몰라 토론을 지켜보았다.

1라운드에서 얻을 수 있는 정보는 제한적이나, 몇 명쯤 이 직책자일 가능성을 알아차렸다.

그리고 만전의 상태로 대화 시간을 맞이했다.

지팡이를 짚으며 천천히 교실 밖으로 나가는 사카야나기. 그런 사카야나기를 눈으로 배웅한 류엔은 천장을 올려다보며 자기 무릎을 힘껏 주먹으로 내리쳤다.

처음부터 끝까지 리드를 허용했고, 사카야나기를 따라잡지 못한 것을 후회했다.

"빌어먹을……."

여기서 끝내고 싶지 않다.

끝나면 자신의 성장은 여기서 멈추고 말 것이다.

하지만 그 소원은 이제 이룰 수 없다.

류엔 카케루는 패배한 것이다.

○사실은──

특별시험 시작 전. 먼저 화장실에 도착한 나는 쭉 늘어서 있는 개인 칸의 제일 안쪽 문에 등을 기댄 채 아야노코지를 기다렸다.

팔짱을 끼고 한층 경계하면서, 사카야나기와의 대결을 앞두고 집중력을 높였다. 직전에 규칙이 공개되었기 때문에 어떻게 싸워야 할지 머릿속으로 시뮬레이션을 반복했다.

대표자와 참가자가 완전히 분리됨으로써 미리 짜두었던 전략은 아쉽게도 대부분 써먹을 수 없게 되었지만, 어차피 사카야나기도 같은 조건이다. 불평할 수 없다.

게다가 학력 승부였다면 승패는 이미 정해진 것이나 마찬가지. 우선은 첫 관문을 잘 극복했다고 할 수 있다.

절대라는 보장이 없기에 재미있다.

오랜만에 찌릿찌릿 살을 찌르는 듯한 감각이 나를 휘감았다.

운에 맡긴 승부, 만약 이 시험에서 사카야나기에게 지면 그것으로 끝이다.

아야노코지에 대한 복수전은 최악의 경우, 학교 밖으로 가져가는 방법도 있다.

조금 시간 차를 두고 녀석이 들어왔다.

여느 때와 같은 무표정, 아야노코지의 그런 꺼림칙한 분위기를 처음에는 느끼지 못했었다.

하지만 지금은 싫어도 놈이 얼마나 이상한지 느낄 수가 있다.

"내가 나오라고 한 걸 용케 잘 알아들었네."

"빨리 용건이나 말해. 미안한데 오늘은 너한테 신경 쓸 여유가 없거든."

급하다고 했는데도 아야노코지는 눈 하나 깜짝하지 않았다.

"특별시험이 시작되고 끝나기 전까지, 너를 통해 사카야나기한테 한 가지 전언을 부탁하고 싶어."

"뭐라고? 전언? 네놈이 직접 말해. 장난하냐?"

사카야나기 녀석은 그룹 결정 때부터 조금 전까지 대기실에 얌전히 앉아 있었다.

말 걸 타이밍이 얼마든지 있었다는 뜻이다.

"좀 특수한 전언이야. 특별시험 도중에만 전하고 싶은 메시지거든."

나와 사카야나기의 대결이 성립했을 때만 의미 있는 전언이란 건가.

"핫, 뭔 소린지 모르겠네."

"몰라도 돼. 어디까지나 사카야나기한테 전달만 하면 돼."

대체 무슨 꿍꿍이냐.

아니라고 보지만, 사카야나기와 손잡았을 가능성도 있을까?

"안심해. 난 네 편이 아니지만 그렇다고 사카야나기의 편도 아니니까. 단순한 방관자지."

의도를 살피는 내 생각을 읽고 그렇게 말을 덧붙였다.

"귀찮은 일을 도와서 내가 얻는 이익이 있나?"

"미안하지만 딱히 없어. 싫으면 거절해도 돼. 그리고 어차피 네가 사카야나기를 이기게 되면 이 전언은 필요 없는 게 되거든."

순순히 아야노코지를 도울 마음은 없었는데, 방금 그 말은 흘려들을 수 없었다.

"그럼 내가 진다는 거냐?"

"그런 말은 아니고. 전언이 조금 특수할 뿐이야."

영문 모를 얘기를 지껄이네.

"만약에 이기기 어렵겠다는 생각이 들면, 그때 내 이야기를 떠올리는 걸로 족해."

마음에는 안 들지만, 이 남자는 이상할 만큼 앞을 훤히 내다보니까.

적어도 무의미한 행동은 아니겠지.

"공교롭게도 난 질 예정이 전혀 없지만, 일단 들어는 보자. 뭐라고 전하면 되는데."

이렇게 번거로운 짓을 하면서까지 사카야나기에게 전해야 할 내용이 뭔지 다소 궁금하기는 하다.

그런데——.

"그 내용은 하시모토한테 말해뒀어."

"뭐라고?"

아야노코지는 여기서도 내 상상을 아득히 뛰어넘는 소리를 했다.

"그러니까 사카야나기한테는 하시모토한테 그 전언을 들으라고 말해주면 돼."

"장난하냐? 시험 도중에 어떻게 하시모토랑 말하게 할 셈인데."

"간단해. 하시모토를 배신자로 뽑으면 되거든. 그럼 대화로 일대일 상황이 생기지."

대체 어디까지 허무맹랑한 소리를 지껄이는 건지.

"웃기지 좀 마라. 하시모토 따위는 아무도 믿지 않는 박쥐 새끼잖아. 천하의 사카야나기가 나랑 붙는데, 하시모토 그룹을 쓸 리 있겠냐고."

하시모토한테 배신자 권리를 쓰는 것도 바보 같지만, 그 전제조차 성립할 리가 없다.

"그건 상황 나름이야. 어떻게 전개되느냐에 따라서는 그리 어려운 일도 아니지."

무조건 전달해, 그런 느낌은 아니지만 정말 사람 열받게 하는 놈이다.

"나랑은 인연이 없겠군. 의미가 있는지 없는지 몰라도 그 전언인가 하는 건 시험 끝나고 네가 직접 전해라. 만날 시간 정도는 남아있을 것 아냐."

"특별시험 도중에 사카야나기만 알아차릴 수 있는 특수

한 메시지야."

"내가 배신자 권리를 못 쓰게 만들려고 그러냐?"

사카야나기는 십중팔구 하시모토 놈을 선택하지 않겠지만, 혹시라도 하시모토를 썼을 때에 대비해 배신자 권리를 남겨두지 않는다면 방금 부탁받은 전언은 불가능해진다.

"그럴지도 모르지."

"웃기지 마. 전언이 사카야나기에게 닿을 일은 없을 거다."

진지하게 고민하는 게 바보 같은, 아야노코지가 낸 수수께끼를 머릿속 한구석으로 치웠다.

"쓰고 싶으면 원하는 타이밍에 쓰면 돼. 강요는 안 해."

그 말을 남기고 바로 가버린 그의 뒷모습을 응시하면서 나는 혀를 세게 찼다.

"전언은 무슨 전언. 빌어먹을 놈이 괜히 쓰기 힘들게 하고 가네."

힘든 대결을 앞두고 있건만, 터무니없는 요구를 받았다.

1

류엔이 배신자 권리를 행사해, 대표자의 대화가 성사되었다.

"불길한 느낌밖에 안 드는데."

먼저 도착해 있던 하시모토가, 웃으며 교실에 모습을 드러낸 사카야나기에게 그렇게 중얼거렸다.

"내 그룹이 선택된 타이밍에 류엔이 배신자 권리를 썼어. 찜찜한 흐름이야."

그렇게 말하고 의자에 깊게 등을 맡기는 하시모토.

지팡이를 짚으며 맞은편 의자로 걸어온 사카야나기가 착석했다.

"대표자 대결이 어떻게 됐는지 묻진 않겠지만, 아무리 봐도 클라이맥스 같은데."

"글쎄요. 여기서 대답해 드릴 수 없어서 유감이네요."

하시모토가 바라는 대답. 류엔이 우위에 선, 그런 전개를 기대하고 있다.

그러나 앞에 앉은 사카야나기에게는 여유로움마저 엿보였다.

"……뭐, 그건 됐어. 어차피 자세한 건 끝날 때까지 알 수 없으니. 그보다도 왜 내가 속한 그룹을 골랐어? 사카야나기."

답에서 도망치듯, 화제를 슬쩍 바꿔 물었다.

"어머. 적이라고 인식한 이후부터는 이름을 거리낌 없이 막 부르시나요?"

"여기에는 일단 너와 나밖에 없으니까. 가식 떨 생각 없어."

"뭐, 좋아요. 당신도 그에 상응하는 각오를 하고 있다는 건 안답니다."

하시모토는 침착한 표정을 짓고 있었지만, 심박수는 평소보다 훨씬 빨랐다.

바짝 타들어 가는 목을 겨우 침으로 적시면서 평소와 똑같은 척했다.

"당신은 류엔 군과 손잡는 쪽을 선택했어요. 일생일대의 승부를 건 것치고, 제대로 움직일 수 없는 특별시험이 되어버려서 좀 유감이네요."

"정말. 배신해서 승부를 확 뒤집는 그런 걸 기대했는데 말이지."

거의 정반대 결과여서 아쉽다며 과장되게 어필했다.

"우리 그룹을 고른 이유가 뭐야? 간섭할 수 없다고 해도 너라면 절대 빈틈을 보일 리 없는데. 세상에 무슨 일이 일어날지는 아무도 몰라."

하시모토를 골라서 얻을 이익은 전혀 없고 오직 불이익뿐이다.

"그렇죠. 이번 특별시험, 당신의 예상대로 고를 예정은 없었답니다."

"그런데 왜? 이 대화는 무슨 목적으로 하는 건데? 설마 여기서 나를 퇴학을 내몰 작정이라거나, 그런 말을 하진 않겠지?"

그건 절대 불가능하다. 하시모토에게는 당연하다는 확신이 있었다.

"기대에는 못 따라주겠지만 빨리 고백할까? 내가 배신

자라고."

"그러시면 곤란해요. 저는 당신의 고백엔 일절 관심이 없거든요. 제가 하시모토 군을 부른 이유는 당신이 아야노코지 군한테 받은 전언의 내용을 알기 위해서예요."

"……전언이라니?"

"여기에는 저와 당신뿐이니 숨길 필요 없답니다?"

"아니 잠깐만. 무슨 말을 하는 건지 모르겠어."

당황한 하시모토가 팔짱을 끼고 기억을 더듬었다.

"특별시험 전에 아야노코지 군을 만나지 않았나요?"

"그야 만나긴 했지. 하지만 너한테 전언 같은 건 남기지 않았는데."

"시간은 한정되어 있답니다. 당신이 그에게 전언을 받았다면 무의미하게 저를 애태울 필요는 없을 것 같은데요."

"아니, 진짜로 짚이는 데가 없다니까. 잠깐 있어 봐, 기억을 떠올려 볼 테니."

과연 하시모토는 아야노코지를 만났다.

그러나 사카야나기에게 말을 전해달라고 부탁받은 기억은 정말로 없었다.

필사적으로 기억을 더듬었다.

"아아, 아니…… 설마…… 그건가?"

"역시 짐작 가는 데가 있죠?"

"……하지만, 그건 절대 전언이 아닌데. 그냥……."

그렇게 말하다 말고 하시모토가 입을 다물었다.

"뭐예요?"

"특별시험을 앞두고 딱 하나 충고를 들은 게 있었어. 자기 자신한테 거짓말하지 말라는."

"당신은 거짓말쟁이니까요. 그 부분을 충고한 걸까요."

하지만 과연 그 말은 하시모토가 머뭇거렸듯 사카야나기에게 남긴 전언은 아니리라.

"응? 정말로 그것 말고는 아무것도 없어. 전언 같은 건."

사카야나기는 생각했다. 이 부분은 정말로 하시모토가 거짓말하는 것처럼 보이지 않았다. 그렇다고 해서 류엔이 거짓말한 것 같지도 않았다. 이미 승부를 포기했다는 건 토론을 더는 보지 않았던 걸 봐서도 틀림없다. 그렇다면 남은 답은 딱 하나다.

"당신은 아야노코지 군으로부터 전언을 부탁받았어요. 그런데 그게 전언인 걸 모르는 거죠. 그래서 아무리 기억을 되짚어봐도 답을 못 찾는 거예요."

"그게 무슨 소리야. 만약 그렇다면 어쩔 도리가 없잖아? 영 감도 안 온다고."

"걱정하실 필요는 없어요. 그 전언은 제가 찾아낼게요."

그러려면 대화 시간을 최대한으로 쓸 필요가 있겠지.

"시험관계 먼저 말씀드릴게요. 지금부터 그가 배신자인지 아닌지 질문할 건데, 지금은 그냥 뭐라고 대답하는지 듣기만 할 거예요. 그의 말을 고백으로 받아들이지 말아 주시겠어요?"

아직은 고백을 요구하지 않는다고 시험관에게 뜻을 전달한 사카야나기가 하시모토를 다시 보았다.

"당신이 배신자인지 아닌지 알려주시겠어요?"

하시모토가 시험관을 힐끔 보았다. 그가 아주 살짝 고개를 끄덕여, 지금부터 나오는 말이 진짜든 가짜든 고백으로 받아들이지 않겠다고 약속했다.

"뭐 하려는 건데."

"당신과 얘기를 나누려고요. 아까 말씀하셨죠? 아야노코지 군으로부터 자기 자신에게 거짓말하지 말라는 말을 들었다고. 그게 진짜인지 아닌지 확인하고 싶어요. 당신이 류엔 군 편에 있다면 여기서 나올 대답은 딱 하나예요."

"아무리 시험관에게 알렸다지만 쉽게 믿을 순 없어. 그러니 이렇게 표현해 둘까. 만약 지금 고백을 요구한다면 난 배신자가 아니야, 라고 대답할지도 모르겠네."

일부러 말을 모호하게 흐림으로써 자기 자신에 대한 보험도 들었다.

이렇게 하면 고백으로 간주하기 힘들다는 것만은 확실하다.

"그렇군요. 그러면 당신은 다른 배역을 맡았는데 여기 불려 온 것뿐, 그런 말씀이죠?"

"그래. 솔직하게 말할게."

"그럼 지금은 그렇게 나오셔도 돼요. 솔직하게 말씀하신다면 전언에 도달할 수 있을 것 같아요. 고백 전에 잠깐만 얘기 좀 할까요?"

그 직후, 특별시험과 상관없이 하시모토와 사카야나기의 일대일 대화가 시작되었다.

"나한테 뭘 묻고 싶은 거야?"

"지금까지 못 물어봤던 걸 물어보고 싶어요. 예전 같으면 흥미를 못 느꼈겠지만, 하시모토 군의 그 성격과 사고 방식은 과거의 경험을 바탕으로 구축된 것으로 보여요."

"……글쎄. 그럴지도 모르고 아닐지도 모르고."

"거짓말은 안 해도 솔직히 대답해 줄 마음은 없는 건가요?"

"내 과거 얘기를 나눌 사이도 아니잖아."

"그럼 제가 좀 더 파고 들어가 보죠. 저는 아군이든 적이든 철저하게 조사해요. 그래서 당신한테 기묘한 버릇이 있다는 걸 알아요. 곤란한 일이나 고민거리가 생기면 화장실 개인 칸에 틀어박히는 경향이 있으시죠?"

그렇게 지적하자 하시모토가 어깨를 움찔했다.

아무에게도 들키지 않았다고 생각한 버릇을, 앞에 있는 사카야나기가 알고 있었기 때문이다.

"이야, 이건 진짜 놀랄 수밖에 없네…… 언제 어떻게 알았어?"

"이미 정체는 알아채셨겠지만, 오랜 기간 야마무라 씨에게 이것저것 조사하게 했거든요. 정기적으로 류엔 군을 접촉한 당신에게도 시간을 좀 할애했죠."

"그 말은 야마무라를 남자 화장실에 잠입시켰단 소리야?"

"지금 생각해 보면 그녀에게 가혹한 일을 시켰네요."

사카야나기는 부인하지 않고 사실을 인정한다는 듯 고개를 끄덕였다.

"볼일도 없는데 화장실 개인 칸에 틀어박힌다. 혼자 생각할 시간이 필요해서인지, 아니면 현실 도피할 수 있는 장소가 거기였던 건지. 제 생각에는 후자가 아닐까 싶은데요."

가진 힌트가 많이 없을 텐데도 사카야나기는 하시모토가 숨긴 마음의 빗장을 열고 들어갔다.

"초등학교 때인지 중학교 때인지는 모르겠지만 그런 행동을 하게 만든 사건이 있었겠지요. 그리고 거기에 당신의 성격을 더하면—— 보이는 것도 있어요."

대충 박수를 보낸 하시모토는 자조하며 정답을 털어놓았다.

"흔한 얘기야. 옛날에 나를 눈엣가시로 여기던 놈들에게 쫓겨 다닐 때가 많았거든. 그때 다니던 학교에 더러워서 아무도 안 쓰는 화장실이 있었어. 그래서 거기 틀어박혀 혼자서 온갖 생각을 했지. 그 버릇이 아직 안 빠진 것뿐이야."

거짓말을 할 수도 있었지만 이 정도는 괜찮겠지, 하고 진실을 털어놓았다.

그래도 아야노코지에게 충고를 듣지 않았는가. 괜히 어겨 심기를 건들고 싶지는 않았다.

"꽤 낙관적으로 말씀하셨는데, 너무 아픈 과거 아닌지?"

"……글쎄."

얼버무렸다. 대답하면 당연히 싫은 기억이 되살아나기 때문이다.

"당신은 그 경험을 통해 깨달았을 거예요. 배신당하기 전에 먼저 배신하는 게 옳다고 믿고, 자기가 이기려면 거짓말하는 것이야말로 살아남는 기술이라고 배웠어요. 그것이 하시모토 마사요시."

"다 안다는 듯이 말하지 마. 지금까지 지옥 한 번 본 적 없는 놈이 이해하는 척하지 말라고."

슬쩍 화가 치밀어오른 하시모토는 자기도 모르게 무릎을 때렸다.

"아야노코지의 전언이고 뭐고 잘 모르겠지만 나와는 상관없어. 난 A반으로 졸업해야 해. 나를 개똥으로 알던 놈들한테 복수하려면 성과가, 결과가 필요하다고."

사카야나기가, 류엔이, 아야노코지가. 누가 어떻게 되든 알 바 아니다.

자신이 A반으로 졸업하는 것. 그것만을 목표로 하시모토는 계속 싸워왔다.

"이제 됐잖아. 빨리 고백으로 넘어가라고."

"고백으로 넘어가서 뭘 어쩌시려고요? 당신은 자기 자신에게 거짓말하지 말라는 충고를 듣고도 류엔 군의 편을 들지 않고 배신자라고 고백할 생각이세요?"

"당연하잖아. 여기서 농담이라도 배신자가 아니라고 말

했다간 봐라, 넌 귀신 목이라도 베듯 나를 단정해서 퇴학으로 내몰겠지. 그것만큼은 절대 못 하게 할 거야……."

"그렇군요. 저 또한 입이 찢어져도 단정하지 않겠다는 말씀은 못 드려요. 당신에 대한 저의 답은 단정으로 정해져 있으니까요."

"그럼 이야기 다 끝났네. 난——."

직접 이 대화를 끝내려던 하시모토는 사카야나기의 눈을 보고 할 말을 잃었다.

"뭐야…… 왜 그런 표정을 짓는데."

사카야나기는 지금까지 보여준 적 없는 온화한 표정을 짓고 있었다.

상대방을 무시해서가 아니라, 마치 어머니가 아이를 지켜보는 듯한 따사로운 미소.

"하시모토 군을 더 깊이 이해하게 됐기 때문인지도 몰라요. 저는 당신을 퇴학시키겠다고 마스미 씨와 약속했어요. 하지만…… 다시 생각해도 좋을지 모른다고, 그런 생각이 지금 들어서요."

"뭐? 그 말을 내가 믿을 리 없잖아."

"취소한다고 말하진 않았어요. 당신이 앞으로도 계속 우리 반을 배신하겠다면 결말은 바뀌지 않아요. 하지만 저를 믿고 따라오겠다고 하시면, 꼭 그 결말만 있는 것은 아니라는 얘기일 뿐이에요."

"……내가 그 말을 믿을 것 같아? 배신당할 게 뻔해."

"어떨까요."

"속여서 나를 방심하게 만든 다음에 복수할 생각이잖아?"

"그건 하시모토 군이 알아서 판단하세요."

"배신할 게 뻔해. ……분명히. 나는…… 너를 쓰러트리지 않으면……."

갑자기 하시모토의 뺨 위로 물방울이 주르륵 흘러내렸다.

"뭐야……?"

자기도 모르게 느닷없이 일어난 일.

그것이 눈물이었다는 걸, 닦고 나서야 비로소 알아차렸다.

"뭐야, 이게. 울 이유가 하나도 없는데…… 왜 이러냐."

무심코 웃음이 나오고 마는, 몸의 이상 사태.

"지금까지 당신을 이해해 주는 사람이 아무도 없었죠. 앞으로도 없을 거라고 생각했고요. 그런데 그게 아니라는 걸, 본능적으로 깨달은 게 아닐까요?"

앞에 있는 하시모토를 보고 사카야나기도 자신을 돌이켜 보았다.

생각해 보면 지금까지 아무도 믿지 않았다.

자기 생각만을 믿고 다른 이는 밀어냈다.

그런데 그 결과, 미숙한 마음 탓에 카무로를 잃었다.

하시모토가 가진 어둠.

우왕좌왕하며 자신이 살아남기 위해 수단과 방법을 가리지 않게 되었을 과거.

앞으로 사이가 좀 더 가까워진다면 그 이야기를 들려줄

날도 올지 모른다.

사카야나기는 그렇게 생각했다.

용서하기 힘든 남자라는 사실은 변함없지만, 카무로의 퇴학에는 자신의 책임도 크다.

그렇다면 한 번 기회를 줘봐도 될지 모른다.

이 특별시험에서 이기고 다시 하시모토를 동료로 받아들여도 괜찮을지 모른다.

그런 생각이 머리를 맴돌았다.

하시모토가 배신자라고 고백하고 인정한다면.

그럼 남은 것은 사카야나기가 단정하고 대화 종료. 하시모토는 보수를 잃을 뿐.

다시 토론으로 돌아가 직책자를 찾아내 류엔의 생명을 깎으면 이 특별시험은 막을 내린다.

그러나…….

사카야나기는 동작을 멈추었다.

──아야노코지가 전하고 싶었던 것은?

하시모토에게 전했다는 말은 뭐였을까.

앞에 있는 남자를 용서하라, 그런 메시지였을까.

한 가지 답에 도달했는데도 사카야나기에게는 아직 강한 위화감이 남아있었다.

사카야나기는 조용히 눈을 감았다.

이것은 아야노코지의 전언이 아니다.

하시모토를 용서하고 말고의 문제는 이번 특별시험이 아니어도 된다.

이 모호한 국면이 아니라, 류엔의 퇴학이 확실해진 다음에도 얼마든지 성립할 수 있을 터다.

그렇다면 반드시 지금이어야만 하는 전언이라고 할 수 없다.

이 상황에서, 전하고 싶었던 것…….

다른 사람은 갖지 못한 뛰어난 사고로, 찾아낸다.

생각해. 생각해. 생각해. 생각해. 생각해.

"아아……."

그리고 마침내 사카야나기의 사고가, 숨겨진 전언, 그 답에 도달했다.

"그런 거……였나요……?"

아니. 인정하고 싶지 않다.

그런 전언은, 인정하고 싶지 않다.

그래서 물음표를 붙였다.

붙였음에도, 그럼에도 정답이라고 뇌는 확신해 버린다.

아야노코지가 사카야나기에게 보낸 전언은 무엇이었을까.

이 전언은 류엔과 하시모토는 절대 알 수 없는 것.

류엔과 싸운 후에만 보이는, 아야노코지의 진의.

그것은 사카야나기에게 지나치게 가혹한 전언이었다.

"그도…… 거짓말쟁이네요."
사카야나기와 류엔의 퇴학을 건 대결.
그 진짜 목적은 아야노코지와 원 없이 싸우는 일.
그래서 방해되는 상대를 없애기 위해 성사된 대결이었다.
그리고 그 사실을 안 아야노코지는 누구의 편도 들지 않
겠다고 결정했다.
하지만 사실은 누가 살아남길 바라는지 물었을 때 답을
가지고 있었다.

아야노코지가 기다리는 상대는 류엔 카케루.

이 승부를 방해할 생각은 당연히 없었으리라. 빚을 갚기
위해, 그래서라면 조언도 해주겠다는 암시를 했었지만, 사
카야나기가 거절하리라는 것을 다 알고 한 형식적인 말에
불과하다.
일련의 흐름은 전부, 패배가 유력해진 류엔에게 베푸는
작은 역전의 도움이었다.

사카야나기가 줄곧 간절히 기다려왔던 아야노코지와의
진정한 대결.
그러나 아야노코지는 어떻게 생각하고 있을까.

네 반의 균형을 전제로 움직이고 있다는 것은 알았다.

당황한 얼굴을 보고 싶어서, 아야노코지가 짠 계획을 방해하기도 했다.

하지만 그 바탕에는 아야노코지가 결전의 순간을 바라며 기다리고 있다는 생각이 있었다.

사카야나기는 자신이야말로 그에게 어울리는 상대라고 믿었고, 그렇기를 바랐다.

어차피 이는 사카야나기의 일방적인 마음에 지나지 않는다.

사고능력이 우수한 사카야나기에게만 보이는 확실한 미래.

아야노코지는 앞으로도 류엔의 성장을 가까이에서 지켜보고, 도전장을 받고 싶어 한다.

이 대결에서 사카야나기가 류엔과의 승부를 더 즐기고 싶었던 것처럼.

류엔에게 결정타를 날리는 것은 쉽다.

한 번만 더 밀어붙이면 자신의 승리가 확정되니까.

그리고 당신의 계획을 또 한 번 방해했어요, 하면서 대결을 소망할 수는 있다.

그러나—— 그 꼴이 얼마나 우스울까.

　이후, 아야노코지 키요타카는 사카야나기 아리스를 원하지 않는다.

　여기서 사카야나기가 이겨도 아야노코지가 반기지 않는다는 현실. 아직 그 누구의 눈에도 보이지 않는 앞날까지 보이고 마는 자신의 이 사고능력을 태어나서 처음으로 원망하기까지 했다.
　아무것도 모른 채, 우스운 자기 꼴을 깨닫지 못한 채 있고 싶었다.
　반을 위한다면 승리를 우선해야 한다.
　야마무라와 다른 아이들의 얼굴이 일순 뇌리를 스쳤다. 카무로와 한 약속을 지키거나, 아니면 하시모토와 다시 손잡는 그런 미래도 있을지 모른다.
　학교생활을 계속 유지하는 것이 결코 나쁘지만은 않으리라.
　하지만 이 앞에『사카야나기가 원하는 것』은 없다.
　그것은 사카야나기에게 있어 그 무엇으로도 대체할 수 없는 괴로운 현실이었다.

　『여기서 져 주라.』

그것이 아야노코지의 전언이었다.

다른 이는 아무도 알아차릴 수 없는 전언을, 사카야나기는 확실히 받았다.

좋아하는 사람의 잔혹한 말에도 사카야나기는 희미하게 웃으며 눈을 감았다.

그렇게 하지 않으면, 하시모토가 그랬듯 저절로 눈물이 흘러넘칠 것만 같았기 때문이다.

『이제 시간 다 되었습니다. 하시모토 군은 고백하기 바랍니다.』

대화가 종료되었다.

지금까지 자기 자신에게 거짓말하지 않고 사카야나기를 대한 하시모토.

요구되는 대답.

"아아…… 나는 배신──."

떨어지지 않는 입을 겨우 열려는 하시모토를 사카야나기가 조용히 막았다.

"그러시군요. 배신자가 아니시군요. 네, 당신은 배신자가 아니에요."

하시모토가 눈을 커다랗게 떴다.

"야, 사카야나기……? 지금 무슨──."

하시모토가 뭐라고 대답하려고 했는지, 그건 알 수 없다.

역시 퇴학당하지 않기 위해 배신자임을 인정했을지도

모른다. 아니면 끝까지 자기 자신에게 거짓말하지 않고 계속 류엔 편에 서서 배신자가 아니라고 대답했을지도 모른다.

하지만 그런 건 이제 아무 상관 없다.

『⋯⋯하시모토 군의 고백이 참인지 거짓인지, 판정──.』

의혹에 대한 안내 방송이 나오는데 사카야나기가 도중에 끊었다.

"센스가 없으시네요. 그는 배신자가 아니라고 분명히 말했는데요. 재차 확인해봐야 똑같겠죠. 그리고 저 역시 답을 바꾸지 않을 거예요. 제 말이 맞죠? 하시모토 군."

"너, 왜⋯⋯."

"──이게 아야노코지 군의 전언이니까요. 단지 그것뿐이랍니다."

사카야나기가 내린 결론.

다시 한번 안내 방송으로 확인을 구한다고 한들 생각은 바뀌지 않는다.

마침내 판정이 내려졌다.

『⋯⋯사카야나기 양이 배신자를 알아맞히지 못했으므로 생명을 5 잃습니다』

새롭게 학교를 떠날 사람들이 나온, 학년말 특별시험이 막을 내린다.

류엔 카케루는 패배했다.
그리고 사카야나기 아리스도 패배했다.

그 모순 속에는 확실한 승자와 패자가 존재했다.

작가 후기

5개월 만에 인사드립니다, 키누가사입니다.

허리 디스크가 완치되었습니다!

……라고, 보고드릴 수 있으면 좋았겠지만, 실은 상황이 하나도 나아지지 않았습니다.

이번에는 그나마 조금 늦어지는 정도로 가능했지만 다음 권은 어떻게 될지, 아직은 확실한 약속을 드리지 못할 듯합니다. 정말 죄송합니다!!

아무래도 11권 다음의 12권을 너무 오래 기다리게 하고 싶지 않아 많이 채찍질했습니다. 그 여파로, 후기를 쓰고 있는 지금은 11권 집필 직후 때보다 훨씬 더 만신창이가 된……. 5개월 걸렸는데요, 4개월 만에 썼을 때보다 두 배는 힘들었어요……. 시간이 좀 더 있었으면 좋겠어요.

누워서 써보고 서서 써보고 이 방법 저 방법 동원해가며 시행착오를 겪고 있는데『똑바로 앉아 집필하는』것보다 더 나은 자세는 좀처럼 찾을 수가 없네요(그야 당연하지).

우울한 이야기를 오래 해봐야 소용없으니, 일단은 정진하겠습니다.

자, 이번 12권을 끝으로 3학기 편이 마무리되었습니다.

그리고 다음 권은 봄방학인 12.5권이 될 텐데요, 그와 함께 2학년도 종료됩니다.

저에게는 긴 듯하면서도 순식간에 지나간 2학년 편입니다만 여러분은 어떠셨나요?

실지주를 쓰기 전에는 이 세상에 존재하지도 않았던 딸이 이제는 혼자 책가방 메고 학교에 다니고 있으니, 빠르게 흘러가는 세월을 맹렬하게 실감합니다.

그런 시간 속에서 충분히 썼다고 생각하면서도 돌이켜 보면 이야기의 이면이 같은 것들을 좀 더 다양하게 썼으면 좋았겠다는 아쉬움도 남습니다.

이번에는 12권의 내용에 대해서는 언급하지 않겠습니다. 괜히 스포 같은 이야기를 해도 멋있다 싶어서요. 다음에 기회가 있다면 심도 있게 이야기하고 싶네요.

좌우지간 다음 권도 최대한 빨리 전해드릴 수 있도록 노력하겠습니다.

나이는 많이 먹어 버렸어도 창작 의욕만은 여전히 팔팔하다고요…….

몸만 잘 따라와 준다면, 더 더 많이 쓰고 싶어요.

머지않아 여름이 됩니다만, 올해도 열사병에 걸리지 않게 조심하시기 바랍니다.

그럼 여러분, 올해 안에 다시 만날 수 있기를 기대하며, 잠시만 안녕!

YOUKOSO JITSURYOKUSHIJOUSHUGI NO KYOUSHITSU E 2NENSEIHEN Vol.12
©Syougo Kinugasa 2024
First published in Japan in 2024 by KADOKAWA CORPORATION, Tokyo.
Korean translation rights arranged with KADOKAWA CORPORATION, Tokyo.

어서 오세요 실력지상주의 교실에 2학년 편 12

2024년 11월 15일 1판 1쇄 발행

저　　　자 키누가사 쇼고
일 러 스 트 토모세슌사쿠
옮 긴 이 조민정
발 행 인 유재옥
이　　　사 조병권
출판본부장 박광운
편 집 2 팀 정영길 박치우 조찬희
편 집 3 팀 오준영 권진영 이소의 정지원
디자인랩팀 김보라 이민서
디지털사업팀 김경태 김지연 윤희진
콘텐츠기획팀 박상섭 강선화
라이츠사업팀 김정미 이윤서 임지윤
영업마케팅팀 최원석 이다은 윤아림
물 류 팀 허석용 백철기
경영지원팀 최정연
인쇄제작처 ㈜코리아피엔피
발 행 처 ㈜소미미디어
등　　　록 제2015-000008호
주　　　소 서울시 마포구 토정로222, 502호 (신수동, 한국출판콘텐츠센터)
판매 및 마케팅 (070) 8822-2301

ISBN 979-11-384-8497-8
ISBN 979-11-6611-455-7 (세트)

○익숙해진 일상 (멜론북스)

방과 후 카페. 평소에는 차분하게 있을 이곳에서, 오늘은 미세하지만 심장 박동이 빨랐다.

역시 학년말 특별시험이 발표된 탓이리라.

희망적 관측은 위험하겠지만, 어떻게 전개되느냐에 따라서는 A반으로 올라갈지도 모른다.

D반의 의미를 알았을 땐 앞으로 어떻게 되나 싶었는데, 마침내 여기까지 왔다.

나름대로 반에 공헌도 하고 있다고 생각한다. 하지만 자만은 금물이다.

지금까지 이룬 성과는 반 아이들의 많은 협력이 있었기 때문이다.

약속 시간이 다 되어가니 그가 모습을 드러냈다.

"왜 그래?"

그가 제일 먼저 내뱉은 말은, 그런 예상치도 못한 한마디였다.

"……뭐가?"

"아니, 뭔가 걱정되는 일이라도 있는 것 같아서. 내 착각이면 다행이고."

아무래도 생각에 잠겨 있던 게 겉으로 드러나 버렸던 모양이다.

"혹시 티 나?"

"어."

"그렇구나. 아니, 다음 주 시험 생각을 좀 했을 뿐이야. 신경 쓰이게 했다면 미안해."

사과한 나는 평상심을 유지하려고 마음을 다잡았다.

"벌써 긴장한 거야?"

"어쩔 수 없잖아? 반 포인트 변동도 크다고 하고. 우리 반이 위로 올라갈지 아래로 내려갈지, 중요한 분기점이 되는데."

시험을 생각하지 않을 수는 없다. 하지만 여기서 그 이야기를 계속 언급한다고 해도 마음이 진정되지는 않을 테니……. 뭔가 다른 화젯거리를 찾아본다.

"그런데…… 1학년들이 잘 안 보이는 거 눈치챘어?"

"응. 후배들한테도 드디어 학년말 특별시험의 시련이 닥쳤나."

"시간 흐르는 속도란 참 느린 듯하면서도 순식간이라니까. 그 애들도 이 학교에 입학한 지 벌써 1년이 지났네."

2년 전에는 나도 오빠를 따라 이 학교에 들어왔다. 그때는 친구를 사귀는 것도, 노는 것도 생각조차 하지 않았었다. 그저 성적만 추구할 작정이었는데. 요즘 들어서는 쿠시다, 이부키와 쓸데없이 보내는 시간이 늘었다.

뭐…… 그 두 사람을 친구에 포함시키는 게 맞나 싶긴 하지만.

그리고 앞에 있는 아야노코지도, 꽤 오래 같이 있었다는 느낌이 든다.

익숙해진 일상이 지금은 꼭 필요한 시간이라고 망설임 없이 말할 수 있게 되었다.

변해가는 내 모습이 조금 쑥스러우면서도, 자랑스럽다.

○진심 (토라노아나)

아무도 없이 정적에 휩싸인 노래방에서 나는 녀석을 기다리고 있었다. 그동안 테이블 위에 놓인 포도 주스를 응시한 나는 이것을 녀석에게 뿌리는 장면을 상상했다.

만약 녀석이 이 주스를 알아차리지 못한다면 시도해 볼 참이다.

십중팔구 알아차리겠지만, 그땐 말고.

매번 막무가내로 덤비면 경계심이 쓸데없이 높아질 테니 말이지.

그러다가 녀석이 얼빠지게도 보이는 진지한 얼굴로 모습을 드러냈다.

"오늘은 측근들이 아무도 없네."

"핫, 이 자식 의외네. 북적북적한 걸 원했냐?"

"이부키나 이시자키라도 있으면 이 숨 막히는 공기도 조금은 나을 것 같아서 그러지."

나를 상대하면서도 표정 하나 바뀌지 않으니 말이야. 화가 올라올 만큼 당당하게 군다.

"니가 불러놓고 할 소리냐."

"그것도 그러네."

"됐다. 이번엔 나도 연락하려던 참이었으니까. 용서해 준다."

수고를 덜어준 덕분에 시간 아꼈다.

"그런 거라면 같은 화제일 것 같네."

이야기를 시작하며 나는 아야노코지에게 앉으라고 했다.

"사양하지 말고 앉아."

"할 수만 있다면 사양하고 싶네. 이번엔 포도 주스를 끼얹을 건가?"

쳇, 역시 눈치챘네. 이 대목에서 실행으로 옮길 가능성을 머리에서 지웠다.

"억측이 과하네. 그리고 어차피 네놈은 피하려고 마음만 먹으면 얼마든지 피할 수 있잖아?"

시답잖은 얘기를 늘어놓으면서 나는 아야노코지 앞에서 진심을 드러낼 준비를 했다.

이 남자에게 꼭 해야 할 이야기가 있다.

사카야나기와의 대결에 앞으로의 거취를 거는 문제는 딱히 대수롭지도 않아.

중요한 건 이제부터 결과를 보여줘서 이 녀석이 나를 인정하게 만드는 것이다.

그러기 위해 그 어떤 방법이든 강구하는 것도 나쁘지 않겠지.

하지만 이번에 한해서는 그러는 것이 오히려 걸림돌이된다.

"내가 작정하면 어떻게 되는지 사카야나기 그리고 네놈한테 보여줄 거다. 나와는 어울리지 않지만 정정당당하게 꺾어 눌러 주겠어."

누구의 잠재력이 더 위인지 확실히 보여줄 것이다.

그게 제일 중요하니까.

그래서 지금 하는 맹세에는 중요한 의미가 있다. 틀림없는 나의 진심임을 전하는 것이다. 그다음에 기다리고 있을 아야노코지에 대한 설욕전을 향하여.

○파장 (게이머즈)

졸음이 몰려오는 몸으로 침대에 파고든 후 휴대폰을 귀에 갖다댔습니다.

"후후……."

아직 통화도 시작하지 않았는데 웃음이 절로 나와 버리네요.

뭘 감추겠어요, 이제부터 아야노코지 군과의 시간이 기다리고 있기 때문이지요.

전화를 거니 잠시 후 아야노코지 군이 받았습니다.

"늦은 시간에 미안해요. 지금 통화해도 괜찮아요?"

『응, 괜찮아.』

여느 때와 다르지 않은 아야노코지 군의 목소리.

어째서 이리도 이 목소리는 제 마음을 평온하게 만들까요.

완벽한 파장, 이라고밖에 설명할 길이 없네요.

"저한테 할 얘기가 있다고 하셨는데──."

그 어떤 사소한 이야기라도 상관없어요. 이렇게 얘기 나눌 기회가 있는 것만으로도 기쁘니까요.

『단도직입적으로 말할게. 류엔이 퇴학을 걸고 대결을 신청했는데 받아들였다며.』

"그거 말씀이군요. 아야노코지 군의 귀에 들어가는 건 시간문제라고 생각하긴 했는데 누구한테 그 이야기를? 아니, 물어보면 촌스러울까요."

그가 어디서 정보를 얻었든 놀랍지 않습니다.

그럴 마음만 먹으면 그 어떤 일이든 실현해 버리시니.

『A반의 입장과 프로텍트 포인트의 유무로 봤을 때 파격적인 조건이네.』

"조건만 보면 그럴지도 모르죠. 하지만 저는 그에게 질 일이 없으니 류엔 군은 자기 목을 조르는 행동을 한 것에 불과해요."

그 어떤 특별시험이라도 자신의 우위성은 흔들리지 않는다.

그런 확신이 있기에 평소와 똑같은 마음으로 있을 수 있다.

"제가 걱정돼서 통화하자고 한 건 아니겠지요?"

『걱정할 필요가 있어?』

"설마요. 그냥 대결의 결말을 봐주시면 그것으로 충분하지 않을지."

그래도 아야노코지 군이 걱정해 준다면 기분이 썩 나쁘지 않을지도 모르지만요.

저는 늘 그리고 있답니다. 이 학교에서 아야노코지 군과 재회한 그때부터, 언젠가 정말 진지하게 대결할 날이 오리라고. 서로가 서로를 원해서, 최선을 다해 누가 더 우수한지를 겨루는 거죠.

그날은 분명 가까워지고 있어요.

하지만 지금은 말하지 않을 거예요. 우선 류엔 군부터 쓰러트리고 사전 작업을 해야 하니까요.

그래도 그 일이 다 끝나면 저의 모든 마음을 전하고 싶어요.

수화기 너머로 행복을 느끼며, 저는 점점 잠에 빠져들었습니다.